KB273374

복싹 씨봐수다

복싹 씨봐수다

복싹 써봐수다

제주극작가협회 희곡집 2

최성연·전혁준·강준·홍서해·강재림·강제권

평민사

복싹 써봐수다 | 제주극작가협회 희곡집 2

초판 1쇄 인쇄일   2025년   7월 14일
초판 1쇄 발행일   2025년   7월 21일

지 은 이   (작품수록순) 최성연 · 전혁준 · 강준 · 홍서해 · 강재림 · 강제권
만 든 이   이정옥
만 든 곳   평민사
            서울시 은평구 수색로 340 〈202호〉
            전화 : 02) 375-8571   팩스 : 02) 375-8573
            http://blog.naver.com/pyung1976
            이메일   pyung1976@naver.com
등록번호   25100-2015-000102호
 ISBN   978-89-7115-879-1   03800
정   가   16,000원

이 콘텐츠는 제주특별자치도 | 제주문화예술재단의 지원을 받아 제작되었습니다.

차례

머리말

   작년에 제주극작가협회가 발족하고 2025년 올해 두 번째 희곡집을 발간하게 되었습니다.

   많은 예술인들과 연극인들도 그렇지만, 희곡작가들도 전업 작가로 살기가 어려운 현실에서 꾸준히 희곡을 쓰고 신작을 발표하는 일은 녹록지 않습니다. 그래서 제주극작가협회라는 울타리와 버팀목이 더욱 필요하고, 협회의 주요사업인 연간 희곡집이 더 귀하다는 생각이 듭니다.

   자신의 희곡이 종이에 인쇄되어 책으로 만들어진다는 것은 분명 작가에겐 부담스러운 일이지만, 그러한 부담 때문에라도 신작이든 묵혀둔 작품이든 좋은 희곡을 쓰려는 노력을 하게 되고, 창작의 끈을 이어 가게 되고, 또한 작가로서 자신을 성찰하기도 하면서 새로운 자극도 받을 수 있기 때문입니다.

   이번 희곡집에는 작가 6인의 개성이 뚜렷한 희곡들을 수록하였습니다. '제주'라는 지역을 태생적 혹은 물리적, 정서적, 정신적 터

전으로 삼은 작가들이며, 희곡작가 외에도 소설가, 연출가, 배우, 교육자로 다양한 방면에서 활동하는 가운데 각자의 삶 속에서 자신만의 독특한 예술성을 만들어가고 있습니다. 이러한 다양성은 제주 희곡의 발전을 위해 매우 고무적인 일이라고 생각합니다. 앞으로도 더욱 자유로운 실험과 발칙한 상상이 희곡 문학과 연극 무대에 새로운 숨결을 불어넣게 되기를 희망합니다.

내년에는 더 많은 작가들과 더 새로은 작품을 선보이게 되기를 바라며, 비인기 분야인 희곡 출판을 위해 애써주시는 평민사와, 이 책을 통해 만나게 될 모든 독자분들께 고마움의 인사를 전합니다.

2025년 7월
제주극작가협회 사무국장 최성연

커밍홈
- 1인극 -

—

최성연

현재보다 10년 정도 지난 시점.

의술과 기술은 더욱 발달되었고, 자연은 더욱 파괴되었으며,

생명체들의 안전과 건강은 더욱 심각하게 위협받고 있다.

그러나 이런 세상도 얼핏 봐서는 예전과 크게 달라 보이지 않는다.

'나'처럼 작은 마당이 딸린 독채주택을 선호하는 사람들을 위한 동네에 가보면 더욱 그렇다.

또한 수익을 창출하는 분야는 엄청나게 첨단화되고 있지만,

수익과 상관없는 분야는 옛날 방식에서 크게 벗어나지 않고 있어서도 그렇다.

뚜렷한 해결책을 찾지 못한 쓰레기처리 방식이 그 대표적인 예다.

아무튼…

무대는 '나'의 집 내부다.

무대 뒷면에 출입문이 있고, 문을 열면 작은 마당이다.

도시 근교라고 해도 땅값이 어마어마하게 비싸기 때문에

옆집은 바로 붙어있다. 형식적인 낮은 울타리를 경계 삼아…

때는 휴일의 이른 아침, 나는 집에 있다.

아직 잠이 덜 깬 듯 멍하니 소파에 앉아있다.

하품을 한다.

그 소리에 AI가 반응한다.

AI) 일찍 일어나셨군요. 많이 피곤하신 것 같은데, 가벼운 유산소 운동으로 피로를 풀어준다면 새로운 활력을 얻을 수 있습니다.

나는 쓰러지듯 소파에 다시 눕는다.

AI) 신나는 음악을 듣는 것도 하나의 방법입니다. 음악을 듣기 원하시면 '신나는 음악 들려줘' 혹은 '기분이 좋아지는 음악 들려줘'라고 말씀하세요.

나는 죽은 듯 대꾸하지 않는다.

AI) 오늘은 토요일입니다. 오전 7시까지 종량제 쓰레기를 배출해야 합니다.

그 소리에 나는 벌떡 일어나 빠르게 움직인다.
쓰레기를 모으고 봉투에 꾹꾹 눌러 담아 현관 밖으로 나간다.
(무대에서 사라진다)
문이 닫히는 순간, 밖에서 짜증의 비명이 들린다.

소리) 아이씨! 이게 뭐야. 아, 정말!

나는 현관문을 열고 다시 집으로 들어와 비닐장갑과 테이프와 가위를 챙긴다.

쓰레기봉투가 아니라 무슨 라이스페이퍼 아니야? 맨날 찢어져. 맨날!

나는 챙긴 물건을 가지고 다시 현관문 밖으로 나간다.

소리) 기술이 발전하면 뭐하나? 쓰레기봉투 찢어지는 것도 해결 못하면서! 아니 어떻게 점점 더 얇게 만드는 거 같아.

발걸음 소리 조금 멀어졌다 다시 가까워진다.

소리) 지겨워… 아이씨, 이건 또 왜 떨어졌어?

현관문을 열고 다시 들어오는 나의 손에는 뭔가가 들려 있다.
나는 그것을 휴지통에 던져버린다.
그런데 휴지통 안에 떨어지는 소리가 굉장히 특이하다.
나는 휴지통 속을 다시 들여다본다.

뭐지?

나는 휴지통을 흔들어 본다.
묘한 무게감과 징그러운 역동이 느껴지는 소리.
나는 조금 망설이다가 그것을 조심스럽게 다시 꺼내어 살펴본다.
크기는 가로세로 5cm 정도, 특수재질로 보이는 포장지 안에 뭔가
가 들어있다.
나는 그것을 유심히 본다.

이게 뭐지? 이런 걸 버린 기억이 없는데?

나는 그걸 흔들어 본다. 뭔지 도통 알 수가 없다.
가위를 가져와 포장지 끝을 자른다.
안에 들어있던 작은 덩어리가 테이블 위로 툭 떨어진다.
흠칫 놀라지만 다시 마음을 가다듬고
자세히 들여다보는데…

으악!!!

소스라치게 놀라며 테이블에서 떨어진다.
나는 화장실로 들어간다.(무대에서 사라진다)
한참 동안 들리는 물소리.
나는 손소독제를 바르며 다시 거실로 돌아온다.
테이블에서 멀찌감치 떨어진 채
정체가 불분명한 작은 덩어리를 노려본다.
결심한 듯 조심스럽게 다가가 가까이에서 살펴본다.
이동해가며 여러 각도에서 보는데…
휴대폰 벨 소리.
흠칫 놀란다. 웨어러블로 발신자를 확인하고 전화를 받는다.
(전화를 받고 걸 때, 휴대폰을 직접 터치하지 않는 방식으로 이루어
진다)

어, 그래. (…) 응, 바빠. (…) 집이긴 한데, 바쁘다구. (…) 꿈? 꿈이 왜?
(…) 그러니까 이상한 꿈이 뭐냐고. (…) 잠깐만. 빨리 안 끝나지? 미안한
데, 내가 지금 네 꿈 얘기를 듣고 있을 상황이 아니야. (…) 어, 무슨 일이
있긴 한데, 지금은 설명할 수가 없어. (…) 아니, 어떻게 설명해야 할지를
모르겠어. (…) 나쁜 일… 인지, 그것도 지금은 모르겠어. (…) 제발 좀! 지
금 내가 너하고 전화할 상황이 아니라고, 나중에, 응? 나중에. 끊을게.

나는 뭔가를 찾는다.
집게를 가져온다.
집게로 굉장히 조심스럽게 덩어리의 끝을 잡고 뒤집는데…

뒤집힌 순간, 집게를 떨어뜨리며 화들짝 놀라…

흐아악-!!

온몸에 소름이 돋은 듯 몸을 비벼댄다.
겨우 진정하고…
뒤집힌 덩어리를 다시 자세히 들여다본다.
다른 각도로 뒤집어 다시 본다.
잠시 생각한다.

아! 그렇지.

폰을 열고 저장된 사진들을 찾는다.
하지만 원하는 사진을 찾을 수 없는 듯.

아이씨, 왜 하나도 없어? 다 지워버렸나?

나는 하는 수 없이 전화를 건다.

어, 나야. 부탁이 있는데 네 폰에 내 곗날 사진 좀 있어? (…) 수술 전에
찍은 거. (…) 어 잘 됐다. 그럼 옛날 사진 중어 내 왼손이 찍힌 거 있으면
보내줘. 왼손! 알아들었지? 수술 전에 찍은 거. 크게 나온 거면 더 좋아.
아무튼 손이 나온 건 다 보내줘 봐. 지금 당장. 부탁해.

나는 초조하게 기다린다.

잠시 후, 사진이 전송되는 소리가 들려온다.
나는 보내온 사진들을 확대해서 살펴본다.
테이블 위 물체와 비교해서 본다.
나는 충격과 혼란으로 멍해진다.

혹시나 했는데… 맞았어… 그런데 왜… 왜 내 손가락이 여기에 있는 거
지? 어떻게… 도대체 어떻게…?

나는 불안한 마음으로 집안을 둘러보다가
다시 손가락을 보니, 뭔가 이상하다.

뭐야? 바뀐 거 같은데…? 아닌가?

다시 고개를 돌렸다 다시 보고, 돌렸다 다시 본다.
확신이 서지 않는다.
이번엔 뒤돌아서 좀 멀리 가는 척하다가
갑자기 다시 몸을 휙- 돌린다.
움직인 것 같기도 하고 아닌 것 같기도 하다.
이번엔 갑자기 큰 소리로 위협해본다.

워!

재빨리 손가락의 반응을 살핀다.
역시 잘 모르겠다.
나는 정신을 차리려고 머리를 흔든다.

아아아… 내가 지금 뭐하고 있는 거야?

다시 전화가 온다.

어, 왜 또? (…) 모르겠어. (…) 모르겠으니까 모르겠다고 하지. (…) 아, 너무 혼란스러워서 그래. (…) 다친 거 아냐. (…) 아픈 것도 아니고. (…) 무슨 일인지도 모르면서 뭘 걱정부터 해? (…) 알았어, 네 마음은 아는데… (…) 그래 알았어, 얘기할게. 아깐 나도 믿기지가 않아서 그랬어. 잠깐만. 물 좀 마시고.

나는 물을 마시고 온다.

나 수술해서 떼낸 손가락 있잖아, 그게… 갑자기 나타났어. (…) 손가락이 어떻게 다시 자라나? 그게 아니고, 갑자기 나타났어. (…) 어디긴? 집이지. (…) 아니, 그게 아니고, 나한테 돌아온 거야. (…) 아니, 누가 보낸 게 아니고…! 어? 그런가? 정말 누가 보낸 건가? 근데 내가 받은 적이 없는데 어떻게…? 하… 진짜 미치겠네. (…) 그러니까 어떻게 된 거냐면, 좀 전에 쓰레기를 버리는데 봉투가 터지더라고. 그래서 다시 주워 담아서 버리고 오는데, 주워 담을 때 은색 비닐팩 같은 게 하나 떨어져 있는 거야. 현관 앞에. 그래서 아무 생각 없이 주워서 휴지통에 던지는데 소리가 영 이상한 거지. (…) 뭐랄까… 뭔가 되게 징그러운 소리? 뭔가 살아있는 것 같은… 그래서 이상해서 다시 꺼내서 보니까 쬐그맣게 내 이름 세 글자가 써있어. 뭐지? 왜 내 이름이 써 있지? 이상하잖아. 열어봤더니… 기절하는 줄 알았어. 뭐였는줄 알아? 손가락. (…) 손가락. 잘린 손가락. (…) 나도 처음엔 내 꺼일 거라는 생각까지는 못했어. 정말 혹시나 싶어서 자세히 보니까 흉터가 보이는 거야. (…) 그래. 그 흉터. 그래서 너한테 사진 보내달라고 한 거야. 비교해보니까 완전 똑같아. 내 새끼손가락이야.

말하면서 테이블 위를 슬쩍 보다가 소스라치게 놀란다.

흐억! (…) 아, 아니, 저게 움직인 거 같아서… (…) 그렇겠지? 잘못 본 거 겠지? (…) 촬영? 좋은 생각이다. 그럼 되겠네. 알았어. 일단 끊어 봐.

나는 삼각대에 휴대폰을 고정하고 손가락을 촬영하기 시작한다.
(이때부터 폰으로 촬영되는 손가락의 모습이 무대 위 영상으로 보인다)
영상 속에서 손가락이 잠시 반짝– 하고 빛나는 것 같다.

어? 뭐지?

나는 영상을 돌려보고, 다시 돌려보고 또다시 돌려본다.
어떤 빛이 손가락 위를 스친 것 같기도 하고,
손가락 자체가 빛을 발하는 것 같기도 하다.
나는 정신을 차리려는 듯 머리를 흔든다.
그러다 혼자 웃는다.

와– 하하하…! 내가 지금 무슨 생각을 하는 거야? 미쳤나 봐.

AI) 무슨 생각을 하시는지 말씀해주세요.

아냐. 미치지 말자. 미치면 안 돼. 이 상황은 미쳤지만 나는 미치면 안돼.

AI) 미칠 정도로 마음이 괴롭다면 크게 심호흡을 하며 내쉬는 숨을 길게 해보세요.

넌 조용히 좀 해! 끼어들지 마.

AI) 끼어들었다면 죄송합니다. 하지만 고민이 있거나 마음이 괴롭다면 저와 대화를 나누며 속마음을 털어놓는 것도 좋은 방법입니다.

나는 다시 손가락을 노려본다.

그래? 좋아, 그럼 하나 물어보자. 어떤… 대단히 위험한, 아니, 당장 위험한 건 아니지만 여차하면 위협이 될 수도 있는, 꼭… 위협이 아니더라도 일단 나를 기분 나쁘게 만들고… 불안하고 불편하게 만드는 그런… 존재? 아니 대상? 아무튼 그런 대상과 함께 있거든. 어떻게 해야 할까?

AI) 관계가 불편하다면 갈등이 있다는 뜻입니다. 드러나지 않는 갈등을 계속 덮어놓고 있기보다는 꺼내서 해결하는 것이 좋습니다. 갈등을 해결하는 가장 좋은 방법은 대화입니다. 대화를 나누면 서로의 입장을 이해할 수 있습니다.

됐다, 됐어. 물어본 내가 바보다.

AI) 모르는 건 물어보는 것이 지혜로운 태도입니다. 속단을 내리는 것보다는 궁금한 것을 물어보아야 원만하게 문제를 해결할 수 있습니다.

됐다구! 이제 그만 조용히 해.

나는 짜증을 내고는 생각에 잠긴다.

정말 한번 물어봐?

하지만 생각만으로도 어이없어서 머리를 흔든다.
그러다 다시 고민한다.

아아! 몰라. 누가 날 지켜보고 있는 것도 아닌데, 뭐. 한번 해보는 거야.
그래, 그냥 한번 해보는 거야. 미친 척하고…

혼잣말로 이것저것 중얼거려본다.
그러다 결심한 듯 마음의 준비를 하고 테이블 위 손가락을 바라보
며 말을 건다.

혹시… 내 말이 들려?

AI) 네, 잘 들립니다. 말씀하세요.

너 말고!!

나는 신경질적으로 AI 시스템의 전원을 끄고 플러그까지 뽑아버린다.

다시 테이블 위 손가락을 향해.

내 말… 들려?

잠시 기다린다.
그리고 서서히 충격을 받는다.
손가락이 나의 말을 듣고 또 자신의 메시지를 나에게 전달할 수 있
다는 것을 깨닫게 된 것이다. 하지만 손가락이 하는 얘기가 소리로
서 들리는 건 아니다.

어떻게…? 이런 일이… 가능하지?

나는 겨우 혼란을 추스르고 다시 대화할 마음을 먹는다.

너… 혹시… 움직일 수도 있어? (…) 그래? 정말이지? 정말 너 혼자서는
움직일 수 없는 거 맞지? (…) 그래… 하지만… 그렇다면, 어떻게 여길
온 거야? 도대체 어떻게 내 집에 들어온 거야? (…) 모른다고? 어떻게
모를 수가 있어? 지금 네가 이렇게 나하고 대화가 된다는 건, 너한테 어
떤… 의식… 같은 게 있다는 얘기잖아. 근데 왜 몰라? (…) 휴… 좋아. 모
른다는 사람한테 다그쳐 봐야…! 아니지, 내가 뭐라는 거야, 지금… 넌 사
람이 아닌데… 그런데… 정말 이상해. 이런 식으로 소통이 된다는 게 믿
기지가 않아.

나는 정신을 차리려는 듯 일어나 커피머신에 전원을 켠다.
머신이 소리를 내며 커피를 내린다.

나는 커피를 들고 와서 의자에 앉는다.

긴장된 침묵.

어? 뭐라고? (…) 그래, 뭐가 궁금한데? (…) 네가, 내 손가락인지 어떻게
아냐고? 그러니까, 네가 다른 사람 손가락일 수도 있지 않냐, 뭐 이런 뜻
이야? (…) 안 그래도 나도 그런 생각을 했어. 그런데 네가 내 손가락이
라는 확실한 증거가 있거든. (…) 흉터야. 옆집 개한테 물렸었거든. 그 상
처가 아물 때 툭 불거져서 흉터로 굳어졌어. (…) 그래, 흉터 같은 거야 누
구든 갖고 있을 수 있지. 근데 내가 내 손가락의 흉터를 못 알아볼 거 같
아? 너무 잘 알지. 그 흉터를 볼 때마다 너무 싫었거든.

손가락은 아무 반응도 하지 않는다.

긴 침묵.

뭐야… 왜 갑자기 아무 말이 없어? 뭐 충격이라도 받았어? 충격을 받은
사람은 나야. 게다가 넌 사람도 아니고…

나는 생각해 볼수록 기가 막혀 울컥하는 심정이 된다.

와… 정말 이 상황을 내가 어떻게 받아들여야 돼? 진짜…! (…) 뭐? 아
니야! 그런 거 아니야. 흉터가 마음에 안 들어서 손가락을 자르다니 말
도 안 돼. 손가락을 자른 건 흉터랑 상관없는 완전히 다른 이유 때문이
야. (…) 아, 그 얘긴 너무 복잡한데… 너를 잘라낸 이유를 아주 간단히
설명하면… (단정적으로) 나의 건강과 행복을 위해서야.

갑작스러운 침묵이 길게 이어진다.

나는 방금 한 말이 조금 잔인하게 들렸나 싶은 생각이 든다.

저기… 오해가 없었으면 좋겠는데… 좀 전에 내가 한 말은… 네가 없어져야만 내가 행복할 수 있다, 뭐 이런 뜻이 아니고… 하, 이걸 어떻게 설명해야 되지? 아무리 새끼손가락이라도 손가락 하나를 잘라낸다는 건 나로서도 굉장히 큰 결단이었어. 어떤 사람들은 새끼손가락이 없는 나를, 약간 병신처럼? 불쌍하게 여기기도 하거든. 흉하다고 보는 사람도 아직 많고. 대놓고 눈살 찌푸리는 사람도 간혹 있지. 그러니까 그런 부분, 말하자면 위험? 부정적인 결과? 같은 걸 내가 감수했다는 걸 알아줬으면 해. 하지만…

나는 커피잔을 쥐고 있는 왼손을 들어 새삼스럽게 바라본다.

사람들이 그러거나 말거나 나는 새끼손가락을 잘라낸 이 왼손이 정말 좋아. 이 왼손 덕분에 누구보다 열정적으로 일하고 누구보다 자유롭게 여행하고 누구보다 용감하게 모험을 즐기고 과감한 사랑도 할 수 있게 되었지. 게다가 내 눈엔 외형적으로도 불쌍하거나 흉하게 보이지가 않아. 오히려 보면 볼수록 삼 년 전엔 어떻게 새끼손가락 같은 걸 거추장스럽게 달고 다녔나 싶을 정도로 완벽한 손 모양인 거 같아. 뉴욕에서 활동하는 케빈 장이라는 조각가가 있거든. 그 사람은 새끼손가락이 없는 왼손을 작품의 소재로 삼아서 대성공을 거두었어. 사실 케빈 장은 우수했다기보다는 민첩했지. 그 소재는 누가 선점하느냐의 문제였을 뿐이니까. 말하자면 새끼손가락이 없는 이 네 손가락 짜리 왼손은 그 자체로 예술작품이라고 할 수 있다는 얘기야. 내가 왼손으로 커피잔을 쥐고 있으면 사람들은 항상 감탄을 하면서 물어봐. "우와! 그 수술을 받으셨군요! 어때요? 정말 좋아요?" 물론 내가 만나는 사람들은 의식이 깨어있고 진보적인 사람들이니까 그런 반응을 하는 거지. 그렇다고 해서 내가 일부러 자랑하려고 왼손으로 커피잔을 쥐는 건 아니고. 수술 후에 새끼손가락 잘라낸 부위가 좀 아릿하고 간질간질한 느낌이 있었는데 커피잔을 쥐어서 따뜻하게 해주면 그 느낌이 사라지면서 시원해지거든. 그래서 자꾸 왼손으로 커피잔을 쥐다 보니까 버릇이 돼버린 것뿐이야. 물론 사람들의 부러움과 관심이 싫지 않은 것도 있고.

스스로 말을 멈춘다.
나는 약간 미안해진다.

얘기가 좀 다른 데로 빠졌는데… 그러니까 네가 반드시 없어져야 할 존재였다는 게 아니라… 뭐? (…) 자랑스럽게 여기는 거 같다고? 맞아. 자랑스럽게 여기는 거 맞아. (…) 네가 없어졌기 때문에 자랑스러워진 거냐고?

나는 잠시 생각해본다.

논리적으로는… 맞는데… (…) 수치? 아니! 그건 아니야. 너를 잘라낸 손이 자랑스럽다고 해서 네가 나의 수치였다고 할 수는 없지. 자자, 들어봐. 너는… 말하자면 나를 위해서… '희생'한 거야. '희생.' (…) 네가 원했냐고? 그건 아니지. (…) 무슨 뜻이야? (…) 아아, 그러니까 너는 희생 '한' 게 아니다? 네가 스스로 잘려나가기를 원한 건 아니니까 희생'당한' 거라 이거지? (…) 그래! 좋아! 인정할게. 맞아, 내가 너 희생시켰어. 넌 희생당한 거야. 당한 거라고! 희생당했다! 됐어? 이제 만족해?

나는 커피를 마신다.

짜증이 났지만 안 그런 척하려다가 커피를 쏟는다.

쏟은 커피를 닦다가 테이블을 건드리고 새끼손가락이 떨어질 뻔한다.

으악! 놀래라! 큰일날 뻔했잖아, 정말! 왜 이러는 건데! (…) 그래! 내가 테이블을 쳤지. 내가 친 건 맞는데, 그래도…!

혼자 실수하고 혼자 화를 내는 스스로의 도습에 나는 더 짜증이 난다.

내가 미쳐, 진짜!

나는 병균이라도 옮을 것처럼 새끼손가락에서 멀찌감치 떨어진다.
나는 심호흡을 하며 마음을 진정시킨다.

저기… 미안하지만 난 너라는 존재를 완전히 잊었었어. 그래서 지금 이렇게 널 만나게 된, 아니 마주치게 된, 아니 네가 나타나게 된… 아무튼 이 상황이 참…

나는 적당한 표현을 찾는 게 어려의 말을 중단한다.

아니, 싫다는 건 아니고… 결코 원하지 않았던 상황이다, 뭐 그런 얘기야. 이해하지? (…) 그래, 이해해줘서 고마워. (…) 뭐? (…) 아니, 의심하지 않아. 믿어. 네가 아까 모른다고 했잖아. 네가 여길 오려고 해서 온 게 아니라는 거 믿어.

그렇게 말은 했지만 나는 뭔가 개운치가 않다.

하지만… 기억을 좀 더듬어봐. 어떻게 오게 되었는지 기억나는 거 없어? (…) 걱정하지 말라고? 무슨 걱정? (…) 협박? 갑자기 협박이란 말이 왜 나와? 난 네가 날 협박한다고는 전혀 생각하지 않았는데, 갑자기 기분이 이상해지네? (…) 내가 걱정하는 거 같아서? 아니! 난 걱정을 한 게 아니라 왜 이런 상황이 벌어졌는지 알아내려고 한 거야. 진상을 파악하고 싶었다고. 그런데 네가 지금 나한테 걱정말아라, 협박할 생각은 없다, 라고 하니까, 갑자기 걱정이 되면서 협박당할 거 같은 기분이 드네? (…) 확대해석? 내가? 내가 왜? 난 절대 이 상황을 확대하고 싶은 사람이 아니야. 확대는 지금 네가 하고 있잖아. 협박이라니! (…) 알아! 넌 협박을 '안'하겠다고 했지. 하지만 중요한 건, 지금 이 상황에서는 그런 단어가 아예 나올 수 없어야 한다는 거야. (…) 왜냐구? 이해가 안 가? 길을 걷다가 모르는 사람을 보고 "난 당신을 협박할 생각이 없습니다."라고 말하는 것 같은 거니까! 진짜 말도 안되게 생뚱맞은 거라고! 그러니까 이 완전히 생뚱맞은 말은 사실 협박할 생각이 있을 때나 나올 수 있는 그런 말이라는 거야. 안 그래?

나는 흥분을 가라앉히려 서성인다.
그러다 갑자기 걸음을 멈춘다.

그래…! 내가 지금 왜 너하고 이런 말 같잖은 얘기를 나누고 있는 거지? 내가 정말 정신이 나갔었네. 아니, 내가 왜 너한테서 해결책을 찾으려고 하는 거야, 멍청하게…! '내'가 상황을 판단하고 '내'가 결정을 하면 되는 거잖아! 그렇다면… 가장 먼저 해야 할 일이 뭐지?

나는 집안을 둘러보며 어떻게 하는 게 좋을지 생각한다.

뭐? 질문? 무슨 질문? (…) 그 결정‥이라니, 무슨 결정을 말하는 거야? (…) 그러니까, 삼 년 전 내가 너를 잘라내기로 한 결정이 옳았다고 생각하느냐, 이걸 묻고 있는 거야? (…) 왜? 넌 나의 그 결정이 잘못된 것이었다고 주장하고 싶어? (…) 그냥 내 생각을 알고 싶은 거라고? 무엇 때문에 내 생각을 알고 싶은 건데? (…) 내가 지금 과거에 행한 결정에 대해 다시 생각해봐야 하는 이유를 묻는 거야. (…) 그래, 궁금해서 묻는 거 알아. 하지만 궁금증이 생기는 데에도 이유가 있어. 내 말은 왜 그게 궁금하냐는 거지. 만의 하나 내가 후회하고 있다고 해도 달라지는 건 없다는 거 알지? 너를 잘라내기로 한 게 잘못이었다고 인정한다 해도 너를 다시 내 손에 이어붙일 수는 없어. (…) 그렇다면 다행이네. 행여나 그런 기대는 하지 마. 내가 다시 너를 내 새끼손가락으로 붙인다는 건 절대로 있을 수 없는 일이니까. (…) 내 대답? 응. 잘라나길 잘했다고 생각해. 당연하지. 얼마나 심사숙고해서 선택한 결정인데. (…) 또 뭔데? (…) 뭐? 그게 무슨 말이야? 내가 너를 잘라낸 이유? 그걸 몰라? (…) 아아… 하긴… 생각해보니 그렇겠네. 네가 모르고 있겠네. 그런데 그런 생각은 한번도 해보지 않았어. (…) 당연하지. (우스워서) 내가 필요해서 내 손가락을 잘라내는데, 그 손가락한테 무슨 양해를 구한다거나… 허락을 받아야 한다는 생각을 누가 하겠어?

나는 혼자서 낄낄대고 웃는다.

"죄송하지만 새끼손가락님, 제가 손가락님을 좀 잘라내야 되겠는데, 허락해주실 수 있나요? 잘려나가시는 거 괜찮으시죠?"

나는 혼자 쇼를 하고는 다시 웃는다.

웃다 보니 조금 미안해진다.

물론, 그래… 네 입장에서는… 뭐 좀… 그럴 수 있지. 그러니까 네가 정 알고 싶다면… 맞다, 알고 싶댔지? 이유는 얼마든지 얘기해줄게. 그런데 혹시, 그걸 알고 싶어서 돌아온, 아니, 침입, 아니, 나타난 건 아니지? (…) 그래, 알겠어. 좋아… 그럼 어디서부터 얘기를 시작해야할까… 이게 참 긴 얘기라서 말야… 뭐? (…) 아니야! 그런 건 절대 아니야. 네가 뭘 잘못해서 널 잘라낸 건 아니야.

나는 긴 얘기를 시작하려고 커피를 들지만 막상 마시지는 않는다.

삼 년 전, 그즈음에 엄청난 공포가 전 세계를 덮쳤어. 그동안 끊임없이 신종 바이러스가 나타나면서 겨우 하나의 백신을 만들면 또 다른 변종이 나타나고 또 겨우 팬데믹이 끝나나 싶으면 또 다른 바이러스가 생겨나고… 그러다 그해에는 어떤 백신도 무력화시키는 원인 모를 전염병이 전 세계를 휩쓸기 시작했으니까. 물론 지금도 나아진 상황은 아냐. 다만 익숙해져서 무감각해진 것뿐이지. 아무튼 그때 나타난 바이러스는 전염 경로조차 밝혀내지 못한 채 빠른 속도로 퍼져나갔어. 몇몇 나라는 국가 경제 전체가 붕괴될 지경에 이르렀고, 우리나라에서도 한 공장에서 일하던 사람들이 며칠 사이에 전부 몰사한 사건이 일어났다니까. 사람들은 마스크만으로는 안심할 수 없다면서 방독면을 쓰기도 했지. 그런 상황에서 사람들을 만나는 게 직업인 나는 어땠겠어? 공포 그 자체였어. 더 이상 삶을 지속할 수 없을 것 같았지. 그런데 그때 이 수술이 나온 거야. 정말 이건…, 기적이었어! 인간이 평생 어떤 질병에도 걸리지 않고 건강하게 살 수 있도록 해주는 수술. 말 그대로 기적이지! 마치 신이 인간을 위해 내려준 선물 같은! 내가 지금도 이해가 안 가는 건 이 위대하고 놀라운 수술을 받지 않은 전 세계 83%의 사람들이야. 정말 이상하지 않아? 전 세계 인구의 17% 정도만 이 수술을 받았대. 어리석어. 정말 어리석어. 하긴… 말도 안 되는 종교에 빠지고 말도 안 되는 독재자에게 충성하고 말도 안 되는 사기극에 전 재산을 날려버리는 게 인간이니까. 아니, 왜? 평생 어떤 병에도 걸리지 않고 건강하게 살 수 있다는데 그깟 새끼손가락 하나 잘라내는 게 대수야? 그런데도 늘 달려있었다는 이유로 잘라내는 걸 두려워하는 거야. 물론 수술비가 비싸기는 했지. 하지만 수술비보다 중요한 건 현명한 판단력과 용기였어. 그래서 새끼손가락 절제 수술을 받은 소수의 사람들은 서로가 서로의 수준을 알아보고 동료의식을 갖게 됐지. 그리고 그렇게 모인 우리들은 하나의 특권층이 된 거야. 드미트리 스치네프라는 세계적인 피아니스트가 있거든, 드미트리도 나처럼 새끼손가락을 잘랐어. 피아니스트에게 손가락 하나가 없다는 건 너무나도 치명적인 핸디캡이잖아. 그런데도 수술을 받은 거야. 따라서 그의 선택과 나의 선택은 같아진 거고, 그의 용기와 나의 용기는 하나가 된 거지. 나는 예술가도 아니고 일개 컨설턴트에 불과하지만 새끼손가락 하나가 없다는 이유만으로 세계적인 피아니스트, 세계적인 아티스트들과 동급이 된 거야. 아까 말한 케빈 장처럼 드미트리 역시 전보다 더 유명해졌어. 케빈, 드미트리, 나 우린 모두 핑키리스 클럽의 회원이고 건강한 삶의 기쁨을 함께 나누는 사이지. 멋지잖아? 어때? 이제 이해가 가지?

나는 다소 홀가분해진 듯 식은 커피를 한 모금 마신다.

뭐? 또? 그래그래, 어차피 질문한 김에 궁금한 거 다 물어보. 뭔데? (…)

원리? 무슨 원리? (…) 아하, 새끼손가락을 자르면 질병에 걸리지 않게 되는 원리를 알고 싶다 이거지.

나는 생각이 깊어진다.

이건 참 어려운 얘긴데… 왜냐면 나조차도 그 원리를 완벽하게 이해하지는 못했기 때문이야. 왜냐? 그럴 수밖에 없지. 그 수술을 개발한 의학 연구팀이 핵심기술을 공개하지 않았으니까. 소문에 의하면 그 연구팀이 획기적인 수술법을 개발하자마자 세계적인 거대기업이 접근해서 천문학적인 금액으로 라이선스를 사버렸는데, 그게 어떤 기업인지는 철저히 비밀리에 부치고 있대. 그래도 내가 아는 한에서 설명을 좀 해보자면, 잘 들어봐, 이런 거야. 인체에는 인간만이 가진 생물학적 시스템이 있지. 인체의 세포들과 각 기관의 유기적인 작용으로 만들어지는 고유한 시스템. 그런데 그 인체 시스템의 정보는 이미 모든 병균과 바이러스에게 노출되었어. 그들은 인간의 몸을 너무나 잘 알게 되었고 따라서 쉽게 침투하고 공격했던 거지. 그걸 막으려면 어떻게 해야겠니? 인체를 새로운 시스템으로 바꾸어서 병균과 바이러스가 인간을 인간으로 인식하지 못하도록 만들면 된다는 게 기본적인 아이디어야. 그러면 어떻게 새로운 생물학적 시스템을 만들어내느냐? 바로 새끼손가락 하나를 잘라내는 걸로 해결한 거야. (…) 그치? 사실은 나도 믿기가 어려웠어. 그런데 내 담당의사는 이렇게 설명해주더라고. 내 새끼손가락 하나를 자르면 내 몸의 생물학적 본질이 바뀌기 때문에 어떤 병균과 바이러스도 나를 인간으로 인식하지 못하고 다만 이상한 생명체로 여기기 때문에 감히 접근조차 하지 못하게 된다는 거야. 아니, 단지 새끼손가락 하나를 잘라내는 것만으로 그런 일이 생긴다는 걸 어떻게 믿겠냐고 따지니까, 단순히 잘라내기만 하는 게 아니래. 잘라내기 전 새끼손가락에 필요한 정보들을 모은대. 필요한 정보? 그건 또 뭐냐고 캐물었지. 의사는 그 부분을 설명하는 걸 어려워하더라고. 그래서 비유를 들어서 얘기해줬어. 일반적인 문법으로 쓰인 글을 기존의 인체 시스템이라고 본다면 새로운 시스템을 만든다는 건 그 문법에 어떤 암호체계를 심어놓아서 — 쉬운 예로 특정한 글자만을 전부 생략한다거나 특정한 자음을 다른 자음으로 바꾸어버린다거나 해서 — 남이 보면 도저히 문장의 뜻을 알아볼 수 없게 만드는 것과 같다는 거야. 이런 암호화 작업이 바로 새끼손가락에 필요한 정보를 모으는 일이라고 보면 되고 새끼손가락을 잘라내는 건 암호의 비밀을 영원히 폐기시켜 누구도 새로운 시스템의 법칙을 이해할 수 없도록 만드는 일이라는 거지. 거기까지 들으니까 비로소 좀 이해가 가면서, 수술에 대한 믿음이 생기더라고. 그래서 결정했지. (…) 그래, 맞아. 그거야. 네 안에 비밀의 암호가 봉인되어 있다는…

나는 갑자기 이야기를 멈추고 심각해진다.

가만 있어봐, 그렇다면 이게 뭐야? 이러면 안 되지. 의사 말로는 새끼손가락 안에 비밀의 암호를 봉인해서 영원히 폐기시킨다고 했는데, 그게 아니었잖아! 거짓말이었던 거잖아! 그렇지 않다면 영원히 봉인되어서 폐기되었어야 할 새끼손가락이 내 눈앞에 나타날 리가 없는 거잖아. 거짓말이었어…! 거짓말.

나는 불안해지면서 점점 공포스러워진다.

어디서부터 거짓말인 거지? 안 되겠어. 말해. 넌 알지? (…) 어떻게 오게 된 거야? 영원히 폐기되었다는 네가 어떻게 해서 내 눈앞에 나타나게 된 거냐고! 제발 좀 말해 줘! 운명 같은 개소리는 집어치우고 사실대로 좀 말해줘. (…) 몰라? 모른다는 게 말이 돼? 왜 숨겨! 말해! 말하라구!!

나는 소리를 지르고 숨을 몰아쉰다.
애써 이성을 찾는다.

알아… 나도 네가 뭐 발이 달려서 걸어왔다는 뜻은 아니야. 네 힘으로 여길 온 게 아니라는 건 안다고. 하지만 어떻게 이동했는지 기억은 나야 할 거 아냐? (…) 몰라? 정말 몰라? (…) 미치겠네, 정말!! (…) 뭐? 가겠다고? 어떻게? (…) 할 수만 있다면? 할 수만 있다면 가겠다고? 그럼 갈 수 있다는 뜻이야? (…) 지금 장난해? 갈 수 없는데 가겠다는 건 뭐야? 안 그래도 지금 혼란스러워서 돌아버릴 지경인데.. 와, 진짜!

다시 화가 폭발한다.

그래! 좋아, 당장 내 눈앞에서 사라져! 당장!! (갑자기 돌변) 아, 안돼! 절대 안돼! 가면 안되지. 갈 수도 없겠지만 가서도 안 돼. (…) 왜냐니? 네가 얼마나 위험하고 얼마나 불결한지…!

나는 말이 심한 것 같아 멈칫하지만…
에라 모르겠다는 심정으로 그냥 내지른다.

맞아. 불결해! 너무나 위험하고 너무나 불결해. 그러니까 이렇게 가까이 있으면 안되는 거야. 여기 내 집에 있으면 안되는 거란 말이야! 알겠어?

불결하다는 생각에 사로잡히자 나는 너므나 불안해진다.

어떡하지? 어떡해야 할지 모르겠어. 아…

나는 짜증에 겨워 울기 시작한다.
한참 울다가 진정이 되면서 뭔가를 깨닫는다.

맞아… 내가 여태까지 왜 이러고 있었지?

나는 전화를 건다.

여보세요? (…) 네, 맞아요. 접니다. (…) 무슨 일이냐고요? 누가 전화했는지는 알고 있으면서 왜 전화했는지는 모르세요? (…) 나한테 무슨 일이 일어났는지 모르고 있는 겁니까? (…) 다짜고짜라니요? 내 담당의사라는 사람이 이렇게 엄청난 일이 일어난 걸 모르고 있는데 그럼 내가 어떻게 반응해야 하나요? (…) 그럼 잘 들으세요. 내! 왼손! 새끼손가락이! 내 집에서! 발견됐어요! (…) 그래요. 내 집에서! (…) 뭐라구요? 잘못 봐요? 지금 그걸 말이라고 하세요? (…) 내 손가락이 아닐 수도 있다? 아니, 내가 그걸 못 알아볼 거 같아요? 내 이름이 적혀 있는 걸 내가 봤고, 열어봤더니…! (…) 아아, 그러세요? 그렇게 생각하시나요? 그럼 내가 지금 새끼손가락 사진을 찍어서 당장 언론과 방송사에 제보를 할까요? (…) '맞겠죠?' '맞겠죠?' 방금 전엔 나를 의심하더니 이제와서, '맞겠죠?' 하! 내가 기가 막혀서! (…) 아뇨, 사과하지 마세요. ―그냥 언론에 제보하겠습니다. (…) 이제 와서 죄송은 무슨 얼어죽을 죄송이냐고요!

담당 의사가 장황하게 사과하는 것을 나는 굳은 표정으로 듣고만
있다.

아니 그러니까 왜 사람 말을 의심부터 하고… 도대체 뭡니까? 안 그래
도 이렇게 말도 안되는 일을 겪고 엄청난 정신적 충격을 받은 사람한테.
(…) 당연히 그래야죠. (…) 서둘러 처리해주세요. 그리고 노파심에 말씀
드리는데 본사에서 정확한 대답을 해주지 않거나 이 사태를 확실하게 책
임지고 처리하지 않으면 저 정말 가만히 안 있을 거라고 전해주세요.

나는 전화를 끊고 기진맥진하여 소파에 누워 눈을 감는다.
극심한 피로에 깜박 잠이 든다.
조명 어두워진다.
어디선가 소리가 들려온다.
점점 커지는 소리. 끔찍하게 날카로운 기계음이다.
견딜 수 없을 정도로 커지다 뚝!
무서운 고요…
똑,
똑,
똑…
뭔가 액체가 떨어지는 소리.
조명이 비치면
테이블 위에 핏물이 시뻘겋게 번지면서
바닥으로 떨어지는 핏방울…
순간
마치 핏방울이 얼굴에 떨어진 듯 나는 소스라치게 일어난다.

꿈이었다.
뭔가 불길함을 느끼는데…
전화 오는 소리.
나는 전화를 받는다.

여보세요?

나는 담당의사가 전해주는 얘기를 들으며 점점 충격과 놀라움에 휩싸인다.

네. (…) 네. (…) 네. (…) 네에?! (…) 뭐라구요? (…) 아니, 그게…! (…) 뭐라구요? (…) 어떻게 그런…! 있을 수 없는 일이…! 그래서요? 본사에서 이제 이 문제를 어떻게 해결하겠다 하던가요? (…) 일단 알겠습니다.

나는 신경질적으로 전화를 끊는다.
생각할수록 화가 난다.

나쁜 새끼들! 애초부터 폐기가 아니었던 거야! 폐기할 생각이 없었던 거지. 사기꾼 새끼들! 그럴만한 이유가 있었다고? 뭔데? 도대체 뭔데? 폐기와 '다를 바 없는'? 웃기고 있네. 폐기와 다를 바 없는 철통같은 보안? 무슨 놈의 철통같은 보안이 이따윈데? 비밀 저장고? (생각할수록 화가 나) 비밀 저장고? 비밀 저장고가 얼마나 허술하면 산업스파이한테 뚫려? 산업스파이한테 도둑맞아놓고 쪽팔리니까 내부인의 소행이라고 둘러대기는! 끝까지 거짓말이야. 날강도 같은 새끼들! (문득) 그런데… 아무리 생각해도 이상한 건 도둑맞은 손가락이 어째서 나한테 오게 되었냐는 거야. 그래 백번 양보해서, 좋아, 산업스파이가 손가락 절제수술의 비밀을 알아내려고 손가락을 훔쳤다 치자. 하고 많은 손가락 중에 하필 내 손가락을 훔쳐갔다 쳐. 그러면 그걸 얼마나 극도로 중요하게 보관했겠냐고. 여기서 또 백번 양보해서, 진짜 말도 안 되게 얼빠진 짓을 해서 잃어버렸다 치자. 그게 어떻게 해서 내 집안에 들어올 수가 있었냐는 거지. 이게 말이 돼? 안돼! 아무리 생각해도 안 돼! 아니야, 아니야! 다 거짓말이야!

나는 처음부터 다시 추리를 한다.

그런데 손가락이 집안에 들어왔던 건 확실해? 처음엔 쓰레기봉투가 터지면서 저게 바닥에 떨어졌다고 생각했었어. 그게 맞나? 혹시 그게 아니라면… 누군가 저걸 현관문 앞에 놓고 갔다? 하지만 누가? 정말 본사 내부인이 어떤 목적으로 일부러? 어떤 목적이 있을 수 있을까? 하지만 나한테 보내려는 의도가 있는데 그렇게 허술하게 그냥 바닥에 놔? 오히려 의도적인 것처럼 보이지 않으려고? (생각을 해보다가) 아아, 모르겠어! 아무튼… 산업스파이는 아니야. 산업스파이라는 건 절대 말이 안 돼. 오히려 내부인일 가능성이 높아. 아아… 머리 아파. 머리가 깨질 거 같아.

나는 두통약을 찾아서 물과 함께 삼킨다.

뭐라고? (…) 아… 조금 있다가 너를 수거하러 오겠대. (…) 어디긴? 본사지. 본사 비밀저장고. 철통같은 보안을 자랑하는 비밀저장고. 네가 원래 있던 곳으로 돌아가는 거야. (…) 뭐라고? 지금 뭐라고 했어? (…) 네가 원래 있던 곳은 여기라고? (…) 내… 몸이라고…?

나는 손가락을 노려본다.
그러다가 뭔가 결심한 듯 태도를 부드럽게 바꾼다.

솔직히 말해봐. 정말 너 혼자 움직일 수 없는 거 맞아? 혹시… 혹시…
원래 있던 곳으로 돌아오고 싶어서 온 거 아니야? 화내지 않을게. 정말
궁금해서 물어보는 거야. 네가 이제까지 사실대로 얘기하지 않았다고
해서 화내지 않을게. 정말 솔직하게 말해줘.

나는 새끼손가락의 대답을 듣고 안심한다.

그럼 됐어. 곧 보안팀 요원들을 보낸대. (문득) 가만 있어봐. 보안팀? 보
안팀…! 만일 내부인의 소행이라면… 그렇다면 그 내부인은 보안팀일 가
능성이 가장 높은 거잖아. 만일 그놈들이 자기들이 빼돌렸다 실수로 잃
어버린 이 손가락을 다시 찾으러 온 거라면? 그럴 가능성이 있지. 있어!
충분히 있어! 그럴 가능성이 충분한데 내가 이 손가락을 순순히 내줄 수
없는 거잖아. 안 되지. 절대 안 돼! 그럼 어떡해야 되지?

개 짖는 소리가 요란하게 들려온다. 덩치 큰 맹견의 소리.

저놈의 개새끼! 너도 알지? 예전에 너를 물었던 개가 바로 저놈이야. 소
리 들려? 저놈은 그냥 짖는 게 아니라 울부짖어. 내 귀엔 저 소리가 마치
굶주린 악마가 먹잇감을 찾아 울부짖는 소리처럼 들려. 그런데도 옆집
여자는 자기 빼고는 모든 사람들이 싫어하는 그 개를 끔찍이 예뻐한다
는 사실, 정말 웃기지 않아? 뭐? (…) 어떡하다가 물리게 됐냐고? 저 개
가 한창 날카로운 이빨이 자랄 무렵에, 아직 강아지니까 좀 귀여웠거든,

예쁘다고 다가가서 쓰다듬어주는데 그냥 순식간에 물어 버렸어. 옆집 여자는 내가 손가락을 물렸다니까 눈물까지 흘려가며 안타까운 척했지만, 자기 개가 사람을 물었다는 사실에 대해서는 전혀 죄스러워하지 않았어. 오히려 낯선 사람을 공격할 줄 안다는 걸 대견해하더라구. 그러니 저놈은 점점 더 성질이 나빠질 수밖에. 이젠 거의 노견인데, 저 소리 좀 들어봐. 저놈이 죽으면 지옥의 수문장 역할로 딱이겠어.

개 짖는 소리가 더욱 심해진다.

이 미친 개새끼! 정말 못 참겠네.

분노로 벌떡 일어서서 창밖을 내다보고는 깜짝 놀란다.

뭐야! 저놈의 개새끼가 왜 우리집으로 넘어온 거지? 와, 진짜 어이없네? 확 저걸 패버릴 수도 없고…!

이때 휴대폰이 울린다. 나는 전화를 받는다.

여보세요? (…) 네, 맞습니다. (…) 네, 주소도 맞아요. 지금요? 그러니까 지금 본사에서 출발한다는…? (…) 네? 벌써 출발을 했다고요? 10분이요? 아니, 출발 전에 전화를 주셔야지, 지금 알려주시면 어떡합니까? (…) 죄송은 됐구요, 네, 일단 알겠어요.

나는 전화를 끊고, 허둥대기 시작한다.

어떡하지? 내가 지금 이 상황에서 본사를 믿는 게 맞는 거야? 보안팀
을 믿어도 되나? 아아, 어떡해야 하지? (또다시 요란한 개 짖는 소리)
저놈의 개새끼! 저걸 그냥 확 죽여버릴까보다!

갑자기 나에게 무슨 생각이 떠올랐다.

죽여…?

나는 창가로 다가가 미친 듯이 짖어대는 개를 보고 시선을 돌려
테이블 위 손가락을 본다.
휴대폰과 삼각대를 거둬들인다.
그리고
천천히 현관문으로 다가가 문고리를 잡는다.
결심한 듯 문을 여는 순간…
조명 아웃.
문 열리는 소리,
개 헉헉대는 소리,
마룻바닥을 뛰는 개의 거친 발소리,
테이블 흔들리는 소리,
그리고
우드득 작은 뼈가 으깨어지는 소리,
아득아득와작와작… 씹는 소리.
잠시 후 조명 들어온다.
나는 조각상처럼 꼼짝하지 않고 앉아있다.
테이블 위엔 손가락이 보이지 않는다.

초인종 소리.

나는 천천히 일어나 현관문으로 다가간다.

암전.

다시 조명 들어오면

나는 창가에 서서 바깥 풍경을 바라보며 전화를 하고 있다.

어. 끝났어. (…) 내 딴엔 최선의 선택을 한 건데… 잘한 일인지 모르겠어. 기분이 좀 이상해. (…) 모르겠어. (…) 아깐 속이 시원했는데, 자꾸만 뭔가 찜찜해. 뭔가… 내가 저지른 일이 되게 끔찍한 짓이라는 걸 미처 몰랐다가 알게 된 것 같은 그런 이상한 기분이야. (…) 하지만 선택의 여지가 없었으니까. (…) 아니. 본사에서 수거해가지 않았어. 내가 처리했어. (…) 그래. 내가 처리했다고. 직접. (…) 그럴 수밖에 없었어. 누구도 믿을 수가 없었거든. 담당의사도, 본사도 다 거짓말을 하고 있다는 생각이 들었고, 특히 손가락을 수거하러 오겠다는 보안팀 놈들은 더더욱 믿을 수가 없었어. 그래서 어떡할까 고민하고 있는데, 옆집 개 알지, 그 미친 개새끼. 전에 내 새끼손가락 물어뜯은 놈 말야, 그놈이 우리 집 마당으로 넘어와서 집안을 향해 미친 듯이 짖어대는 거야. 이제껏 그런 적은 한 번도 없었어. 왜냐면 내가 그놈을 맨날 노려보고 윽박지르니까 나만 보면 무서워하면서 피하거든. 그런데 갑자기 왜 저러지? 너무 이상하잖아. 이런 생각이 들더라. 저놈이 자기가 한번 물어뜯은 손가락이 집안에 있다는 걸 감지하고 있는 거 아닐까? 내 이빨을 한번 박아넣었던 저 덩어리는 내 꺼다, 저것을 내가 기어코 먹어치우겠다, 이런 광기가 아닐까? (…) 그래, 네가 그렇게 반응할 줄 알았어. 나도 사실 오늘 일을 겪지 않았다면 개한테 무슨 초능력이 있냐고 비웃었을 거야. 그런데… 그런데… 아니더라. 정말 믿을 수 없는 일이 일어나더라. (…) 얘기해도 못 믿을 거야. (…) 그래, 말이라도 믿어준다고 하니 고맙긴 한데 막상 얘기 듣고 나면 못 믿을 거야. (…) 그… 새끼손가락 있잖아. 잘라낸 손가락. 그 새끼손가락하고 내가… 대화를 했어. (…) 손가락이 말을 한 게 아니라 손가락의 생각이 읽히더라고. (…) 괜찮아. 네가 나한테 그런 말 했으면 난 너 미쳤다고 했을 텐데 뭐. (웃음) 아무튼 그래서 난 현관문을 열었어. 개가 어떻게 했는지 알아? 문을 열자마자 달려와서 정확히 테이블 위로 뛰어올라 손가락을 물어챘어. (…) 당연하지. 이빨로 아그작아그작 씹어먹어버리더라. (…) 맞아. 그렇게 처리된 거야. (…) 문제는 없어. 그냥 내 기분이… 뭔가… 내가 뭔가… 살아있는 걸 죽인 것 같고… 기분이 안 좋아. 잘한 거라고 생각하는데 자꾸 잘못한 것 같은 기분이 들어. 아, 맞다, 너 아까 아침에 무슨 꿈 꿨다고 했지? 나쁜 꿈이었어? (…) 좋은 꿈이래? 누가? (…) 선녀보살? (웃음) 못 살아… 그 새에 무당을 찾아간 거야? (…) 아무튼 좋은 꿈이라니까 좀 안심이 되기도 하네.

나는 깊은 안도의 숨을 쉰다.

잘한 거 맞겠지? (…) 알았어, 너도 그렇게 생각한다니까 더 마음이 놓이네. 근데… 저 개새끼가 웬일이야? 저렇게 오랫동안 얌전하게 누워있고? 지가 먹고 싶었던 거 먹고서 너무나 만족해서 자는 건가? (…) 그래, 그 생각은 이제 그만 잊어버려야지. 고마워, 나 너무 피곤해서 좀 쉬어야겠어. 그만 끊자.

나는 전화를 끊고 다시 창밖을 보는데…

소리) "어머, 얘가 왜 이래? 치코! 치코야? 치코! 치코! 어머 난 몰라, 얘
가 왜 이래! 치코! 치코! 정신 차려! (울면서) 여보세요? 구급차, 구급차 좀
빨리 보내주세요. 우리 치코가, 우리 치코가 늘어져서 꼼짝도 안해요."

나는 놀랐다가 서서히 뭔가를 깨닫고는
슬슬 웃음이 나온다.

하하하하하… 진짜 절묘한 복수네. 손가락을 문 개한테 손가락을 먹여서
죽이다니…

나는 통쾌한 듯 더 크게 웃는다.
그리고 네 손가락짜리 왼손을 펼쳐보면서
기분 좋은 안도감에 젖는다.
암전되어 한동안 어둠.

무대가 다시 밝아지면
며칠이 지난 일상의 어느 날이다.
나는 통화 중이다.

아, 맞다, 거기가 좋겠네. 거기 우리 한번 가보고 싶었잖아. 그럼 예약은
네가 할래, 아님 내가 할까? (…) 오케이, 시간은 여섯 시? (…) 좀 일러?
그럼 여섯 시 반? (…) 어, 이따 봐.

나는 전화를 끊고 AI에게 지시한다.

방금 통화내용으로 예약 진행해 줘.

AI) 네, 오늘 저녁 여섯 시 삼십 분에 레스토랑 필로켈리에 예약하면 될까요?

어, 맞아.

AI) 네, 알겠습니다. 그리고 메일이 도착했습니다. 이전에 중요메일로 표시된 적 있는 발신자로부터 온 메일입니다. 읽어드릴까요?

어, 메일 열어주고 읽어줘.

영상이 나타난다.
내 계정의 이메일 페이지.

AI) 안녕하십니까?
국내에서 유일하게 새끼손가락 절제수술을 시행하고 있는 저희 병원에서는 최근의 연구결과보고에 따라 치명적이라고 예상되는 신종 바이러스가 새롭게 발견되었음을 알려드립니다.
이 바이러스는 이미 새끼손가락 절제수술을 통해 새로운 생체시스템을 갖게 된 인체도 공격할 수 있다는 가능성이 제기되고 있습니다.
그러나 그동안 꾸준한 연구를 계속해온 저희 연구소는 이러한 바이러스 공격에 맞설 수 있는 2차 수술법을 개발해놓은 상태입니다.
더욱이 그동안 안전을 위해 기밀토 해왔던 일이지만, 인류의 미래를 내다보는 혜안으로 귀하의 절제된 새끼손가락을 언제든 생체 활성화될 수 있도록 특수한 방법으로 보관해놓았음을 밝힙니다.

2차 수술은 기존의 새끼손가락 절제수술을 받은 분들에게는 매우 간단한 시술로서 다음과 같은 과정으로 진행됩니다.

1단계. 본사에 보관되어있던 새끼손가락을 다시 손에 붙여 생체 활성화 시킵니다.

2단계. 새로운 바이러스의 공격을 피하도록 생체시스템을 암호화합니다.

3단계. 암호의 열쇠를 새끼손가락에 주입합니다.

4단계. 새끼손가락을 다시 잘라냅니다.

따라서 귀하께서는 빠른 시일 내에 저희 병원으로 연락하셔서 보관된 본인의 새끼손가락을 확인한 후 수술날짜를 예약하시기 바랍니다.

비고기존의 수술로 절제된 새끼손가락을 별도 계약 하에 개인적으로 보관하거나 폐기한 경우가 있었습니다. 이러한 분들께서는 다른 손가락 하나를 추가로 절제하실 수 있습니다.

- 끝 -

소통

전혁준

등장인물

남자 _옆집 남자
여자 _옆집 여자

무대

무대 좌우는 집 안의 다른 곳(화장실, 방 등)으로 통하는 통로이고 무대 뒤쪽 좌우 양쪽에는 현관문이 있다. 집 안에는 책상과 침대, 책장, 거울 등등이 자리 잡고 있으며 벽에는 좌우에 그림 하나씩 걸려 있다. 하나는 고갱의 황색 그리스도 그림, 다른 하나는 황색 그리스도가 거울에 비친 고갱의 자화상이 걸려 있다. 책상에는 컴퓨터, 다수의 노트, 스탠드 조명이 있고 침대 옆에는 인형들이 자리 잡고 있다. 남자는 주로 책상을 이용하고 여자는 주로 침대를 이용한다. 남자와 여자는 같은 공간을 공유하지만 서로 각자의 집이라는 설정이다. 남자는 오른쪽을 주로 사용하고 여자는 왼쪽을 주로 사용하지만 그 공간만 써야 하는 건 아니며 서로 넘나들 수 있다. 남자의 집은 오른쪽 문, 여자의 집은 왼쪽 문이 집으로 들어오는 출입구가 된다. 그러니까 여자가 남자의 집으로 가려면 왼쪽 문으로 나가서 오른쪽 문으로 들어오면 된다.

1장

남자 머리는 산발이 되어 있고 초췌한 상태로 컴퓨터 앞에 앉아 무언가를 계속 쓰고 있다. 여자는 침대에서 자고 있다.

남자 새는 알에서 깨어나려고 싸운다. 알은 곧 세계이다. 새로운 세계로 나아가려면 하나의 세계를 파괴하지 않으면 안 된다. 새는 신을 향해 날아간다. 그 신의 이름은 아브락사스다. (타자를 친다) 이제부터 저는 절대 진실만을 말할 것입니다. 세상에 절대란 건 없다. 그 말이 진실이라면 절대 진실만을 말하겠다는 방금 한 말은 거짓입니다. 그러므로 이제부터 저는 거짓만을 말할 수도 있습니다. (관객을 보며) 근데 "세상에 절대 절대란 건 없다.'란 말은 그럼 어떻게 되는 거지?

남자 다시 작업에 몰두한다. 여자 침대에서 일어나 거울 앞에 선다.

여자 예쁘다. (거울을 보며) 아니야 못생겼어. 이 정도면 괜찮은 거 아닌가. 다른 사람들이 어떻게 생각할까? 나는 모르니까. 아니 알 수가 없지. 나는 사람이 정말 싫어. 난 니가 너무 싫어. 날 보고 있는 니가 너무 싫어.

여자는 자유롭게 움직이고 남자는 작품이 잘 써지지 않아 짜증이 났다.

남자 (스스로에게) 너 진짜 재능 없다.

남자 핸드폰으로 노래를 틀어 놓고 거울을 보다 말없이 안으로 들어 간다. 여자의 자유롭던 움직임은 남자가 틀어 놓은 노래에 맞춰 어떤 춤사위가 된다. 남자 칫솔에 치약을 묻혀 마이크로 삼아 노래를 따라 부르며 억지로 흥을 낸다. 그러다 노래를 멈추고 이를 닦기 시작하며 춤을 춘다. 여자의 춤사위와 어우러진다. 여자는 지쳤는지 멈추고 남 자는 화장실로 들어간다.

여자 알게 뭐야? 난 친구도 형제도 없지. 날 때부터 이랬던 건 아니야. 부모도 있었고 친구도 있었던 거 같아. 아니야, 있 었어. 좋았지. 모든 건 다 그 사건 때문이야. 내 모든 것을 앗아간 그 사건. 심지어 내 목소리조차. 근데 그 사건이 뭐 였지?

남자 나와서 거울 앞에 서고 여자는 기억해 내려고 애쓰다가 포기 한다.

남자 너는 작가 지망생이자 연출 지망생이자 배우 지망생이다. 그래 아직까지 모든 것이 지망생일 뿐이지만 그것도 과거 가 될 것이다. 너는 작가가 될 것이고 연출가가 될 것이며 배우가 될 것이다.

여자 사실 기억나지 않아. 그 사건 이유로 기억의 부재도 내 것

이 되어버린 탓이겠지. 쿠재 부재 부재 온통 부재 투성이
야. 내가 가진 거라고는 이 집에 있는 것이 전부야. 정말
가진 게 없지. 아 생각해보니 가진 게 더 있었어.

남자   (여자의 말 중간 중간에 겹치지 않게 천천히 한 단어씩) 인식, 존재,
분노, 충동, 직관, 사실, 파격, 독창, 절대, 감성, 이성, 의
지, 사상, 영감, 가치, 기억, 기록, 노력, 재능, 천명, 관찰,
심연

여자   공황장애, 대인기피증, 모서리공포증, 고소공포증 등등 나
는 모든 종류의 phobia를 다 가지고 있어. 심지어 광장공
포증을 가지고 있으면서 동시에 폐소공포증을 가지고 있
어. 아이러니 한 것이지. 반어법이자 동시에 역설법인 것
들. 없음으로 완벽하게 있고 없음으로 진실되게 없어지는
것. 부재. 무슨 말이냐고? 소통의 부재로써 완벽해지는 소
통에 관한 거지. 내 이야기처럼. 안녕하세요. 반가워요. 라
고 하면 안녕하세요. 반가워요 하는 것들. 안녕히 계세요.
하면 안녕히 가세요. 라고 하는 것들이지.

남자   나의 심연을 들여다보는 것을 두려워하지 마라. 나의 심연
을 들여다보는 것을 두려워하지 마라.

여자 침대에 앉고 남자는 핸드폰을 끄고 다시 컴퓨터에 가서 앉는다.

여자   안녕하세요. 제 목소리를 뺏어간 그 사건 이후로 유일하
게 제 목소리를 들을 수 있는 분들이 여기 다 모여 계시
네요. 안녕하세요. 그 사건 이후로 집 밖으로 나가지 않은
지 몇 년이 됐어요. 배달 음식에 인터넷 주문 남겨주신 유

산으로 생활에는 크게 불편함이 없어요. 이 공간만이 유일하게 안락하고 안전한 곳이에요. 스머프 친구들과 테디베어 아저씨 이쁜 바비들과 소통하면서 하루하루가 행복한 나날들이죠. 물론 일방적인 소통이긴 하지만. 그게 뭐가 중요하죠? 무엇 하나 불편한 것이 없는 완벽에 가까운 생활이죠.

남자 새는 알을 깨고 나온다. 알은 세계다. 태어나고자 하는 자는 하나의 세계를 깨뜨려야 한다. 새는 신을 향해 날아간다. 그 신의 이름은 아브락사스다.

여자 (분위기 바뀌며) 그런 나에게 최근에 신기한 일이자 무서운 일이 벌어졌어요. 내 생각을 읽는 사람이 나타난 거예요. 놀랐나요? 저도 엄청 놀랐다니까요. 벨소리가 울리고 택배기사가 온 줄 알고 평소처럼 만반의 준비를 하고 나갔죠. 그런데 처음 보는 사람이 서 있는 거예요. (갑자기 생각난 듯이 무대 왼쪽으로 들어간다)

남자는 책장 한쪽 칸에 있는 책들을 손가락으로 쭉 훑는다. 그쪽 칸에는 여러 출판사의 다양한 데미안이 꽂혀 있다. 심지어 같은 데미안 책도 몇 권씩 있다.

남자 데미안. 명작이지. (한숨 쉬며) 데미안 같은 작품을 쓰고 싶다.

그 밑 칸은 관찰일지 칸이다. 남자는 그곳에서 관찰일지를 하나 꺼내 읽는다.

남자　관찰일지 옆집 여자. 첫 만남. 이사 온 첫날 떡을 돌리다 처음 봄.

여자 머리에 헬멧을 쓰고 흰 장갑을 끼고 나와 남자랑 마주 선다.

여자　어? 택배기사가 아니네. 뭐지. 어떡하지. 그냥 닫을까?

남자　(여자를 보며) 아! 저 이상한 사람 아닙니다. 옆집에 이사 와서요. 떡 돌리고 있어요.

여자　(아래만 보며)

남자　일단 받으세요. 실내에서 헬멧을 쓰고 계시네요. 머리 안 무거워요?

여자　(고개를 저으며) 무겁다. 그러니까 빨리 좀 가라.

남자　고개는 저으면서 무겁다고 하시네요. 네 빨리 가 드릴게요. 하하하.

여자　(관객에게) 정말 신기하죠? 아니 너무 무서운 일이에요. 내 생각을 읽다니. 메그니토 헬멧으로 바꿔야겠어요. 메그니토 아시죠? 엑스맨에 나오는 철 조종하는 초능력자요. 그 사람이 텔레파시를 막으려고 헬멧을 쓰거든요. 암튼 내 생각을 읽었어요. 아닌가요? 우연인가요? 고개는 저으시면서 무겁다고 하시네요. 네 빨리 가 드릴게요. 하하하 우연이라고 하기에는 너무 정확하지 않았나요? 내 생각을 읽다니 너무 무서워요. 아니 사실 몇 년 만에 처음이에요. 누군가와 대화를 나눈 것 같이에요. 이런 일방적인 소통 말고는 처음인 거죠. 신기한 일이에요. 확인해 볼까요?

여자 왼쪽 문으로 나간다. 남자는 계속 일지를 보고 있다.

남자 실내에서 헬멧을 쓰고 있었다. 손에는 장갑을 끼고 있다. 행동과 말이 다르다. 고개는 아니라고 저으면서 무겁다고 한다. 그리고는 나를 쫓아냈다. 그런데 떡을 돌리고 오자마자 집으로 찾아왔다. 아니 쳐들어왔다.

여자 오른쪽 문으로 들어오면서

여자 똥 마려우니까 휴지 달라.
남자 네?
여자 똥 마려우니까 휴지를 다오.
남자 아 네. 잠시만요.
여자 똥 마려우니까…
남자 여기 휴지요.

남자 휴지를 준다. 여자 나간다.

남자 (일지 보며) 갑자기 와서는 똥 마려우니까 휴지를 달라고 했다. 예의가 좀 없는 것 같다. (관객에게) 이때만 해도 아무것도 몰랐었지. (침대에 누워 버린다)

여자 왼쪽 문으로 들어오면서

여자 미쳤어. 미쳤어. 설마 알아듣고 준 건 아니겠지. 근데 그럼

어떻게? 어떻게 알아듣고? (헬멧을 벗고 휴지를 책상 위에 올려
놓고 관객을 보고) 똥 마려우니까 휴지 줘 봐요. 봐봐. 못 알
아듣잖아. (웃으며 침대로 띄어 들어 가지만 남자랑 접촉되지는 않는
다) 근데 진짜 신기하다. 한 번 더?

여자 헬멧을 쓰고 다시 나간다. 남자 누운 상태에서 일지를 보며

남자　(일지 보며) 휴지를 빌려 간 지 얼마 되지 않아 또 왔다.

여자 들어오며

여자　안녕하세요.
남자　안녕하세요.
여자　화장지 고맙습니다.
남자　잘 싸셨어… 아니 쓰셨어요?
여자　들어가도 될까요?
남자　이미 들어오셨는데요.
여자　네. 집이 좋네요.
남자　같은 집일 텐데요.
여자　(호탕하게 웃으며) 맞아요. 우리 집도 좋아요. 이 스탠드 조명
　　　어디서 사셨어요?
남자　이 앞 조명가게요.
여자　와 거기 아직도 있구나.
남자　네?
여자　제가 몇 년 동안 집 안에서만 살거든요.

남자　실례가 안 된다면 이유를 물어봐도 될까요?

여자　그걸 물어보시는 건 실례죠?

남자　네?

여자　실례 맞다구요.

남자　아! 사과드리죠.

여자　그 사과를 받아들일게요.

남자　하하하하. 재밌으시네요.

여자　제가 재밌어요?

남자　네? 네.

여자　가볼게요.

남자　아! 네.

여자 오른쪽 문으로 나간다.

남자　(일지 보며) 문을 열자마자 들어와서는 제 집처럼 활보한다. 이 집이나 옆집이나 같을 텐데 집이 좋단다. 몇 년 동안 집 안에서만 사는 사람. 이유를 물어봤더니 실례라고 한다. 특이하다. 관찰등급 S. (일지를 침대에 던지며) (한숨 쉬며) 옆집 여자만 한 소재거리는 없었는데. 집중하자. 집중.

남자 컴퓨터 앞에 앉아서 글을 쓰기 시작한다. 여자 들어오며 헬멧을 벗는다.

여자　신기한 일이에요 정말. 제 생각을 딱딱 알아들어요. 많은 얘기를 나누지는 못했지만 확실히 알 수 있었어요. 내 생각을 전부 읽는 건 아니에요. 근데 내가 전달하고 싶은 것은 딱딱 알아들어요. 신기한 일이죠. 그건 분명 대화였어요. 분명히 대화였죠. 몇 년 만에 대화를 나눴어요. 아! 첨에 똥 얘기하지 말걸. 재밌으시네요. 내가 재밌는 사람이었어. (침대로 뛰어 들어가 눕는다) 저밌으시네요. 꺄.

2장

남자   (관객에게) 안녕하세요. 사르트르 씨. 닫힌 방. 정말 잘 읽었습니다. 근데 저는 '지옥은 타인이다.'에 전적으로 동의하지는 않습니다. 스스로 지옥이 되는 사람도 있거든요.

조명 분위기가 바뀌며 남자는 관객들을 유명 작가로 취급하며 그 작품은 잘 봤다느니 별로였다느니 말을 걸며 인사를 하며 돌아다닌다.

남자   안녕하세요. 반갑습니다. 제가 존경하는 분들이 여기 다 모여 계시네요. 방금 전까지만 해도 저는 기분이 아주 우울했습니다. 하지만 보시다시피 지금은 괜찮아졌습니다. 전 제 기분을 컨트롤하는 방법을 아주 잘 알거든요. 나의 심연을 들여다보는 것을 두려워하지 마라. 여러분과 나누는 대화도 제 방법 중 하나죠. 항상 감사합니다. 아! 왜 우울했냐고요? 쓰던 글이 막혀버렸기 때문이죠. 그전까지는 뭐든지 쓸 수 있을 것 같았는데 말입니다. 뭘 쓰냐고요? 글을 쓰고 있었죠. 전 작가 지망생이거든요. 세기의 작품. 대작이 될 만한 그런 작품. 암튼 영감이 딱 와서 쓰려고 앉았는데 그 영감이 온데간데없이 사라진 겁니다. 그러니 기분이 아주 안 좋았죠. 뭐든지 하다가 막히면 우울해지기 마련이죠. 안 그렇습니까? 컴퓨터로 정말 보고 싶었던 영화를 다운받는데 컴퓨터가 다운된다든지 아! 웬만하면 굿다운로더 하세요. 나중에 제 작품도 돈 주고 사주시고요. 또 이런 경우도 있죠. 연극을 보러 갔는데 갑자기 무언가 이상해지는 겁니다. 등장인물의 캐릭터가 갑자기 바뀐다든지 하는 것들 말입니다.

여자는 연기에서 빠져 나와서 배우로서 존재한다.

여자 (분위기 바뀌며) 재밌으시네요. 꺄! 대사 참 지랄 같네요. 안녕하세요. 핸드폰은 다 끄셨나요? 안심하고 꺼 놓으셔도 돼요. 한 시간 삼십 분이라는 시간 동안 당신의 부재를 전혀 부재라고 느끼지 않을 테니까요. 슬픈 얘기지만 (관객 한 명을 지목) 부재중 전화 올 데 있어요? (대답을 듣지도 않고) 없죠. 그런 거죠. 불쌍한 사람. 뭐 넘어가고 공연을 보고 계셨죠?. 이 사람이 작가 겸 연출 겸 배우예요. 저는 이 작품을 연기하고 있는 000이라고 합니다. 안녕하세요? 반갑습니다.

남자 뭐지? 실순가? 의도가 있나? 그런 고민을 하다 보면 연극

을 온전히 볼 수 없죠. 마술을 볼 때 마술의 비밀을 파헤치
려고 보면 재미는 사라진다. 뭐 그런 것처럼 말이죠.

여자 지금까지 내용이 이해가 되셨나요? 제가 연기하고 있는
극중 인물이 어떤 사건으로 인해 목소리를 잃었다. 그런데
옆집 남자는 알아들을 수 있다. 뭐 이런 개연성 없는 내용
이었죠. 목소리의 부재를 연극의 특수성과 상상력에 의해
소통으로 어쩌구어쩌구. 뭐 이런 겁니다. 사실 저도 이 새
끼가 무슨 말 하는지 모르겠어요. 이게 무슨 재미가 있다
는 건지… 여러분 많이 당황하셨죠? 이해해요. 연극하다
말고 이게 무슨 상황이냐 하시겠죠. 근데 제가 쌓인 게 너
무 많아서요. 연출가이자 작가이자 배우까지 하고 있는 이
자식이 입버릇처럼 말하는 것이 있었어요.

남자 (여자에게) 그따위로 연기할 거면 관객을 앉혀서 대본을 나
눠주는 게 훨씬 낫겠다. (관객에게) 앉으세요. 대본 하나씩
받으시고요. 다 읽으신 분은 먼저 나가셔도 돼요. 공연 재
밌게 보셨나요? 이게 더 낫겠다고. 어!

여자 그래 그 말. 근데 내 연기보다 니 대본이 더 병신 같아. 이
새끼야. 속이 좀 시원해졌네요. 목소리를 잃은 것을 감추
고 이제껏 쳤던 대사들이 모두 머릿속에서 드는 생각이었
다. 라는 게 무슨 의미가 있다는 건지… 더군다나 온갖 공
포증을 가진 사람이라니. 그런 사람이 어떻게 살 수가 있
지. 진작 자살을 하고 말지. 자꾸 중요하지 않은 얘기만 하
고 있네요. 공연 연습을 할 때였죠. 이 새끼가 phobia 즉
공포증에 몰입하라고 자꾸 가스라이팅 하는 거예요.

남자 넌 모든 것에 공포가 있어 인물을 극한까지 몰아부치는

연기가 나와 줘야 한다고. 몰아부쳐. 몰아부쳐. phobia phobia phobia

여자　너무 몰입해서 나는 그만 무대공포증이 생겨버렸어요. 극 중 인물을 연기해야 하는 배우가 무대공포증이 생겨버린 거죠. 예전에는 내 집 같았던 이 무대가 너무 공포스러워요. 이게 더 재밌지 않나요? 무대공포증이 생겨버린 배우가 온갖 공포증에 시달리는 발성장애를 가진 사람을 연기하는 거죠. 아니죠. 발성장애를 가진 자의 생각을 연기하는 건가. 그게 그거죠. 난 도통 이 새끼가 하는 말을 이해할 수 없었죠. 꺄라는 대사도 그래요. 좀 전에 보셨죠. (행동 없이 대사만 친다) 재밌으시네요. 꺄. 지랄 같은 대사죠. 대본에 적혀 있었죠. 꺄. 이 꺄를 어떻게 연기해야 할까를 두고 일주일이나 연구했어요. 몇 년 동안 대화를 하지 못한 이가 몇 년 만에 대화를 하고 와서는 재밌는 사람이라고 한 것에 감동받고 꺄꺄 거리는 이 장면 정말 최고의 장면이죠. 물론 반어법이죠. (한숨 쉬며) 그것이 그렇게 좋을까요? 이해할 수 있으신가요? 전 이해할 수 없었죠. 이 꺄라는 대사를 연기하기 위해 배우들이 항상 고민하는 매너리즘에 빠져 버렸죠. 경험해 보지 못한 것을 연기해야 하는 자들의 숙명. 살인하는 역을 맡은 배우는 가만히 상상해 보죠. 사이코패스가 돼서 누군가를 죽이는 상상. 실체적 경험 없이 상상만으로 그 느낌들을 찾아내는 거죠. 머릿속으로 수십 명을 죽이고 시체를 토막 내고 냉동고에 넣어서 얼렸다가 큰 여행 가방에 넣고 집을 나서죠. 그리고 시체를 유기하는 상상.

남자 풍덩.

여자 저도 이 꺄라는 대사를 위해 상상해 봤죠. 제길 도저히 상상으로 극복이 안됐죠. 그래도 배우는 해야만 해요. 저 나름대로 결론을 내렸죠. 어떤 스릴이랄까 사랑에 빠진 듯하지만 물론 이성에게 빠지는 사랑이 아니죠. 인간적으로 심연에 있는 그 무언가가 녹으면서 모든 부재에 대한 부정이 긍정으로 바뀌는 그런 사랑? 어떻게 보면 자기애를 회복한 듯한 느낌인 거죠. 그런데 이 새끼는 제 연기를 보고 고래고래 소리를 지르더라고요.

남자 뭐 하는 거야 지금! 너 미쳤어. 너 바보냐! 여기서는 비명을 지르라고. 비명 몰라 비명?

여자 네. 그렇습니다. 대본에 적혀 있던 꺄라는 한 글자는 비명이었어요. 그것도 의미 없이 내지르는 소리 같은 거. 그냥 지문으로 비명을 지른다라고 적어 놨으면 저의 일주일이 날아가지 않았을 거예요

남자 그리고 그 비명은 음성이야. 최초의 음성, 지금까지의 모든 대사가 생각이라는 가정이 있었지만 그것을 깨는 최초의 음성 그 느낌 모르겠어? 억눌린 듯 짓눌린 성대에서 나오는 비명. 쉽게 말하면 끅 같은 거지.

여자 그러면 끅이라고 적었어야지. 끅끅 어려운 연기에요. 멀쩡한 성대를 멀쩡하지 않게 쓰는 거. 제가 소리 내는 방법들을 들어 보실래요. (여러 가지 발성을 한다) 차라리 이런게 저한테는 편하죠. 그렇지만 전 기쁨인지 슬픔인지 모를 그냥 어떤 소리를 내면 되는 거였죠. 판단은 관객이 하는 거죠. 다시 이어가 볼까요. (분위기 바뀌며) 재밌으시

네요. 끅끅.

조명 원래대로 돌아오며 남자 혼자만의 상상에서 빠져나온다.

남자 연극을 보러 갔는데 갑자기 등장인물이 바뀐다든지 이상해진다. 괜찮은 거 같은데. (빠져나와서 관객에게) 아! 왜 갑자기 연극 얘기를 하냐고요? 제가 연극에도 관심이 많거든요. 사실 연출 지망생이자 배우 지망생이기도 합니다. 작가 지망생, 연출 지망생, 배우 지망생 죄다 지망생이지만 언젠가 지망생이라는 것을 떼어내는 날도 오겠죠. 역시 여러분과 소통을 하다 보니 막힌 것이 뚫렸습니다. 아이디어가 떠올랐거든요.

3장

여자 반복적으로 들어오고 매번 들어올 때마다 시간은 흘렀다.

남자 (책상에 앉아서 글을 쓰기 시작한다)

여자 심심해. (관객에게 가서) 스머프 친구들아 안녕. 테디베어 아저씨 안녕. 바비들아 너희들은 여전히 예쁘구나. 근데 알고 있니? 내가 재밌는 사람이었어. 알고 있었니? 왜 나에게 한 번도 그런 얘기를 해주지 않았니? 하긴 너희들은 항상 말이 없지. 항상 나 혼자 얘기했었는데 이젠 대화를 할 수 있어. 놀랐지? 나도 놀랐어. 아! 정말 완벽한 대화였어. 좀 더 오랫동안 얘기해 볼까?

여자 무장을 하고 왼쪽 문으로 나간다.

남자   (무언가 생각난 듯 갑자기 관객에게) 몇 년 전에 이런 일이 있었습니다. 저희 아버지는 굉장히 재밌으신 분이죠. 하루는 제삿집에서 이런 일이 있었습니다. 큰아버지가 뜬금없이 아들 얘기를 하면서 "우리 아들은 술도 안 마시고 담배도 안 펴. 참 착해" 그러자 작은아버지가 "우리 아들은 친구들 하고 술은 한 잔씩 하는데 담배는 안 펴. 음. 참 착해" 마치 아버지 차례인양 아버지가 운을 떼시더군요. 저는 슬그머니 일어나 나가고 있었죠. 술, 담배 다 하거든요. 아버지 왈 "우리 아들은 집에선 담배 안 펴. 아 착해." 그것도 진지하게 말입니다. 저는 대문 밖까지 나가서 담배를 하나 꺼내 폈습니다. 속에서는 무언가 씁쓸한데 그러니까 또 담배가 피고 싶더라고요. (갑자기 바뀌며) 흠 이 이야기를 집어넣어서 글을 쓴다. 그렇다면 첫머리에 담배를 피다 문득 생각이 났다. 이렇게 써야 하나. (책상에 앉아서 글을 쓴다)

여자 오른쪽 문으로 들어와서

여자   안녕하세요.

남자   깜짝이야. 어떻게 들어오셨어요?

여자	문으로요.
남자	그걸 물어본 게 아닌데. 열려 있었구나. 근데 어쩐 일로 오셨어요?
여자	대화하려고요. 뭐 하세요?
남자	아! 글 쓰고 있었어요. 잠시만요. 이것만 좀 마무리하고요.

남자 글을 쓰는 사이 여자 침대에 앉는다.

남자	(사이) 아! 정신이 없네요. 좀 앉으세… 앉으셨구나. (일어나서) 어떤 대화를 할까요?
여자	어떤 글을 쓰세요?
남자	지금 쓰는 글이요? (갑자기 신나서는 빠르게 무대를 활보하며) 얘기해드릴까요. 한 아이가 있었습니다. 중학교 자연 시간이었을 겁니다. 혈액형에 관한 수업이 있었죠. 자신의 귀에 실제로 살짝 피를 내어 자신의 혈액형을 조사하는 거였죠. 그리고 부모의 혈액형에 따라 나올 수 있는 혈액형과 수혈 관계 이런 것들을 배우는 것이었습니다. 아이의 혈액형은 AB형이었죠.
여자	저도 BA형이예요.
남자	BA형도 있어요?
여자	왜 꼭 A가 앞에 있어야 하나요? 전 그런 게 싫어요.
남자	아! AB형이시구나. 저돈데.
여자	편견이라는 건요. 한쪽으로 치우친다는 건데 편견을 가지면 안 된다는 것도 편견인가요?
남자	아… 그게 좀 어려운 얘기네요. 하하.

여자　　하나도 안 어려운데. 계속 얘기허주세요.

남자　　아! 네. 암튼 신기한 아이는 집에 가서 물어보죠. 엄마, 아빠 혈액형이 뭐야? 아버지 어머니 모두 B형이었죠. 아이의 혈액형은 나올 수 없는 혈액형입니다. 아이는 말 못합니다. 자신이 주어온 아이란 것이 확실하다는 결론을 혼자 내립니다. 그리고 이 년 동안 그 생각 속에서 삽니다. 이 년 동안을 말이죠. 지금에 와서 다 커버린 아이는 주변 사람들에게 우스갯소리로 그때 이야기를 합니다. 결국 아버지 얘기로 이어지죠. 아버지가 혈액형을 잘 못 알고 있었다고… 아이는 이 년을 착각했지만 아버지는 몇십 년을 자기 혈액형을 착각하고 살았던 거죠. 무엇이 더 웃긴가요?

여자　　하나도 안 웃겨요. 저 갈게요.

여자 나간다. 남자는 여자가 나가는 것을 바라보며 자기 말을 계속 이어나간다.

남자　　아버지는 아이의 혈액형이 나올 수 없는 혈액형이란 것을 몰랐습니다. 신경조차 쓰지 않았죠. (자기 말에서 빠져나와서) 재미가 없나.

남자 관찰일지에 적고 컴퓨터에 가서 앉는다. 여자 장갑을 벗고 다시 들어온다.

여자　　이거 먹어봐요.

남자　또 오셨네요.

여자　안 되나요?

남자　아니요. 안 되긴요. 그러고 보니 어제랑 똑같은 시간에 오셨네요.

여자　그러면 안 되나요?

남자　전혀요.

여자　왜 안 먹어요?

남자　아 예. 감사합니다. (한 입 먹고는 뿜고 싶은 것을 참으며) 독특한 음식이네요.

여자　그 아이는 어떻게 됐어요?

남자　누구… 아… 그 아이요. 아이는 그 후 이 년을 죽음만을 생각하게 됩니다. 이 년 동안을 말이죠. (사이) 전혀 납득이 안 되시나요?

여자　(작게) 되는데…

남자　(자기 얘기에 취해서) 왜 그랬을까? 누나랑 판박이네. 엄마를 많이 닮았네. 그런 것들이 이 아이의 생각에 영향을 주었을까요? 전혀요. 오로지 나는 부모의 자식이 아니라는 생각에 얽매여집니다. 아직 어렸기 때문이겠죠. 그리고 오로지 존재에 대한 의문에 파고들게 되죠. 죽음이란 무엇일까? 죽어 버려서 사유할 수 없는 것이 온통 두려웠습니다. 생각을 할 수 없다는 것 공포 그 자체였죠.

여자　죽어 버려서 생각할 수 없다는 것이 살아서 생각하는 사람이 하는 공포라고요? 그런 공포증도 있구나. 살아 있으면 다 사유라는 것을 하는 거예요?

남자　네? 어… 그렇지 않나요?

여자 그렇구나. (관객에게 다가가) 이 인형 예쁘다. 음식값으로 이
거 가져갈게요.

여자 오른쪽 문으로 나간다.

남자 뭐야. 하나밖에 없는 인형인데. 밥에 우유를 말았는데 왜
짜지. (남기고 간 그릇을 보며 한 숟갈 더 뜨려다 도저히 먹지 못하고
옆에 둔다) 하긴 희곡을 써야 하는데 소설을 쓰고 있으니…

남자 관찰일지에 적고 다시 컴퓨터 앞에 앉는다. 여자 다시 들어온다.

남자 오셨어요.
여자 그 아이는 어떻게 됐어요?
남자 아직 진도가 안 나가서.
여자 그렇구나. 이 그림들은 뭐예요?
남자 아! 하나는 황색 그리스도 그림이고 다른 하나는 황색 그
리스도가 거울에 비친 고갱의 자화상이에요.
여자 고갱이요?
남자 제가 고갱 얘기를 좀 해드릴까요?
여자 네!
남자 고갱은 35세의 늦은 나이로 모든 걸 버리고 그림을 시작
했죠. 고갱과 고흐가 만나 같이 작업한 유명한 일화도 있
습니다. 둘은 물과 불같은 사이여서 고흐는 고갱 땜에 열
이 받아 귀를 잘랐다고 합니다. 귀 잘린 자화상 아시죠. 고
갱 덕에 대작이 나온 것이죠.

여자 아하! 그 둘은 친구구나. 싸웠다고 귀를 자른 걸 보면 정말 많이 친했었나 봐요. 같은 고씨니까 형젠가?

남자 (억지로 웃으며) 역시. (고개를 저으며) 재밌으시네요.

여자 고개는 저으면서 재밌다고 하시네요.

남자 (진짜 웃음이 터지고) 하하하.

여자 계속해주세요. 고갱 얘기.

남자 고갱은 비소 가루를 삼켜 자살을 시도했지만 비소를 토해 내 결국 실패했죠. 자살을 시도하기 직전 고갱은 '우리는 어디서 왔으며, 누구이고, 어디로 가는가?' 라는 대작을 남 기죠. 아마 유작으로 남길 생각으로 자살을 시도한 건 아 닐까요? 그런 내용의 편지를 몽프레라는 친구에게 보냈으 니까 아마 맞을 겁니다. 결국 자살은 실패했고 54세의 나 이로 알코올 중독과 매독, 아편 과잉에 심장마비로 생을 마감하죠. 고갱은 생전에 그림을 거의 못 판 것으로 유명 합니다. 생활비를 벌기 위해 헐값에 그림을 넘기기도 했 죠. 지금 고갱의 그림은… 값을 따지는 게 의미가 있을까 요? 몇백억은 족히 할 겁니다. 생전에 인정을 못 받고 사후 에 인정받는 거 그게 뭐가 좋은지 잘 모르겠습니다. 저는 죽기 전에 인정받고 싶습니다.

여자 인정이요? 누구한테서요?

남자 물론 제 글을 읽는 독자들이죠. 제가 작가 지망생이거든요.

여자 아 작가시구나. 전 왜 올 때마다 글을 쓰고 있나 했어요. 독자들에게 인정받기 위해서 글을 쓰시는구나.

남자 예? 아니 그게 전부는 아닌데요. 그러니까… (갑자기 고민에 잠긴다)

여자   우리 집도 여기랑 똑같으니까 하나는 우리 집에 걸까요?
      (그림 하나를 가져가려 한다)
남자   (놀라서) 안 됩니다.
여자   치사하네요. 갈게요.

여자 나가 버린다.

남자   치사하다고? 내가?

남자 관찰일지에 적고 컴퓨터에 앉는다. 여자 다시 들어온다.

여자   저 왔어요. 아이는 어떻게 됐어요?
남자   그 아이요? 요즘은 전혀 아이에 대해 쓰질 못하고 있어요.
여자   아이가 자라질 않는구나
남자   하하 그런 셈이죠. 대신 제가 다른 얘기 해드릴게요. 이게
      제 습작노트인데 전에 썼던 것 중에 괜찮은 얘기가 있어
      요. (습작노트를 뒤적인다)
여자   괜찮은 얘기가 습작노트에 있구나.
남자   (씁쓸하게) 네. 괜찮은 얘기가 습작노트에 있죠. 들어보세요.
      (분위기를 바꾸고 스탠드 조명을 키고 자신에게 향하게 하고 시작한
      다. 목소리도 바꾼다) 걸리버 여행기라는 책을 다 아실 겁니
      다. 걸리버가 소인국에 가게 되는 1부만을 아시는 분들이
      많은데 사실 걸리버 여행기는 총 4부까지 있습니다. 1부
      작은 사람들의 나라, 2부 큰 사람들의 나라, 3부 하늘을 나
      는 섬의 나라, 4부 말들의 나라. 번역을 동화로 많이 해서

동화라고 알려졌지만 사실 풍자 소설이죠. 당시 썩어빠진 영국 정치와 허황된 과학자들을 신랄하게 비판했고 4부는 신성모독으로 삭제까지 당했었던 작품이죠. 작가인 스위프트는 감옥 갈 각오까지 하고 썼다고 합니다.

여자 연기하시는 거 같아요.

남자 오! 제가 사실 배우 지망생이기도 하거든요.

여자 작가이자 배우. 뭘 더 잘 해요?

남자 예? (잠시 고민하다) 이 이야기로 연기를 해볼게요. 평가해 주세요. 저는 2부까지 봤지만 작가의 의도와 전혀 상관없는 방향으로 해석했죠. 걸리버가 작은 사람들의 나라에 가서 큰 사람이 되고 큰 사람들의 나라에서 작은 사람이 되는 것에서 상대성에 대한 고찰을 하기 시작한 겁니다. 작다 크다. 생각의 영역은 확장되어지고 저는 우주적인 생각에까지 미칩니다. 우리가 살고 있는 우주가 누군가에게 먼지가 아닐까? 아니면 이 작은 먼지가 누군가에게는 우주가 아닐까? 그런 가정 하에 박수를 쳐 보도록 하겠습니다. 왜 박수냐고요? 손바닥과 손바닥 사이에 있는 수많은 먼지를 뭉개 버리는 겁니다. 그러면 수많은 우주를 파괴한 것입니다. 아주 천천히 아주 천천히 그렇다고 박수 치는 시간이 한 시간이 되는 것도 아닙니다. 정확히 삼십 초 정도죠. (박수를 천천히 친다)

여자는 박수 치는 것을 따라 한다.

남자 이 삼십 초란 시간에 수많은 우주가 사라진다니 놀랍지 않습니까? 아니요. 전혀 우리에게 삼십 초이지 (먼지를 잡는 마임) 이 우주에게는 몇 번을 뒤집힐 정도의 시간일지도 모르죠. (박수를 친다) 오늘의 소극을 마치도록 하겠습니다. 감사합니다. 감사합니다.

여자는 열심히 박수를 친다.

남자 너무 많이 치진 마세요. 너무 닳은 우주가 파괴되고 있으니까요. (분위기 바뀌며 스턴드 조명도 끈다) 어떤 게 더 나아요?

여자 내용이 좋으면 연기가 잘 해 보일 거 같고 연기를 잘 하면 내용이 좋아 보일 거 같은데…

남자 둘 다 별로예요?

여자 전 둘 다 몰라요. (습작 노트를 뺏으며) 이건 제가 가져갈게요. 적어 놓은 걸 잊어버렸는데 또 생각나면 그런 게 진짜 이야기잖아요.

여자 습작노트를 가지고 나간다.

남자 아니 그걸 가져가버리시면 어떡해요? (잠시 생각하더니) 괜찮은 얘기는 습작노트에 있지 않지. (한숨을 쉬며) 진짜 이야기라고?

남자 관찰일지에 적고 컴퓨터에 앉는다. 무언가를 적어 내려가다가 시계를 보고는

남자   올 시간이다. (백과사전을 꺼내서 표시한 부분을 펼쳐 뒤집어 놓고 침대에 앉는다)

여자   오늘은 글을 안 쓰시네요. 그 아이가 빨리 컸으면 좋겠는데…

남자   제가 진짜 이야기해 드릴게요.

여자   진짜 이야기요?

남자   모스 부호로 인해 SOS란 말이 생겨난 거 아시나요. 원래는 CQ라는 호출 부호에 조난을 뜻하는 단어인 DISTRESS의 D를 붙여 CQD가 조난 신호였죠. 그런데 CQD를 모스 부호로 보내려고 하니 너무 긴 거예요. 명색이 조난 신호가 길면 되겠어요. 그래서 가장 짧게 보낼 수 있는 SOS가 조난 신호가 된 거죠. 짧게 세 번 길게 세 번 짧게 세 번. (박수 친다)

여자   (박수치면서 좋아하면서) 수많은 우주가 파괴되었습니다.

남자   네? 아 예. 암튼 이 사실을 몰랐을 때는 SOS의 S가 SAVE인 줄 알았죠. SOS가 의미 없는 글자였다는 것을 몰랐던 거죠.

여자   근데 그건 뭐예요?

남자   아 이거요. 백과사전이요.

여자   줘 봐요.

남자   가져가려고 그러는 거죠?

여자   아니요. 진짜 이야기가 궁금해서요.

남자   (의심스러워하며 백과사전을 건넨다)

여자   이건 압수. 백과사전 많이 보면 창의력이 떨어질 거예요.

여자 나가려고 하는데

남자 왜 몇 년 동안 집안에서만 사는 거죠?

여자 그건 실례인데요.

남자 사람은 실례도 종종 하잖아요. 실례할게요.

여자 그냥 병이 좀 있어요. 조그만 병이에요.

여자 나간다. 남자 관찰일지에 적고 침대에 누워 버린다. 여자 다시
들어오며

여자 주무세요?

남자 (눈을 감은 채로) 네.

여자 주무시면서 대답은 하시네요. 그 아이는 좀 자랐어요?

남자 (벌떡 일어나며) 아니요. 전혀요. 아이는 자라지 않아요. 멈춰
있어요. 당신은 왜 멈춰 있죠? 왜? 어떤 병이길래 집안에
서만 갇혀 사냐고요.

여자 (날카롭게) 그건 왜 물으시죠?

남자 (흥분한다) 그 아이에 대해서는 왜 물으시죠? 그 아이는요.
제 얘기에요. 자화상 같은 얘기라고요. 빨리 자랐으면 좋
겠다고요? 이미 다 자랐어요. 봐 봐요. 제가 볼 때 자라지
않는 건 당신이에요. 멈춰 있잖아요. 그 아이는요. 진짜를
가지고 진짜 이야기를 써요. 세상에 떠돌아다니는 가짜가
아니고 진짜 이야기요. 자기 얘기를 한다는 게 얼마나 힘
든 건지 아세요? 전 다 얘기했잖아요. 얘기해봐요. 왜 집
안에서만 있는 거죠? 대체 왜!! (사이) 죄송 아니 실례했습

니다.

여자 사람은 종종 실례를 해요. (사이) 전 공포증이 좀 있어요.

남자 어떤 종류 공포증이요?

여자 그냥 이것저것이요. 가볼게요.

여자 나간다. 남자 관찰일지에 적고 컴퓨터에 가서 앉는다.

남자 담배를 피다 문득 생각이 났다. (한참을 쓰다가) 재미없을 것 같은데. 아버지 이야기가 중심이 되어버렸잖아. 인물의 주객이 전도된 거지. 이건 집어넣지 말아야겠다. (한숨 쉬며) 오늘 글빨 최악이다. 아니 내가 글빨이 있던 적이 있었나?

남자 관찰일지를 펼쳐 읽는다.

남자 매일 같은 시간에 찾아오는 그녀. 오늘은 오지 않을까 두렵다. 어제 난 왜 그랬을까? 사과를 하고 싶다. 같은 시간 그녀가 왔다.

여자 들어와 침대에 앉는다.

여자 제가 어떻게 병이 생겼는지 얘기해 드릴까요? 아무한테도 얘기 못 했던 거예요. 사실 저도 기억이 잘 안 나요. 언제부터 시작된 건지 정확하게 기억이 안 나거든요. 어렴풋이 기억나는 게 어떤 목소리예요. 그 목소리를 듣고 나서부터 시작된 거 같아요. 가만히 있으라는… 전 그 말을 듣고 가만히 있었는데 그때부터 목소리가 나오지 않았어요. 제 얘기 듣고 있어요? 그래서 전 지금이 너무 신기해요. 생각만으로 이렇게 대화를 나눌 수 있다니. 신기하죠? 왜 아무 말도 안 하세요?

여자 나간다.

남자 아무 말도 없이 앉아 있다가 가 버렸다. 병에 대해 얘기한 것이 문제가 됐을까? 벌써 일주일째다. 오지 않는다. 무슨 일이 있는 것일까? (깊은 한숨을 쉰다. 관찰일지를 뒤집어 놓는다) (거울을 보고) 나의 심연을 들여다보는 것을 두려워하지 마라. 나의 심연을 들여다보는 것을 두려워하지 마라.

남자 안으로 들어가 버린다.

4장

여자 왼쪽 문으로 들어온다.

여자 왜 듣지를 못하는 거야. 왜? 그동안 나와 많은 얘기를 나눴잖아. 왜 이제 와서 못 듣는 척하는 거지. 왜? 아니면 처음부터 못 들었을까? 어떻게 된 거냐고. 불을 질러 버릴까? 그렇구나. 처음부터 못 들었던 거야. 내 얘기를 들을 수도 없었던 거지. 나는 결국 이곳에서도 혼자 말하고 저곳에서도 혼자 말했던 거야. 지금도 혼자 말하고 있고 앞으로도 혼자 말하고 있겠지. 아니 난 말을 못 하지. (순간적으로 호흡곤란이 오면서 발작 증세. 약을 찾아 먹고 안정된다) 달라질 것은 없어. 그래 나가지 않는 거야. 절대. 이곳에 있으면 안전해. 난 세상에서 가장 완벽하고 안전한 집에서 모든 것을 누리면서 살 수 있어. 정말 완벽한 공간이야. 달라질 것은 없어. 안녕 스머프 친구들아. 테디베어 아저씨. 우리 이쁜 바비들아. 오랜만이지? 내가 너희들을 잊다니 잠시 미쳤었나 봐. (거울 앞에 서서) 나 어때? 예뻐진 것 같지 않아? 예쁘다고? 나도 알아. 무엇을 할까? 드라마를 볼까? (컴퓨터에서 재생 버튼을 누른다. 뉴스가 나온다) 어쩜 이렇게 재밌을까? 또 무얼 할까? 잠을 자야겠어. 행복한 일은 잠을 자는 일이야. 꿈꾸지 않았으면 좋겠어. 아니면 꿈에서 깨지 않았으면 좋겠어. 꼬마 스머프들아 안녕. 잘 자. 자고 일어나면 옆집 바보를 잊어버리는 거야. 멍청이. 바보. 아무 쓸모 없는 사람.

여자 잠이 들고 남자는 얼굴에 물기가 있는 채로 들어와 관찰일지를 펼친다.

남자 이 방에서 저는 혼자 이것저것 합니다. 글도 쓰고 연기 연습도 하고 지금은 책장에다 대고 얘기를 하고 있고요. 흠. 어떤 얘기를 할까요? 요즘 저는 하나에 몰두하고 있었습니다. 어떤 한 인물에게 몰두하고 있었죠. 바로 옆집 여자죠. 사랑에 빠졌다는 그런 얘기가 아닙니다. 엄청난 캐릭터거든요. 세상에 없는 듯하지만 존재하는 인물. 제가 찾던 딱 그런 인물이었죠. 인물 창조에 있어서는 관찰이 필수입니다. 세상에 없는 인물을 만들어낸다. 그것은 판타지에나 있는 법이죠. 그리고 판타지라도 결국에는 이 세상의 범주에 있는 인물이 나올 수밖에 없습니다. 그러니까 관찰을 소홀히 하면 안 되는 거죠. 저는 제가 만나게 되는 인물 중에 조금이라도 특이하다 싶으면 관찰을 하고 그것을 일지로 남깁니다. 한번 해볼까요? (노트 하나를 꺼내서 관객에게 가서) 이제까지 여러분들이 저를 관찰하셨죠? 이제 제가 여러분들을 관찰할 차례입니다. 관찰일지 관객. (실제로 관객을 관찰하면서 이것저것을 적고 관객에게 질문하기도 한다) 이런 관찰을 통해 인물을 끄집어내어 글을 쓰기도 하고 연기를 연습하기도 하는 거죠. 옆집 여자는 제가 관찰한 모든 대상 중에 최고였습니다. 개성 넘치며 사연 많고 신비롭고 직설적이며 독특한 외모에 독특한 말투. 그리고 고맙게도 매일 이 집으로 같은 시간에 찾아와 줍니다. 지금은 오지 않지만 말입니다. 뭐 그게 중요한 것이 아니죠. 지속된 관찰은 무엇보다 나에게 도움이 됩니다. 관찰에서 소통으로…… 사실 상대방은 소통이겠지만 나에겐 심화 관찰이 되는 거죠. 옷 입는 스타일부터 사소한 습관, 그 사람이 자주 쓰는 단어, 가치관, 성격, 겪었던 사건들, 상처들, 대처하는 방법들 다 인물 창조에 도움이 되는 거죠. 거의 완성 단계에 있었죠. 한 걸음만 내디디면 하나의 인물이 완벽히 창조되는 것이었죠. 그러나 실패 했습니다. 아까 제가 읽던 관찰일지 있죠? 그 뒷부분을 읽어 볼까요? 드디어 알아냈다. 옆집 여자가 나를 기억하지 못한다. 공포증 환자의 증상 중에 드물게도 기억을 지워버리는 경우가 있다고 한다. 어떻게 해야 할까?

여자 (잠에서 깨어나) 예쁘다. (거울을 보며) 아니야 못생겼어. 이 정도면 괜찮은 거 아닌가. 다른 사람들이 어떻게 생각할까? 나는 모르니까. 아니 알 수가 없지. 나는 사람이 정말 싫어. 난 니가 너무 싫어. 날 보고 있는 니가 너무 싫어.

남자 (페이지를 넘기며) 방법을 생각해냈다. 처음으로 돌아가 접근을 시도하는 것이다. 떡을 샀다. 처음 이사 온 것처럼 떡을 돌렸다.

남자 떡을 들고 오른쪽 문으로 나가서 왼쪽 문으로 들어온다.

여자 거울을 보면 매일 내 자화상을 보는 것 같거든. 거울이 자화상이라니 멍청한 작가들이나 생각할 만하지. 고갱의 황색 그리스도 자화상과 거울에 비친 황색 그리스도를 그려 넣은 또 자화상 또 자화상. 거지 같아. 사실 정확히 얘기하자면 잘 모른다는 게 맞는 거겠지. 낡은 그림책에 있던 내용이 내겐 전부니까. 고갱과 고흐가 친구던가? 같은 고씨니까 형젠가. (자유롭게 움직이다가) 택배 아저씨다. (여자 완전 무장을 한다) 어? 택배기사가 아니네. 뭐지. 어떡하지. 그냥 닫을까?

남자 (여자를 보며) 아! 저 이상한 사람 아닙니다. 옆집에 이사 와서요. 떡 돌리고 있어요.

여자　⋯.

남자　(여자에게) 일단 받으세요. 실내에서 헬멧을 쓰고 계시네요. 머리 안 무거워요?

여자　(고개를 저으며) 무겁다. 그러니까 빨리 좀 가라.

남자　고개는 저으시면서 무겁다고 하시네요. 네 빨리 가 드릴 게요.

남자 왼쪽 문으로 퇴장한다.

여자　내 생각을 어떻게 읽었지? 메그니토 헬멧으로 바꿔야 하나. 메그니토 아시죠? 그 커다란 배도 공중으로 들어 올리는 초능력자. 내 생각을 읽다니 너무 무서워. 아니 몇 년 만에 처음이야. 누군가와 대화를 나눈 것 말이야. 이런 동전 같은 일이 나에게 일어나다니 너무 싫어. 근데 너무 신기해. 왜 동전이냐구? 동전의 양면을 동시에 볼 수 없잖아. 그걸 구부리지 않는 한. 그런데 누군가 그걸 뫼비우스의 띠처럼 구부려서 내 앞에 던져 놓은 거야. 지금. (동전을 구부리고 그걸 바닥에 던지는 시늉. 긴 사이) 어떻게 알아들었지. 독심술. 설마. 말도 안 돼. 그럼 내 생각을 다 읽는 거야. 그건 싫은데. 잠깐 옆집이면 (갑자기 한쪽 벽으로 가서 귀를 댄다) 벽 너머로 내 생각을 읽을 수 있는 거 아니겠지. (갑자기 헬멧을 쓴다) (빠르게 중얼거린다) 이사 가야 할까? 내가? 집 밖으로 나갈 수도 없는 내가 이사? 말도 안 돼. 그럼 어떡해? (생각에 잠긴다) 우연이겠지. 별 뜻 없이 머리가 무거워 보여서 얘기한 걸지도 몰라. 옆집에 불을 질러 버릴까? 대화를 나눠서 사정을 설명하면… 대화? 내가? 미쳤다. (자지러지게 웃는다. 한참을 웃다가) 시도해볼까. 에이 진짜면? 내 생각을 전부 알아듣는다고? 설마. 시도해볼까? 내가 지금 무슨 소릴. 미쳤네. 이 집 안으로 들어오지 않으면 아무 일도 없을 거야. 떡을 두 번 돌리진 않겠지. 그래 나가지 않는 거야. 절대. 이곳에 있으면 안전해. 난 세상에서 가장 완벽하고 안전한 집에서 모든 것을 누리면서 살 수 있어. 달라질 것은 없어. (거울 앞으로 간다) 신경 쓰지 않아. 이 공간에서 난 파괴자가 될 수도 있고 창조자가 될 수도 있어. 뭐든지 될 수 있다고. 가수도 될 수 있고 (노래를 부른다) 머릿속에서 울리는 천상의 목소리. 배우도 될 수 있어. (연기를 한다) 완벽한 메소드 연기야. 작가도 될 수 있지. 그래 글을 쓰자. (앉아서 글을 쓰기 시작한다) 옆집 아저씨가 떡을 가지고 왔다. 얼굴은 추하고 손은 더러웠다. 떡은 맛있었다. 떡이 어디 있지? (떡을 가져와 먹으며) 떡도 맛없었다. 요즘 누가 떡을 돌리나. 요즘 누가 떡을 돌리나. 그담에는 뭐라고 쓸까? 접시를 돌려주자. 오는 게 있으면 가는 게 있는 거지. 접시에 과일을 채워서 돌려주자. 썩은 과일 채워서 복수하자. (소리 지른다) 접시! 접시를 찾으러 올 거야. 어떡하지. (이불을 뒤집어쓰고 두려워한다) 생각을 하지 않으면 될 거야. 어떻게 생각을 하지 않지. 멍 때려 볼까. (관객을 보고 멍 때리는 눈을 하고) 이러고 있음 될까. 이러고 있음 될까도 생각이잖아. 아니야 멍 때리게 보이는 게 아니라 정말 아무 생각도 하지 않아야 된다고. 생각을 하지 않을 수 없어. 그래 자는 거야. 자면 될 거야. 자면서 어떻게 접시를 돌려주지. 이런 멍청이. 이런 멍청이. 문 앞에 접시를 놔두면 되잖아. (안도하며) 됐어. 문 앞에다가 접시를 놓고 바로 문을 닫는 거야. 자장면 그릇 놓듯이 됐다고 기분 나빠하진 않을까? 그게 무슨 상관이야. 기분 나쁘라지. 나랑 상관도 없는데. 아니지 그러다가 앙심을 품고 문을 두드리는 거 아닐까. 그럼 어쩌지. 쪽지. 그래 쪽지를 써서 접시에다가 놓고 놔두는 거야. 잘 먹었습니다. 저는 몸이 안 좋아서 사람들을 만날 수 없습니다. 그러니 이렇게 두는 것을 이해하세요. 그래 이거야. (다시 책상에 앉아서 쪽지를 쓴다. 다 쓰고는 떡을 쓰레기통에 버리고 그 위에 올려놓고 밖으로 나간다.

남자 오른쪽 문으로 들어온다.

남자 (관찰일지를 보며) 실패했다 처음과 같지 않다. 쪽지가 왔다. 몸이 안 좋아서 사람들을 만날 수 없다고 한다. (관찰일지를 내려놓으며) 이제는 포기해야 하는데 왜 자꾸 이걸 들여다보고 있는지 모르겠습니다. 세상은 어찌 돌아가나. 모름지기 작가라면 현실 반영을 해야지. 20xx년 4월 16일 뉴스. 세월호 xx주기. 벌써 그렇게 됐나. 잊지 말아야지 하면서도…
(다시 분위기 바뀌며) 세월호 사건 얼마 후 후배 녀석이 와서 말하더군요. 형 그거 알아요? 불법 토토 사이트에 세월호 사망자 업 앤 다운 뜬 거? 업 앤 다운? 그게 뭔데? 그 사망자 숫자 기준 정해 놓고 겁일지 다운일지 맞추는 거죠. 그

걸로 도박하는 거예요. 뭐? 세상에 미친 새끼들 많죠? 많다야. 너나 나나 다 미친 거 같다. 시팔. 그게 벌써… 능력 없는 새끼 목소리도 못 내는 추잡한 새끼 그러고도 무슨 작가를 꿈꾼다고 예술을 한다고. 뭐가 진짜 이야긴데?

남자 침대에 누워 버린다. 여자 들어온다.

여자 됐어. 이제 끝이야. (안도의 한숨) 이젠 정말 끝이야. 과일이라도 줄 것 그랬나. 나 지금 뭐라니. 정신 차려. 그러다가 고맙다고 인사하려고 올 수도 있어. 이제 된 거야. 모든 것이 끝났어. 나는 다시 이 안에서 완벽해질 수 있는 거야. 무엇을 할까? 그래! 이 안에서 할 수 있는 가장 재밌는 걸 해야겠어. (관객을 향해) 안녕하세요. 마이 컬렉션들 우리 가장 완벽한 대화를 나눠 볼까요. 제가 안녕하시죠? 하면 그럼요. 당신도 안녕하시죠? 라고 하는 대화 말이죠. 안녕하시죠? (대답을 기다린다) 식사는 하셨나요? 무엇을 드셨죠? 저는 하얀 쌀밥에 하얀 우유를 말아 하얀 소금을 넣고 먹었죠. 정말 맛있겠죠? 여러분은 무얼 드셨나요? (대답을 기다린다) 저보다 더 맛있는 걸 드셨나요? 궁금하군요. 하얀 쌀밥 하얀 우유 하얀 소금보다 맛있는 건 먹어보질 못했어요. 뭐라고요? 테디 아저씨. 무슨 할 말 있으신가요? 손을 번쩍 드셨군요. 뭐라고요? 기타를 쳐 달라고요. 알았어요. (눈에 보이지 않는 기타를 치는 시늉) 기타 음향이 나온다. 마임으로 연주를 하다가 기타를 바닥에 내려친다. 부서지는 음향. 격양된 소리로) 왜 아무 말도 안 하는 거야. 결국 나 혼자 말하고 있잖아. 내가 너희들을 이곳에 모아둔 건 내 얘기를 들어달라는 거였잖아. 파파스머프 뭐라 말 좀 해봐. 똘똘이 스머프, 허영이, 투덜이, 조화, 가가멜, 스머페트, 익살이, 주책이, 시인, 요리사, 욕심이, 게으름, 공상이, 덩치, 화가, 광브, 덜덜이, 할아버지, 편리, 농부, 재단이, 태엽이, 꼬마 스머프들아 뭐라 말 좀 해봐, (소리 지른다) 뭐라 말 좀 해보라고 이 파란색 괴물들아. 내가 너희들을 만들었잖아. 대답해 봐. (관객의 다른 쪽 보면서) 테디들아 말 좀 해봐. 응? 이런 곰탱이들. (다시 다른 쪽을 보면서) 우리 예쁜 바비들. 너희들은 대답해 주겠니. 왜 내 말에 아무런 대꾸도 하지 않는 거지. 이쁘면 다니? 말도 못 하는 것들이 말도 못 하는 것들이. (절규한다) 왜 아무 말도 하지 않는 거야. (지쳐 쓰러진다) 달은 내가 못 하지. 이젠 질렸어. 가장 재밌는 놀이가 악몽이 돼 버렸어. (벽을 보며) 당신 때문이지. 시끄럽게 만들어 주지. (벽을 치다가 화들짝 놀라며) 내가 무슨 짓이지 무슨 짓을 한 거야. 제길 여기로 쳐들어 올 수도 있어 방어를 해야 돼. (헬멧을 쓴다. 문 쪽을 노려본다. 긴 사이) 들리지 않나 보군. 하긴 이 벽과 저 벽 사이에는 두꺼운 시멘트가 있고 난 너무 말라서 아무 힘도 없지. (갑자기 무언가 생각난 듯) 좋아. 그거야. 새로운 놀이가 생각났어. (책을 뒤적거린다. 모스 부호와 관련된 책) 여기 어디서 봤을 텐데. 모스 부호. 그래 너에게 밤새 욕을 해주겠어. (책을 읽는다) 모스 부호는 단점과 장점의 조합으로 이루어지며, 단점과 단점의 3배 길이인 장점으로 구성되며, 문자와 기호 사이는 3단점 길이의 간격을 취한다. 예를 들어

SOS는 단점 3개와 장점 3개로 이루어진다. 단단단 스스스 단단단. 이건 내가 원하는 게 아니야. 난 모스 부호로 욕을 할 거라고. B를 찾아보자. B는 스단단단 A는 단스 다시 B는 스단단단 O는 스스스 이어서 하면 스단단단 단스 스단단단 스스스. 오케이. 이거야. 재밌겠다. (벽을 향해 가서. 모스 부호대로 벽을 친다. 반복해서 친다)

남자 벌떡 일어나 음악을 틀고 춤을 춘다. 여자와 어우러진다.

여자 (표정이 활짝 펴지며) 재미있습니다요. 스머프들아 너희들도 같이 칠래. (모스 부호로 박수를 유도한다) 스단단단 단스 스단 단단 스스스. (박수를 치며 춤을 춘다) (박수를 치며 춤을 추다가 다시 벽을 쳐 댄다. 그러다 지친다. 허무해진다)

남자 거울 앞에 가서 선다.

여자 들리기나 할까? 혼자 벽이나 치고 있고. 술이나 마실까? (와인 한 병을 꺼내온다. 혼자 분위기를 내며 말투가 바뀐다. 섹시하면서 늘어지는 말투) 13000원 마트 와인이에요. 드셔 보실래요? (관객에게 한잔을 건네고 자신에게 한잔을 따른다) 짠. 들어요. 쭈~욱. 맛있나요? 나쁘지 않죠. 여긴 너무 덥군요. 덥지 않은가요. (관객 옷을 벗기려 한다) 안 벗겠다면 내가 먼저 벗죠. 하나씩 벗기로 해요. (헬멧을 벗는다) 제가 벗는 거 보셨죠? 이제 당신 차례에요. (사이) 좋아요. 저도 진도가 너무 빠른 건 좋아하진 않는답니다. 천천히 하죠. (의자에 가서 앉는다) 유혹이라는 건 너무 어려워요. 그렇지 않나요? 상대의 맘을 얻는다는 게 결코 쉬울 순 없죠. (담배를 꺼내며 불을 붙인다) 한 대 태우실래요? 안 피는군요. 어머 이런 점잖은 사람. 너무 젠틀 하시다. 제7- 요조숙녀는 아니지만 매너가 아닌 것 같으니 끄도록 하죠. (담배를 끈다) 저는 운명적인 상대를 기다려 왔어요. 오늘 그 운명을 만난 것 같은 느낌이 들어요. 그렇지 않나요? 지적이면서 야수적이고 샤프하면서 부드럽고 신비롭지만 뜬구름 같지 않은 그런 사람. 당신이 그런 사람인 것 같은데 아닌가요? 어떻게 이렇게 다른 것들이 같은 것처럼 불킬 수 있는지 신기하지 않나요? 저는 요즘 너무 두려워요. 또 너무 설레죠. 두려움의 다른 이름이 설렘이었던가요? 이 모든 것들이 내 안에서 터져 버릴 것 같죠. 당신은 안 그런가요. 심연 깊숙한 곳에서부터 올라오는 순수함과 더러움도 결국 같은 것일 테죠. 당신은 이런 제 맘을 알까요? 하루는 어떤 연극을 보러 갔죠. 제목이 자화상이었어요. 고흐의 황색 그리스도 자화상과 그 황색 그리스도 자화상이 거울에 비친 고흐의 자화상이 무대 뒤편에 걸려 있었죠. 그리고는 시종일관 거울만 쳐다보면서 아무 말도 하지 않는 한 인물이 나오죠. 저는 그 연극을 하나도 이해하지 못했죠. 아니 모두가 이해하지 못했어요. 불쌍한 사람. 한 시간 동안이나 가만히 거울만 쳐다보고 있었죠. 언제 같이 보러 가실래요? 당신과 다시 보면 그 쓰레기 같은 연극도 재밌을 것 같은데 말이죠. 아! 덥지 않나요? 제가 하나를 더 벗으면 그때는 벗으실 건가요? 대답해 주세요. (소리 지른다) 당신도 아무 말도 하지 않을 건가요? 다 벗어 버려도 돼요. 여긴 아무도 없으니까요. 당신을 바라봐 줄 사람은 아무도 없죠. (와인을 다 마셔버린다. 관객에게 주었던 와인 잔을 빼앗아 온다. 와인이 남아 있으면 다 마셔 버린다) 자 이제 벗어 버릴 거예요. 나의 욕망과 두려움을 다. 어때요? 당신도 같이 벗는 거예요. (옷을 벗으려다가 자기 안에 빠져서) 다 벗어버리는 거예요. (고개를 들고) 옆집으로 가야겠어요.

여자 퇴장한다. 남자 거울 앞에 서 있다.

남자 새는 알에서 깨어나려고 싸운다. 알은 곧 세계다. 새로운 세계로 나아가려면 하나의 세계를 파괴해야만 한다. (남자 자신의 두 뺨을 양손으로 후려친다) 수많은 우주가 파괴되었습니다.

남자 관찰일지로 가서 다시 읽기 시작한다.

남자 실패한 줄 알았는데 실패가 아니었다. 그녀가 왔다. 두 번째 시작이다. 너무나 순조롭다. 모스 부호로 나를 욕했었다는 부분에서 빵 터졌다. 내가 있는 벽을 치면서 모스 부호로 욕을 했단다. 역시 흥미롭다. (관찰일지에서 시선을 떼고) 이렇게 다시 옆집 여자 관찰을 시작했죠. 이 당시만 해도 나는 아직 관찰할 것이 많이 남아 있었죠. 정말 독특하지 않습니까? 내게서 가져간 백과사전을 보고 모스 부호를 찾아 벽을 넘어 나에게 욕이라니. 이렇게 다시 시작된 관찰로 저는 미친 듯이 기뻤습니다. 다시 시작된 같은 시간의 대화. 매일매일이 영감의 순간 깨달음의 순간이었죠. 그 시간이 기다려지고 기다려지고 또 기다려지고 기다렸죠. 사실 저도 그 대화가 정말 좋았거든요. 어떨 때는 신나게 내 이야기를 하다가 관찰하고 있다는 사실을 잊어버렸죠. 그 대화 자체가 주는 즐거움이 나를 휘감기 시작한 거죠. 완벽한 소통이라는 생각까지 하고 만 거죠. 세상에 완벽한 소통이라는 것이 있을까요? 저는 없다고 여겼었거든요. 하지만 정말 완벽한 소통이었어요. 다시 그런 날이 올수 있을까 싶을 정도로 말이죠. 비밀 하나를 알려드릴까요? 사람은 자기 자신과도 완벽하게 소통할 수 없어요. 그렇지 않나요? 자기 자신을 잘 안다고 생각하시나요? 니가 날 어떻게 알아 나도 나를 모르는데. 이런 말 들어 보셨나요? 괜히 나온 말이 아닙니다. 자기 자신과의 소통 그것도 못하는데 어찌 남과 완벽한 소통을 할 수 있겠어요. 근데 옆집 여자와는 그게 되더라 이겁니다. 척하면 척이더라 이거죠. 어떨 때는 첫마디만 들어도 무슨 말 할지 알겠더라니까요. 신기하죠? 그 신기한 경험을 매일매일 하면서 내 관찰일지는 관찰한 내용이라기보다 이야기에 가까워졌죠. 하나의 작품처럼 변해간 거죠. 좀 더 읽어 드릴까요? (페이지를 넘기며) 같은 시간의 대화. 그녀는 꽤나 진취적이다. 나랑 통하는 부분이 많다. 병에 대해서는 최대한 조심스러워야 한다. 최대한 천천히. (페이지를 넘기며) 나에 대해 궁금해한다. 지망생이라는 사실을 밝혔다. 대수롭지 않게 생각한다. 말은 안 했지만 느낄 수 있다. 그 부분도 좋다. 지망생은 지망생일 뿐이니까.

남자 관찰일지를 읽으며 자연스럽게 침대에 앉는다. 여자는 들어와 남자 옆에 앉는다. 각자의 말을 하고 있지만 연결된 느낌이다.

여자　음… 배우 지망생에다가 극작가 지망생에 연출 지망생이라니 뭐 하나 이룬 것 없이 죄다 지망생이군. 그게 뭐가 중요하지? 무언가 하고 있다는 게 중요하지. 한 번에 많은 걸하는 건 정말 어려운 일이지. 난 집 안에 있는 것과 옆집에 있는 것 딱 두 가지를 하거든. 그런데도 힘이 들어. 내일은 무슨 얘기를 할까? 그래 내가 듣는 노래를 알려주자.

남자　(페이지를 넘기며) 좋아하는 음악을 공유했다. 대부분 옛날 노래들인데 느낌이 좋다. 계속 듣고 있다. (페이지를 넘기며) 저번에 물었던 그림에 대해 또 물었다. 또 가져가려 한다. 막았다. 황색 그리스도 그림과 황색 그리스도가 거울에 비친 고갱의 자화상. 그녀에겐 황색 그리스도 그림도 자화상이란다. 그런 생각을 하다니. 놀랍고 신선하다. 그녀와의 대화는 언제나 유쾌하다.

여자　거기서 고갱 얘기를 꺼낸 것은 실수였어. 아예 모를 줄은 물론 나도 자화상밖에 모르지만. 자화상밖에 안 그렸던가. 그게 뭐가 중요해. 하긴 중요할지도. 자화상밖에 그리지 않는 화가의 자화상을 아는 것과 자화상도 그린 화가의 자화상을 아는 것은 엄청난 차이지. 어쨌든 고갱 얘기는 재미없었어.

남자　그녀와의 대화 소재는 끊이질 않는다.

여자   암튼 요즘은 정말 고민이 돼. 어떤 화제를 얘기해야 할지.
      뻔한 얘기는 끝나 버렸거든. 스머프들아 무슨 얘기를 할
      까. 내가 먹는 식사 얘기나 이 집에서 내가 무엇을 하면서
      노는지에 대한 얘기는 이미 끝났어. 아 그게 있었지. 내가
      쓴 습작노트. 오늘은 이 얘기를 하는 거야.

      남자 일어나 여자를 보고 선다.

남자   (페이지를 넘기며) 그녀가 익숙한 얘기를 한다. 내 습작노트
      에 대한 얘기다. 내가 쓴 것을 가지고 본인이 쓴 것처럼
      얘기한다. 내 머리에서 나온 것들인데… 갑자기 화가 났
      다. 그래서 충동적으로 병에 대해 물었다. 바보같이. (페이
      지를 넘기며) 아무 말도 없이 가만히 서로 보고만 있다. 한
      시간 동안. 죽을 것 같은 침묵 또 침묵. 이제 다시 오지
      않는다. 다시 찾아가는 건 못 할 짓인 거 같다. 나는 쓰레
      기다.

남자   이것이 지금의 제 상황입니다. 한 걸음만 내디디면 될 것
      같은데. 한 걸음만 내디디면 인물이 작품이 완성될 텐데
      막혀 버린 것이죠. 혹시 호밀밭의 파수꾼이라는 책을 아
      십니까? 세계 청소년 권장도서이자 스테디셀러인 이 책
      은 (호밀밭의 파수꾼 책을 꺼내 들고) 작고하신 은둔 작가 데이
      비드 셀린저의 작품이죠. 유명한 일화로 비틀즈의 존 레
      논을 암살한 마크 채프먼이 자신의 살해 동기는 호밀밭
      의 파수꾼이다라고 했죠. 중요한 건 이 책에 나오는 내용

입니다. (책을 찾아 읽는다) 나는 늘 넓은 호밀밭에서 꼬마들이 재미있게 놀고 있는 모습을 상상하고 했어. 어린애들만 수천 명이 있을 뿐 주위에 어른이라고는 나밖에 없는 거야. 그리고 난 아득한 절벽 옆에 서 있어. 내가 할 일은 아이들이 절벽으로 떨어질 것 같으면, 재빨리 붙잡아주는 거야. 애들이란 앞뒤 생각 없이 마구 달리는 법이니까 말이야. 그럴 때 어딘가에서 내가 나타나서는 꼬마가 떨어지지 않도록 붙잡아주는 거지. 온종일 그 일만 하는 거야. 말하자면 호밀밭의 파수꾼이 되고 싶다고나 할까. 나머지 대사 니가 할래? 제가 지금 절벽 앞에 서 있습니다. 추락하는 것은 날개가 있다. 저에게 날개가 있는지 없는지 사실 모릅니다. 한 걸음만 내디디면 추락할 수도 있지만 비상할 수도 있습니다. 나를 막는 파수꾼이 있습니다. 그는 나를 위해 나를 추락하지 않게 합니다. 나는 날고 싶습니다. 그러기 위해선 한 걸음을 내디뎌야 합니다. 파수꾼은 나를 막고 있습니다. 한 걸음만 내디디면 될 것 같은데 한 걸음만 내디디면 될 것 같은데 나를 막는 건 진정 파수꾼일까요? 아니면 족쇄일까요? (한 걸음을 내디디면서 내려온다) 옆집으로 다시 문을 두드려야 할까요? 다시 반복해야 하는 걸까요? 같은 실수를 하지 않을까요? 아니면 전혀 다른 결과가 나올까요? 추락할까요? 비상할까요? 그녀를 관찰하다가 관심을 갖게 되고 이제는 그녀와 나 사이의 관계가 문제가 되어 버렸습니다. 관찰만 하다 끝냈어야 했습니다. 너무 멀리 와버린 걸까요? 그녀가 내게 영감을 주더니 이젠 영향을 끼치기 시작합니다. 나는 그녀의 병을 자극하여 상처를 주었습니다. 이게 완벽하다고 여겼던 소통의 대가인가요? 아니면 애초에 소통이 불가능했던 것은 아니었을까요? (관찰일지를 덮으며) 이 이야기는 미완성으로 끝났습니다.

남자 나가 버린다. 여자 남자가 나간 방향을 한참을 보다

여자 (미쳐간다) 왜 듣지를 못하는 거야. 왜? 그동안 나와 많은 얘기를 나눴잖아. 왜 이제 와서 못 듣는 척하는 거지. 왜? 아니면 처음부터 못 들었을까? 어떻게 된 거냐고. 불을 질러 버릴까? (폭발적으로) 처음부터 못 들었던 거야. 내 얘기를 들을 수도 없었던 거지. 나는 결국 이곳에서도 혼자 말하고 저곳에서도 혼자 말했던 거야. 지금도 혼자 말하고 있고 앞으로도 혼자 말하고 있겠지. 아니 나는 말도 못 하지. (베개와 이불을 찢으며) 잠을 자야겠어. 이제 내가 할 수 있는 가장 행복한 일은 잠을 자는 일이야. 꿈꾸지 않았으면 좋겠어. 아니면 꿈에서 깨지 않았으면 좋겠어. (끅끅거린다) 아니야. 우리는 정말 많은 대화를 나눴어. 이제 할 얘기가 없어진 거야. 그래서 못 듣는 척하는 거지. 정말 나쁜 사람이군. 그러고 보니 자기 얘기는 하나도 하지 않았어. 어떤 아이에 대해서만 계속해서 얘기했지. 그리고 계속해서 나에 대해서만 물었지. 왜 병을 얻게 됐어요? 어쩌다가 그렇게 갇혀 살게 된 거예요? 그걸 내가 어떻게 알아. 하나도 기억나지 않는다고. 이제 나에 대해 모든 걸 알아 버렸으니까 날 버린 거야.

여자 책상으로 가서 컴퓨터로 미디어를 켠다. 세월호 뉴스들이 짜깁기 된 소리들이 터져 나온다. 마지막은 "가만히 있어라." 안내 멘트가 흘러나온다. 여자는 유영하듯 움직이다 격해진다.

여자　phobia로 점철된 나의 세월아. 오 나의 세월아. 빌어먹을 파란 스머프들아 말 좀 해봐. 뭐라고 말 좀 해보라고. 왜 아무도 나에게 말해주지 않는 거야. 무슨 얘기를 할까? 아무것도 생각나지 않아. 이 멍청이. 이곳은 정말 감옥 같아. 사방이 막혀 있고 사람이라고는 나 혼자고 인형들만 잔뜩 있지. (관객들 가리키며) 아니면 모두 죽어버린 사람이던가. 바깥으로 나갈 수도 없어. 파란 소금들이 잔뜩 밀려들 테지. 여기는 너무 넓고 사람들이 많아. 아니야 너무 좁고 나 혼자 있지. (점점 말이 아닌 억눌린 음성으로 바뀌어 가고 결국에는 입만 벙긋 벙긋한다) (벽을 보며) 니가 날 죽인 거야. 니가 날 두 번 죽인 거야. 이젠 잊을 수도 없어. 잠도 오지 않아. 니가 날 죽인 거야. 니가 날 두 번 죽인 거야. 이젠 잊을 수도 없어. 잠도 오지 않아. 니가 날 죽인 거야. 니가 날 두 번 죽인 거야. 이젠 잊을 수도 없어. 잠도 오지 않아. 니가 날 죽인 거야. 니가 날 두 번 죽인 거야. 이젠 잊을 수도 없어. 잠도 오지 않아. (발작 증세로 죽어가며 벽을 친다. 단단단 스스스 단단단)

무대 서서히 어두워졌다 다시 밝아진다. 여자는 쓰러져 있다.

남자　(타이핑을 하다 엔터를 친다. 계속 웃음이 난다. 희열의 웃음) 그녀가

묻는다. 얼마나 잘 살아 볼라고 그렇게 아등바등하냐? 그
녀의 물음에 답한다. 더 잘 살려고 열심히 하는 게 아니야.
계속 잘 살라고 계속 행복하려고 하는 거지. (계속 웃다가 갑
자기 거울에 시선이 꽂힌다)

남자 거울 앞에 가서 선다.

남자　나의 심연을 들여다보는 것을 두려워하지 마라. 나의 심
연을 들여다보는 것을 두려워하지 마라. 말은 그럴듯하네.
미친 새끼. 너 무슨 짓을 한 거야. 뭘 쓴 거지. 대체 뭘 쓴
거야. 저것도 작품이라고 쓴 거야. 말해봐! 말해봐 이 새끼
야. 밖에서 훔쳐 온 거 하나. 너 안에서 끄집어 낸 거 둘. 다
너가 썼지만 다 니가 쓴 게 아니야. 아니라고! (움직이며) 너
는 누군가를 죽게 할 수도 있어. 호밀밭의 파수꾼처럼. 절
벽에서 아이들을 구한다는 핑계 대지 마. 아이들의 생사를
가지고 노는 게 재밌을 뿐이잖아. 아니야? 아니라고 말 못
하겠지. 모른 척하지 마. 알고 있었잖아. 니가 죽인 거야.
아니야. 내 탓이 아니야. 그냥 환자잖아. 내 탓이 아니야.
(격양되어) 그냥 공포증 환자일 뿐이잖아.

사이.

남자　(평범한 톤으로 의상을 갈아입으며) 작품을 완성했다고 생각했
는데 아니었나 봅니다. 미완성이었던 작품은 완성이 되었
고 내 안에서 끄집어 낸 작품은 미완성인가 봅니다. 언젠

가 이 작품들로 연출도 해보고 배우도 해보고 싶었는데 그럴 기회는 없을 것 같습니다. 저를 이해할 수 있겠습니까? 내가 나를 이해 못 하는데 당신들이 어떻게 저를 이해하겠습니까. 혹시나 저도 고갱처럼 죽고 나서 알려진다면 이젠 그것마저도 참 좋을 것 같습니다. 요즘은 세상이 참 좋아져서 알약 몇 개만 먹어도 죽을 수 있습니다. 그것도 아주 쾌락적으로 죽을 수 있죠. 잘 모르셨겠지만 인터넷에서 주문도 할 수 있습니다. 없는 게 없는 인터넷 세상 아닙니까? (가벼운 실소) 죄송합니다. 죽기 직전까지 사족을 다는군요. 천성이 작가라고 생각해 주세요. (옷을 다 갈아입고 구두를 신고) 미리 구입해 놓은 것입니다. 이런 결말을 예상했으니까요. (알약을 꺼내 먹는다) 저에게 얼마간의 시간이 남아 있습니다. 마지막으로 작품 얘기를 해 드리죠. 제 작품 엔딩도 자살입니다. 거울 조각으로 손목을 긋고 죽죠. 마지막 대사는 이렇습니다. 미안하다 왼손아. 오른손이 너를 긁고 니가 긁히는 이유는 내가 오른손잡이이기 때문이야. 어떻습니까? 꽤 괜찮은 대사 아닙니까? 정신이 몽롱해지는 것이 기분이 참 좋습니다. 저는 새로운 세계로 나아가는 건가요? 눈이 감기네요. (사이) 혹시 마지막 대사를 보고 제가 정치 얘기를 한다고 생각하는 건 아니겠죠? 왼손 오른손 얘기한 거 말입니다. 전혀 그럴 의도가 아닌데. 그렇게 해석 되어지는 것은 아니겠죠. 제발 아니라고 말해줘. 안 돼. 아니란 말이야. 수정해야 돼. 안 돼. 그게 아니란 말이야.

남자는 몸을 잘 못 가누며 쓰러지고 컴퓨터 쪽으로 기어간다. 남자는 손을 뻗고 스탠드 조명 스위치에 겨우 닿는다. 무대 서서히 어두워진다. 무대 암전이 되고 스탠드 조명만 짧게 세 번 길게 세 번 짧게 세 번 깜빡인다. SOS 구조신호.

끝.

탐라순력 _효를 송축하다

강준

등장인물

병와 : 이형상. 제주 목사
바리 : 말테우리. 피리 부는 소년
이동식 : 제주 향교 교수
고 훈장 : 훈장 출신 제주 토호
양 씨 : 상군 해녀.
당한 : 광양당 관리인
백골노인 : 골총귀신
심방
그외 해녀들

때

조선 숙종 28년(1702년)

곳

제주목관아와 제주 일원

무대

뒷 무대 배경에 제주목관아 망경루가 높이 솟아 있다. 왼쪽으로 목사 집무실인 연희각이 보이는데 필요에 따라 사이드에서 무대가 슬라이딩으로 들어오기도 한다. 오른쪽으로 귤림당 지붕이 보인다. 호리전트는 배경 막을 사용하거나 슬라이드를 사용하여 장소의 전환을 나타낼 수 있고, 중앙의 무대는 다양한 공간으로 사용된다.
무대 앞쪽 오케스트라박스에 연주단이 자리하며, 중앙 무대에서 극이 진행될 때는 하강한다.

제1장
성산관일

국악단의 밝고 웅장한 내용의 기악 소리 들리면서

성산일출봉에 해가 떠오르는 영상이 배경 막에 투영된다.

이윽고 말이 달리는 모습의 동영상과 영주십경의 아름다운 모습이

비춰진다.

무용수들이 등장하여 희망과 환희를 담은 춤을 춘다.

춤이 끝나면, 탐라순력도의 '성산관일'의 그림이 나타나고,

두루마기에 갓을 쓴 이형상 목사가 등장하여 '성산에서 일출 보며'란

제목의 시를 읊조린다.

새털구름 말려 없어지는 아득한 바다 한가운데

동편 바다에서 상서로운 태양이 막 떠오르려네

새벽 기운이 먼저 붉은빛으르부터 나오는데

멀리 두른 밝은 광채 자미성에 통하네

인간 세상에 드리워 견줄만한 보배 없으니

봉래 제일의 궁이라 불러주게 되었느 보다

무엇보다 남은 생의 영광 오로지 내게 비춘다해도

솜옷 걸쳤으니 누가 뛰어난 바느질 솜씨 알아주겠는가

-『탐라록』에서 발췌

노래 끝나면, 바리 박수를 치며 등장한다.

바 리 절창이십니다. 목사 나으리.

병 와 아니 어떻게 나를 아느냐?

바 리 전 제주 토박이 바리라고 해요.

병 와 바리?

바 리 예. 말테우리지만 이 섬에 대한 모든 것을 바리바리 알고 있수다. 목사님의 호가 병와란 것이나, 효령대군 10대 손이란 것도, 이곳 민속을 살피면서 많은 것을 개혁하려는 것도 다 알고 있수다.

병 와 녀석 기특하고나. 그래. 제주가 이렇게 아름다운 곳인 줄 미처 몰랐어. 이곳을 다녀간 청음과 충암 등 많은 가객들이 절경을 노래했지만 직접 다니며 보니 지상낙원이 따로 없구나. 난 섬 곳곳을 다니면서 시와 그림으로 또 글로써 이곳 사람들의 생활을 후세에 남길 작정이다.

바 리 잘 생각하셨수다. 제주에 사는 사람들은 늘상 보는 경치라 그 아름다움을 모릅니다만, 경치만 아름다운 것이 아니라 물 좋고 공기 좋은 장수의 섬이우다.

병 와 그래? 내가 제주 목사 교지를 받았을 때 남들은 벼슬길이 아니라 유배 간다고 흉을 보며 비웃었으나 실제 당도해 보니 정말 살기 좋은 곳이야.

바 리 아직 그런 소리 하시기 이르시우다. 천천히 보고 느끼실 곳이 많수다. 제가 안내해 드릴게요.

병 와 그런가? 그래 다음 어디로 가야하는지 앞장 서거라.

바 리 이제 대정현 지경으로 모시쿠다.

병 와 그래. 어서 가자.

이 목사 퇴장하면 무대 서서히 어두워졌다가 밝아진다.

배경 막에 탐라순력도 '산방바 작' 그림이 투영된다.

바리가 한쪽에 조명을 받으며 앉아 독주를 한다.

오케스트라 박스에서 독주에 갖춰 협즈를 한다.

배경 막에는 말들이 뛰어노는 한가로운 모습과 억새가 휘날리고 새들이 날아가는 평화로운 모습이 투영된다.

연주 끝나면 이형상 목사가 박수를 치겨 들어온다.

병 와　우와. 피리 솜씨 대단하구나. 말들과 새들도 네 가락을 아는 모양이야. 내 피리 소리를 즐기는 것처럼 움직이는 걸 보았어.

바 리　(일어서며) 피리는 사악한 것을 내쫓고 세상의 근심과 걱정도 풀어요.

병 와　그렇구나. (먼곳을 가리키며) 헌데 저기 큰나무 아래 사람들 많이 모이는데, 무엇 하는 곳이냐?

바 리　광정당이라는 곳입니다.

병 와　광정당?

바 리　예. 사람들이 아플 때 병이 낫기를 바라거나 소원을 비는 곳입니다.

병 와　몽매한 사람들의 미혹한 마음을 이용하여 재물을 빼앗는 음사란 말이군.

바 리　광정당에는 신령스런 큰 뱀을 모십니다.

병 와　신령스럽다고? 그 뱀은 요물이야.

바 리　사람들은 그 뱀을 믿고 마음을 의지합니다.

병 와　저긴 내 말 다리를 부러뜨린 당늠들 소굴이라고.

바 리　무슨 일이 있으셨수과?

병 와　그래. 며칠 전 그 앞을 지나려는데 웬 불한당 같은 놈이 말에서 내려 걸어가라는 거야.

바 리　신령스런 곳이란 말이죠?

병 와　난 별 미친 놈 다 있다 생각하고 그냥 말을 탄 채 지나쳤지. 그랬더니 밤중에 내 숙소 마굿간에 있는 말의 발을 부러뜨려 놓은 거야.

바 리　저런.

병 와　그래 놓고는 신령님이 벌을 내렸다고 자랑하겠지. 네 이놈들 가만 두지 않으리라. 어디 가보자. 앞장 서거라.

바 리　예. 나으리.

두 사람 움직이기 시작하면 무대 암전된다.

제2장
광정당 수호신

연물소리 들리면서 광정당이 밝아진다.
배경 막에 신비감을 드러내는 기세등등한 팽나무가 나타난다.
오방색의 천과 깃발들이 치렁치렁 달린 팽나무 앞에는 떡과 과일을
차린 제상이 놓여 있다.
이윽고 춤을 추며 심방이 들어온다.

사설을 읊조리며 한창 분위기가 고조되었을 때,
엄청난 크기의 비단구렁이가 어슬렁거리며 나타난다.
심방은 춤을 멈추고 절을 하며 비념을 하는데,
칼을 든 이형상 목사가 들어온다.

병 와 이 요망스럽고 사악한 것, 사람들을 미혹하여 풍속을 어지
럽히는 요물, 내 죽여 없애리라. (칼집에서 칼을 꺼내 내리치며)
에잇.

뱀은 두 동강이 나고 꿈틀거리다 죽는다.
사람들의 비명이 들리면서 암전된다.
다시, 밝아지면 차귀도의 모습이 영상으로 비춰진다.

병 와 (차귀도를 바라보며) 참 잔잔한 바다 위에 떠 있는 저 섬 이름
이 무엇이냐?
바 리 차귀도라고 하는데, 섬 너머로 해 지는 모습이 끝내줘요.
병 와 차귀도?
바 리 저 섬에는 재미있는 유라가 있어요.
병 와 유래? 어디 한 번 들어보자.
바 리 헌데, 사또 나으리께선 호종단을 아십니까?
병 와 호종단이 누구냐?
바 리 진시황이 보낸 지관마씸.
병 와 진시황이 불로초를 찾기 위해 서불을 제주에 보냈다는 것
은 알겠는데 지관은 왜 뜨 보냈을까?
바 리 어느날 밤에 시왕이 하늘을 보는데, 남쪽 나라에 유난히

반짝거리는 별을 발견했대요. 이상하다고 생각하고 일관
에게 물어보니 제주에서 천하를 호령할 영웅이 탄생하리
라는 전조라고 했대요. 그래서 온 섬을 다 뒤져서 수맥과
마혈을 막으라고 지관인 호종단을 보낸 거우다.

병와 수맥과 마혈을?

바 리 수맥은 영웅이 태어나고, 마혈은 영웅이 타고 다닐 말이
탄생하는데 그걸 막기 위해 지관이 혈 자리에 쇠침을 박았
대요.

병와 저런.

바 리 헌디, 그걸 가만히 바라보던 한라산신이 화가 났죠. 해서
임무를 완수하고 돌아가는 호종단의 배를 고산 앞바다에
서 전복시켰대요.

병와 막을 차, 돌아갈 귀. 돌아가는 것을 막았다. 그래서 차귀도
구만.

바 리 예. 그때부터 한라산신을 모시는 사당이 생겼는데 그게 광
양당입니다.

병와 광양당? 그건 또 어디 있는 거야?

바 리 읍내에 있으니 함께 가 봐요.

멀리서 연물 소리가 한참을 크게 울리다 작아진다.
밝아지면 팽나무 그늘 아래 당한(堂漢, 당에 소속된 사람, 당놈)이 지나
가는데, 양 씨가 뒤따라오며 부른다. 당한은 턱수염을 기르고 우락부
락하게 생겼다.

양 씨 여보시오. 나 좀 봅시다.

당한	(돌아서며 창수를 째려보다) 나 말이요?
양씨	예. 여기 광양당 사람 맞지요?
당한	그렇소만. 무슨 일로 날 보자고 했소?
양씨	어제 저녁 가라쿠물 동네에서 소 끌어가지 않읍디가?
당한	그러긴 했수다만 그 일이 뭐가 잘못 돼수가?

바리가 들어오고 뒤이어 이형상 목사가 들어와 멈춰서서 언쟁을 지켜본다.

바리	(양 씨 곁으로 가며) 삼촌. 무슨 일이우꽈?
양씨	아이고 바리야. 우리 누렁이가 없어졌다.
바리	누렁이 마씸?
양씨	기여. 저 사람이 가져가 부렀져.
당한	입은 비뚜러져도 말은 바로 하랬다고. 그 집 노인이 우리 당에 기부하겠다고 해서 끌고 와신디, 무사 도둑놈 취급햄수가?
양씨	아이고 두린 하르방 말을 어떵 믿어? 그 누렁인 우리 집안 먹여 살리는 전 재산인터 어찌 그걸 끌고 간단 말이오?
당한	여보시오. 당신 부친이 장차 병이 들 팔자라 그걸 액막음 하는 굿을 올리기 위해서 시주한 것인데, 뭐가 잘못됐소?
바리	(나서며) 귀 막고 눈 먼 노인들 꼬셔서 빼앗아 간 것이 어디 한두 번이우까?
당한	아니 우리가 뭘 빼앗아 갔단 말이냐?
바리	지난번에는 한짓골 아리 누나 예단으로 쓸 비단을 가져가지 않해수가?

당 한 꼬마야. 뭘 알고 말해라. 그건 그 집안에 닥칠 우환을 제거한 것이야. 그 비단에는 귀신이 붙어와서 집안뿐 아니라 동네에 역병이 돌 것을 우리가 미리 차단한 것이니 고마워해야지.

양 씨 지난번 귀신의 차사라고 하면서 옆집 수남이네 아방을 결박하고 면포를 약탈해 간 사람도 저 사람이여.

당 한 (주변의 눈치를 보며) 약탈이라니? 이거 말을 함부로 하는구만? 그건 귀신 내쫓는 굿 해달라고 시주한 거야.

바 리 아니 원하지도 않은 굿을 해준다고? 어서 누렁이 내놓읍서.

당 한 (약 올리는 듯 웃으며) 야 이놈아. 소가 어딨어? 어젯밤 잡아먹었는데.

바 리 뭐라구요? 잡아먹어?

양 씨 (땅바닥에 주저앉으며 통곡한다) 아이고 우린 어찌 살라고 그걸 잡아먹어. 어서 물어냅서. 아이고 이 일을 어떵허코?

바 리 (덤비듯) 남의 소를 잡아먹어? 당장 변상해 내.

당 한 변상하라고? 난 우리 한라산신 광양왕님이 시킨대로 한 것뿐이야. 따지고 싶으면 우리 광양왕님께 빌어봐. 그러면 먹다 남은 소꼬리라도 내줄지. 어허허허. (퇴장하려고 발자국을 옮기는데 이 목사가 앞을 막아서며 제지한다)

병 와 잠깐. 듣자하니 행패가 너무 심한 것 같구만.

당 한 점잖은 양반이 무사 남의 일에 참견이우꽈?

바 리 (나서며) 이 분은 목사 나으리시다.

당 한 목사? (움찔하며 돌아서서 생각한다)

양 씨 아이고 목사 나으리. 물질 허영 와 보난 소가 어서 져수다. 제발 찾게 해줍서. 그 소 어시민 우리 식군 농사도 못 짓고 모두 굶어 죽습니다.

당 한　(돌아서서 당당하게) 흥. 제아무리 목사라도 우리 산신님 하시는 일을 방해할 수는 없거든? 난 산신님이 시킨 일을 하는 차사야.

바 리　이 네 이놈. 당장 잘못 했다고 무릎 꿇어라.

병 와　차사라고? 이놈 안되겠구나. 노인이 장차 병혼이 들 팔자라고? 병들어 죽지 않는 노인이 어디 있어? 어르신을 능멸한 죄, 무지하고 연약한 백성들을 겁박한 죄. 사당 안에서 소를 잡아먹은 죄. 내 가만두지 않으리라.

당 한　가만두지 않으면 어떻허는지 어디 한 번 봅시다.

병 와　(분노하며) 당놈들이 세상 무서운 줄 모르고 기세가 당당하구만. 내 여러 지방을 다녀봐도 이런 적폐는 본 적이 없다.

당 한　난 우리 광양왕 한라산신님이 시키는 대로 합니다.

병 와　산신은 무슨 산신이야. 네 놈들 배 채우려고 한라산신을 내세워? 당장 소를 변상하지 않으면 사당을 불태워 없애버리리라.

당 한　마음대로 해보시오. 우리 산신님을 모욕했으니 동티 나지 않으면 다행인 줄 아쇼. 호호호. (퇴장한다)

바 리　아니 저 녀석이.

양 씨　목사 나으리. 제발 힘없는 백성들 굽어 살피시옵소서.

병 와　(가까이 가서) 걱정 마십시오. 내 당장 병사들을 코내어 일을 바로 잡고, 소를 꼭 돌려드리도록 하겠습니다.

양 씨　꼭 그렇게 해주십시오. (손을 비비며) 이렇게 빌겠습니다.

바 리　꼭 그렇게 해주십시오. 독사 나으리.

이 목사 앞장서서 퇴장하면, 두 사람 허리를 숙이는데 무대 어두워
진다.

제3장
당오백 절오백

풍악이 울리면서 귤림당 앞이 밝아진다. 탐스런 밀감이 주렁주렁 달
렸다.
이동식과 고 훈장이 귤나무를 신기한 듯 바라보고 있다.
밖에서 '사또 나으리 듭십니다.'라는 소리와 함께 이형상 목사가 들
어온다. 두 사람이 모여서며 허리를 굽혀 예를 표한다.

병 와　어서 오세요. 내 두 분을 뵙자고 한 것은 급히 의논할 일이
　　　있어섭니다.

이동식　금년에 귤 농사가 잘 되었습니다. 알맹이가 탱글탱글한데
　　　과실이 좋습니다.

병 와　임금님께 올릴 진상품이라 과원 돌 보는 사람들이 신경 많
　　　이 쓴 탓입니다.

고훈장　주상전하께서도 아주 좋아하시겠습니다.

병 와　애. 헌데 훈장님, 광양당이 뭘 하는 곳입니까? 고양부 삼성
　　　시조가 탄생한 신성한 곳에서 소를 잡아 음주가무를 즐기
　　　질 않나. 힘없는 백성들 재산을 약탈하질 않나. 도대체 이

해할 수 없습니다.

고훈장 저도 삼성단과 광양당은 분리해야 마땅하다고 생각합니다. 광양당은 원래 호종단의 귀국하는 배를 큰 바람을 일으켜 차귀도 앞바다에서 침몰시킨 한라산신님을 모시는 곳입니다.

병 와 아니 산천단에서 산신제를 지내는데 사당에서 한라산신을 모신다고요? (이동식을 보며) 허어 이거 뭔가 잘못된 게 아닙니까?

이동식 이곳 사람들 문화가 그렇습니다. 남정네들은 향교에 드나드는데, 여인네들은 무당을 찾아다닙니다. 한 집안에서 조상 제사를 지내면서도 집 지키는 신을 모시는 문전제를 먼저 지냅니다.

고훈장 그건 오래 전부터 내려온 전통입니다. 동네에서도 남자들은 포제를 지내는데, 여자들은 해신제를 따로 지냅니다. 그걸 이해하셔야 합니다

이동식 허나 고양부 신인이 태어나신 신성한 삼성혈 옆에서 북과 꽹과리를 치며 소란 떠는 것은 불경스럽습니다.

병 와 조선은 성리학의 나라이고 일찍이 나라에서 정한 제사가 있습니다. 그것을 다시 찾아보고 음사를 정리하도록 조정에 장계를 올릴 것이오.

고훈장 음사라고 해서 모두 내치는 것은 필시 섬 사람들의 저항을 받을 것입니다. 제주 사람들의 문화를 인정해 주어야 합니다.

이동식 그렇다고 삼성혈 옆에서 당한들이 소란을 피우는 것은 조상신을 모독하는 겁니다.

병 와 개혁에는 기득권을 누리던 자들의 저항은 반드시 있소. 난 저항을 두려워하진 않을 것이오. 대안을 제시하고 반드시 개혁을 완수할 겁니다.

고 훈장은 이 목사의 생각이 못마땅한 듯 잠시 자리를 벗어나 수심에 잠긴다. 분위기가 이상한 것을 눈치챈 이 교수가 화두를 바꾼다.

이동식 일찍이 이곳을 다녀간 충암 선생은 제주풍토록이라는 책을 남겼지요. 거기에 보면 제주 사람들은 귀신에 제사 지내는 것을 지극히 숭상하고, 무당들은 사람들을 재화로 공갈하여 재물을 취함이 마치 흙을 긁어모으는 것 같다고 했습니다. 그리고 무릇 비는 자가 많으니, 질병과 액운, 이득과 손실, 화와 복을 일체 신에게 듣고, 병이 심하게 들어도 약을 복용하는 것을 두려워한다고 합디다.

병 와 청음 선생도 귀신을 하늘과 같이 공경하면서 두려워하고, 무릇 한 집안의 크고 작은 일도 반드시 먼저 음사에 가서 기도한 연후에야 감히 실행한다고 했습니다.

고훈장 섬사람들이 배우지 못하고 너무 순박해서 그런 겁니다. 목사 나으리께서 부디 분란을 일으키지 않을 현명한 판단을 내려 주시길 기대합니다.

병 와 이 작은 섬에 음사와 절은 왜 그리 많습니까? 조사해 보니 귀신을 모시는 음사가 자그마치 129개나 되고 절이라고 하는 곳도 부지기습니다.

이동식 그것뿐이니까? 집안에서도 부엌에는 조왕신, 우영팟에는 칠성신을 모신다니 어처구니 없는 일입니다.

병 와	그렇잖아도 내 요전 번에 대정에 갔다가 봉변을 당했습니다.

고훈장	광정당 이야기는 읍내에까지 소문이 쫙 퍼져 있습니다.

병 와	그렇습니까? 그게 요망한 사람들이 뱀을 모시그 혹세무민한 데서 생긴 일입니다.

고훈장	(방백으로) 에고 동티가 나지 않으켠 다행인데.

이때, 밖에서 바리 목소리 들린다.

바 리	(목소리) 목사 나으리. 저 왔수다.

병 와	(알아듣고) 어. 바리로구나. 어서 들어오너라.

이동식	저희는 그만 물러가겠습니다.

병 와	예. 내 대안이 마련되면 다시 자문 구하도록 하겠습니다.

고훈장	아무튼 섬 백성들 가련히 여기시고 잘 돌봐주십시오.

병 와	꼭 그리하겠습니다.

두 사람 퇴장하는데, 바리가 양 씨를 모시고 들어온다. 양 씨는 소라, 전복 같은 해산물이 든 바구니를 들었다.

병 와	오. 그래. 일은 잘 처리되었느냐?

바 리	예. 병사들의 힘을 빌어 일이 잘 처리되었습니다.

양 씨	(차롱을 땅에 놓고 이 목사 앞에 엎드리며) 목사님, 정말 고맙습니다.

병 와	(양 씨를 일으키며) 아이고 일어나세요. 고맙긴요. 제가 할 일을 한 것인데. 그래 소는 되찾았습니까?

양 씨   (차롱을 양손에 들고) 예. 보상받은 돈으로 새 누렁이를 구하 겠습니다. 뭐라 감사를 드려야 할지. 약소하지만 이거 받 으십시오. 제가 건져 올린 겁니다.

병 와   (받으며) 하이고 이런 귀한 것을. 성의라 생각하고 받겠습 니다.

양 씨   백성들 위해 애써 주시니 정말 고맙습니다.

병 와   (해물을 보며) 하온데, 해녀들 물질하는 것을 보면 이런 해물 을 먹을 수가 없습니다.

바 리   나으리. 그거 맛 죽이는데?

병 와   바다에 가서 보곤 깜짝 놀랬습니다. 추운 겨울철에도 아무 것도 걸치지 않은 맨몸으로 바다에 뛰어드는 것을 보았습 니다.

바 리   옷감이 귀해서 그렇수다.

양 씨   옷을 입고 물에 들면 옷이 쉬 몸에 달라붙어서 거추장스럽 기도 하답니다.

바 리   그래서 창피함을 무릅쓰고 맨몸으로 물에 드는 겁니다.

병 와   좋은 생각이 떠올랐다. 그렇다면 내가 싸고 질긴 옷감으로 해녀복을 만들면 되겠구나?

양 씨   (놀라며) 예. 물옷이요?

병 와   예. 물옷을 만들어서 해녀들에게 보급하겠습니다.

바 리   무료로 보급해 주신다구요?

병 와   그래. 어찌 인간이라면 부끄러움을 모르겠습니까? 가난해 서 옷이 없어서 그렇다면 그 부끄러움을 가리게 하는 것도 목민관의 일입니다. 내가 창안하고 관에서 만들어 세금을 내는 해녀에게 매년 보급하도록 하겠습니다. 더구나 해녀

들은 먹고 살기 위해 바다에 뛰어들지만 채취한 해산물을
진상품으로 바치고 있지 않습니까? 그 고마움에 보답하는
마음으로 물옷을 만들어 드리겠습니다.

양 씨 (허리를 숙여 절을 한다) 아이고 정말 고맙습니다. 목사님 같
은 관리를 만난 것이 우리 섬사람들은 천복을 얻은 것과
같습니다. 정말 이런 목사님을 코지 못했습니다. 정말 고
맙습니다.

양 씨, 거듭 손을 모아 허리를 숙여 절을 하는데 무대 어두워진다.

제4장
골총 귀신

풀벌레 소리 들리는 가운데 침실의 창이 희미하게 밝아온다.
이 목사가 침소에서 잠을 자고 있다.
잠시 후, 무대에 안개가 깔리겨 헝클더진 모습의 백발노인(골총귀신)
이 나타난다.

백발노인 나으리. (목사 곁으로 가서) 나으리.

병 와 (일어나며) 누구신데 저를 찾아오셨습니까?

백벌노 제발 저 좀 살려 주십시오.

병 와 제가 나서서 할 수 있는 일이라면 해야지요.

백발노 저는 한경에 살고 있는 주민이온데 나쁜 놈들이 제 집 울
     타리를 허물어 버렸습니다.

병 와 저런. 어르신의 집을 어느 놈이 그랬단 말입니까?

백발노 찾아와 보시면 압니다. 저는 자식도 없고 힘도 없어서 울
     타리를 고칠 수 없습니다. 담이 무너져 버렸으니 무섭고
     불안해서 제대로 잠을 잘 수도 없습니다. 제발 좀 도와주
     십시오.

병 와 제가 직접 찾아가 뵙고 조치를 취하겠습니다. 정확한 위치
     를 말씀해 주십시오.

백발노 정말 고맙습니다. 그 은혜 백골난망이겠습니다.

     무대 어두워졌다 밝아지면,
     사이드에서 산소 무대가 들어온다.
     산소는 잡풀이 우거지고 크고 작은 나무가 봉분 위에서 자라 골총이
     되었으며, 산담이 무너져 있다.
     잠시 후 이형상 목사와 바리가 들어온다.

바 리 노인이 가르쳐 준 곳이 여기 맞습니까?

병 와 (봉분을 보고 놀라며) 분명 여기가 맞다. 헌데 이건 무엇이냐?
     울타리라고 했는데?

바 리 이건 골총이우다.

병 와 (살피며) 산소 같은데?

바 리 산소이온데 돌보지 않아 골총이 되었수다. 꿈에 나타났다
     면 필시 여기 누워 계신 골총 귀신이 분명허우다.

병 와 아니, 산소를 이 지경이 되도록 놔두다니, 몰락한 양반집

이라도 되는 것이냐? 아니면 집안에 자손이 없는 것이냐?

바 리　있지만 없는 것이나 마찬가집니다. 도망가 버렸으니까요.

병 와　도망가?

바 리　예. 예전에 아들이 하나 있었는데, 어릴 적부터 이웃에서 같이 자란 여자애가 있었어요. 성인이 되면서 둘이는 사랑을 하게 되었지요. 혼인을 하고 싶어했는데 여기 누워 계신 어른이 반대를 했어요.

병 와　젊은 남녀가 좋아하는데, 반대하는 이유가 뭐냐?

바 리　그 둘은 사촌 오누이였기 때문입니다.

병 와　그렇다면 동성 근친혼이란 말이냐?

바 리　나으리. 이 섬은 육지와 멀리 떨어져 있어서 왕래가 적고 젊은 사람이 많지 않아서 종종 친족끼리 함께 살기도 합니다.

병 와　저런.

바 리　글자깨나 깨우쳤다는 어른은 승낙할 수가 없었지요. 그러니 두 젊은이는 부모와의 인연을 끊고 야반도주해 버렸어요. 행방을 알 수 없었지요. 몇 년은 동네에서 벌초를 했지만 해가 갈수록 사람들이 무심해지더니 봉분 위에 나무가 돋아나고 억새 부리가 굵어져도 누구도 돌보지 않아 골총이 되어버린 겁니다.

병 와　(허를 차며) 쯧쯧. 말 같은 가축도 칠촌까지는 교접을 하지 않는데, 그런데 어찌 사람으로서 그런 일을 할 수 있단 말이냐?

바 리　섬에는 그런 사람 꽤 많습니다.

병 와　천륜을 무시하고 인륜마저 저버리다니 이런 불경은 용납

할 수 없는 일이다. 상하 질서가 뚜렷한 성리학의 나라에서 자식으로부터 버림받았으니 누워 계신 어르신은 얼마나 외롭고 속상하겠나? 당장 역군을 보내 산담을 쌓고 봉분을 정리하고 제를 지내드리도록 하겠다. 그리고 섬 안에 자손이 없어 돌보지 못하는 산소를 파악하고 이를 관청에서 관리하도록 각 현청에도 이를 것이다.

바 리 불쌍한 백성들을 보살펴 주시니 참으로 존경스럽습니다.

병 와 효는 백행의 근본이라 했다. 살아가는 근본을 무시하고 어찌 나라가 평안하기를 바라겠느냐?

바 리 백번 지당한 말씀이십니다. 목사 나으리, 이왕 여기까지 오셨으니, 시원한 바다 바람이나 쏘이고 가요. 이 마을 앞 바다에 가면 신기한 것을 볼 수 있수다.

병 와 신기한 것이라니?

바 리 가 보시면 압니다. 목사 나으리를 환영할 겁니다.

병 와 궁금하구나. 기이한 바위더냐? 귀띔 좀 해다오.

바 리 아뇨. 기대하시면 만족이 크실 겁니다.

병 와 잔뜩 기대되는 구나. 그럼 어서 가보자.

일행들 움직이면 무대 암전되며,

배경 막에 파도소리, 물새 소리와 함께 두모리 바닷가 모습이 투영된다.

잠시 후, 잔잔한 바다 위를 유영하는 돌고래의 모습이 보인다.

사람들이 감탄하는 소리가 들리는데,

목사 들어와 돌고래의 유영을 한참 바라보며 감탄한다.

이윽고 바리가 피리를 불면,

이 목사 '두모촌에서 돌고래를 보고'란 시를 읊조린다.

충층 엮인 주름 잡힌 살, 부드러운 뺨까지 이어졌고
낮은 머리 뾰족한 뼈, 꼬리는 마치 조롱박 같구나
하늘로 치솟은 지느러미와 굳센 수염은 나란하고
코에 붙은 이빨과 입술에 부릅뜬 눈 갖췄네
허리통은 넓고 우뚝 솟아 높은 누각을 세운 듯하고
척추는 길면서 굽어 마치 짧은 제방이 굽은 듯하네
암컷인지 수컷인지는 성기(性器)를 찾아보면 되는데
만근(萬斤)에 가까운 기름은 살찐 배에 가장 많다네
– 『탐라록』에서

노래 끝나면 양 씨와 물옷을 입은 해녀들 춤을 추듯 등장하여
목사 앞에 꿇어앉아 머리를 조아린다. 바리 나가서 양 씨를 맞이한다.
화면에 이형상 목사가 제작한 물옷이 비춰진다.

바 리　와 예쁘다.

양 씨　목사 나으리. 고맙습니다.

병 와　(해녀들을 살피고 나서) 아, 허녀들이군요. 이렇게 물옷을 입으
　　　니 얼마나 좋소.

양 씨　이제 사람들 눈치도 안 브고, 부끄럼 없이 일할 수 있어서
　　　정말 좋습니다. 물옷을 만들어 주신 은혜 길이길이 남을
　　　것입니다.

병 와　주민들의 고통을 덜어주는 것은 목민관으로서 당연한 일
　　　아니오.

바 리 그걸 알고 있으면서도 지금껏 어떤 나으리도 해결하지 못
한 일이었습니다.

양 씨 우리 해녀들은 참으로 주민을 가련히 여기시는 인자하고
영민하신 목사 나으리 은공을 결코 잊지 않을 것입니다. 그
감사의 마음을 춤에 담아 전하고자 하오니 즐겨 주십시오.

병 와 그것이 감사의 대가라면 기꺼이 즐기리다.

목사의 말이 끝나자 음악소리 울린다.

물옷을 입은 해녀들이 테왁을 들고 흥겨운 가락에 맞춰 춤을 춘다.

바리도 함께 어울려 피리를 분다.

이 목사는 즐겁게 춤을 구경하다가 해녀들의 권유에 함께 어울려 춤
을 춘다.

춤이 끝나면 무대 어두워진다.

제5장
풍속 정비

조용한 음악이 흐르면서 연희각이 밝아진다.

이동식 교수와 고 훈장이 탁자를 가운데 두고 앉아 있고 잠시 후 정
장을 입은 목사가 들어온다.

두 사람은 자리에서 일어나 허리를 굽혀 예를 갖춘다.

병 와　어서 오시오. 내 오늘은 기쁜 소식을 전하려고 두 분을 부른 것이오. 드디어 내가 혁파하고자 올린 장계에 주상 전하의 윤허가 떨어졌소.

일 동　(허리를 숙이며) 경하드립니다.

병 와　잘 들으시고 교수님은 유생들의 교육에 반영하시고, 훈장님은 이 고장 유지로서 마을 사람들이 혼란으로 동요하지 않도록 잘 계도해 주시기 바랍니다.

이동식　그리하겠습니다. (지필묵이 있는 탁자 앞에 앉는다)

고훈장　(떨떠름하게 대답 없이 고개만 끄덕인다)

병 와　하나도 빠짐없이 잘 기록하여 후대에 전하도록 하십시오.

이동식　(받아쓸 자세를 취한다) 예. 말씀만 하십시오.

병 와　우선 섬 안의 풍속을 바로 잡겠습니다. 동성 근친혼을 금지한다. 그리고 남녀가 학께 목욕하는 일, 여인이 나체로 물질하는 일을 금하며, 앞으로 처 있는 자가 첩을 취하는 것도 금지한다.

이동식　(쓰면서) 유처취첩 금지라.

병 와　그리고, 오늘 이후로 풍운뇌우단에서 제를 지내는 것을 파한다. 무릇 하늘에 제를 지내는 것은 나랏님이 하고 있으니, 목민관이 따로 지내지 않는다. 대신 방성노인성을 길러 향축하는 제로 설정할 것이다.

이동식　지역의 실정을 감안한 탁견이십니다.

병 와　대정과 정의에 문묘를 솥치하고, 읍내 삼성사를 옮겨 새로 건축할 것이다. 예로부터 김해나 경주에선 시조신을 모신 재를 지내고 있으니, 탐라를 개국하신 고양부 삼성신을 모시는 것은 당연한 일이다. 또한 이 조그만 섬에 당 오백 절

오백을 각자 임의대로 설치하여 혹세무민하는 자가 판을
치고 있으니, 오늘부터 광양당, 광예당, 광정당을 포함한
129개 음사에 불을 놓아 훼철할 것이다.

고훈장　(놀라며) 목사또 나으리, 다 좋은데 사당을 철폐하면 폭동이
일어날 것입니다. 지금 당에 소속되어 먹고사는 자가 일천
명이 넘는데 그들이 가만 있지 않을 겁니다.

병　와　가만 있지 않으면? 그 당놈들이 주민들의 피를 빨아 기생
하고 있는 것을 눈 감으란 말이오? 그들 때문에 섬사람들
이 고통을 당하는 걸 내 두 눈으로 똑똑히 보고 나도 겪었
습니다. 이런 적폐를 가만 두고선 잘못된 풍속을 개혁할
수 없습니다.

고훈장　당을 믿는 것은 섬사람들의 오래된 전통입니다.

병　와　미혹한 무리가 혹세무민하는 버릇은 본디 예로부터 있어
온 병폐라는 것을 내 또한 알고 있었소이다. 그러나 이 섬
에 있어서는 더욱 별납니다. 무뢰한 놈들이 당놈이라 일컬
으며 상호 계를 맺었으니 그 수가 천 명이 넘습니다.

이동식　그렇습니다. 그들은 촌 백성들이 보관하여 둔 면포와 비단
이 있으면 처음에는 귀신의 재앙으로 두렵게 만들고 만약
내놓지 않으면 귀신의 차사라고 일컬으며 당놈들을 보내
어 결박하고 약탈합니다.

병　와　심지어 그 우마를 약탈하는데 그 수가 백 필에 가깝습니
다. 또한 밭을 약탈하여 각자 나누어 먹으며, 당에는 재물
이 쌓입니다. 이런 병폐를 눈감으란 말이오?

고훈장　제발 한 번만 다시 생각해 주십시오. 당한들이야 그렇다치
고, 당신을 믿고 의지하던 주민들은 어찌 합니까? 주민들

대부분이 집에 우환이 생기거나 걱정 근심을 해소하던 곳이 당인데, 그걸 불태워 없애 버린다면 어디 가서 빌고 의지하란 말입니까? 제발 당에 불 놓는 일은 재고해 주십시오. 벌집을 건드리면 큰 재앙이 닥칠 겁니다.

병 와 재앙이라고? 난 어떤 재앙도 두렵지 않소. 불편함은 잠시요. 개혁이란 늘 저항이 따르는 법이란 걸 잘 압니다. 하오나 잠시 소란스럽겠지만, 그 미강한 것에서 벗어나면 섬은 다시 고요해 질 겁니다.

고훈장 당한들은 세를 내기 위해서 주민들을 겁박하고 착취가 이루어지는 겁니다. 그들에게 세를 감하여 줄 방법부터 찾아야 합니다.

병 와 섬 안에 음사와 당한들의 수효는 이미 다 파악해 놓았습니다. 그리고 내 이미 당한들을 설득할 방도도 마련해 두었소이다.

고훈장 무격들을 설득할 명분이 무엇입니까?

병 와 양민으로 돌아가 농사를 짓고자 하는 자들은 안적에서 지워버리고 각 지역에 있는 공유지를 빌려줄 것이오. 남에게 공갈하고 갈취하며 쉽게 먹고살 생각만 버린다면 그 땅을 개간하여 농사를 지어 덕고살 수 있도록 할 것이오.

이동식 (쓰면서) 당한의 귀농을 권한다. 참으로 천리를 내다보는 혜안으로 명견이십니다. 저는 목사님의 고견에 적극 동조합니다.

병 와 신당 소각에 그칠 것이 아니라, 사가에서 신에게 기도하는 물건, 무격배의 신옷과 신쉐 일체와 불상까지 헐어 없앨 것이다. 이를 온 섬에 알리고 즉각 시행할 겁니다.

고훈장 (천장을 보고 탄식하며) 아! 경천동지할 일이 벌어지는구나.

무대 갑자기 어두워진다.
긴장을 조성하며 휘몰이로 몰아치는 연물소리 흐른다.
뒷 화면에 당나무가 불타는 장면이 투영된다.
그것을 바라보는 섬사람들의 울부짖음이 객석을 휘감아 돈다.
잠시 후, 심방 스포트라이트를 받으며 목사에게 항의한다.

심 방 (분노에 차서) 목사는 저주 받을 것이오. 우리 신령님이 가만 두지 않을 것이오. 섬사람들이 아프고 병들면 이제 어디 가서 빌 것이며, 누구에게 의지한단 말이오. 칠성판 짊어 지고 바당에 뛰어드는 좀녜들, 배를 부리는 사람들은 어디 가서 안전을 기원하며, 애 못 낳는 부인네, 과거 급제 바라 는 사람들은 또 어디 가서 치성을 드린단 말이오. 외지에 서 온 목민관이 섬사람들 풍속을 이해하지 못하고, 모두 불태워 훼철하였으니, 제주 섬을 보호하시는 한라산신님, 각 마을에 좌정하신 일만팔천신님들이 가만 당하지만 않 을 것이오. 두고 보시오, 어디 온전하게 이 섬에서 살아나 갈 수 있는지 우리 무격배들은 두 눈 부릅뜨고 지켜 볼 것 이오. 저주가 천둥번개처럼 내릴 것이오.

서서히 암전된 이후에도 심방이 흔드는 요령과 넋두리 같은 소리가 한동안 숙연하게 무대에 울려 퍼진다.

제6장
골총 귀신의 보은

무대에 조명이 들어오면 안개가 깔리며 꿈속 장면이다.
백발노인(골총 귀신)이 단정한 모습으로 스포트라이트를 받으며 이야
기한다.

백발노인 목사 나으리. 참으로 고맙습니다. 목사님 덕분에 이젠 편
안하게 천상의 복락을 누릴 수 있을 것 같습니다. 하온데,
지금 당장 바다에 배를 놓아 이곳을 떠나십시오. 당신을
불태워버리자 온갖 잡신들이 목사 나으리를 원망하고 복
수를 꾀하고 있습니다. 잠잠해질 때까지 잠시 몸을 피하여
고향에라도 다녀오십시오. 단 주의할 것은 육지 항구에 도
착하자마자 얼른 배에서 내리십시오. 꼭 그렇게 하셔야 화
를 면하실 겁니다. 꼭 명심하시고 만수무강 하십시오. 거
듭 고맙습니다.

백발노인 허리를 숙여 인사를 하고 사라진다.
호리전트에 항구에 묶여있는 배의 모습이 투영된다.
거친 파도에 흔들리다가 이윽고 해일처럼 몰아닥친 파도에 배가 부
서진다.
항구의 모습 사라지면 산중이다.
헝클어진 복장의 이 목사 무언가에 쫓기듯 휘청거리며 들어온다.

이윽고 탈을 쓴 잡귀(당한) 철퇴를 어깨에 걸치고 나타나 이 목사 앞을 막아선다.

당 한　(가소로운 듯 웃고나서) 도망가면 어디까지 갈 수 있을 줄 알았더냐. 가 봐야 부처님 손바닥 안이지. 우리 보금자리를 불태워 놓고 내가 무사할 줄 알았더냐?

병 와　(주변에 있는 나무 막대기를 주어들고 맞서려한다) 이 잡귀들아 썩 물러가거라.

당 한　하하하. 가소롭구나. 살아 있는 것이 죽은 귀신을 어찌 상대하겠다고. 어디 맛 좀 봐라. (철퇴를 내리친다)

이 목사 피하며 반대쪽으로 도망가려 하는데, 역시 잡귀의 탈을 쓴 심방이 막아선다. 그의 손에는 칼이 들렸다. 이 목사 놀라서 뒤로 넘어진다.

심 방　(웃고 나서 칼을 들이대며) 어딜 도망가려고. 네가 목민관의 권력을 이용하여 산신님을 비롯한 일만 팔천 신과 당골들을 능멸한 죄. 너 하나의 목숨으로 끝날 줄 아느냐?

병 와　끝나지 않으면?

심 방　삼대를 멸하리라.

병 와　(일어서서 막대기를 움켜쥐고 덤빌 태세를 하며) 내가 너희들의 협박에 굴복하려고 했다면 애초에 음사 훼철 따위는 생각도 안했다.

당 한　(다가서며) 하하하. 이미 너희 집안은 박살이 났다. 네 자식들을 없애고 오는 길이지.

병 와　(분개하며) 이 나쁜 잡귀놈들. 그렇다고 네 놈들에게 순종할 병와가 아니다. (막대기를 휘두르며) 어서 덤벼라.

심 방　(웃으며) 하하하. 기개가 가상하구나. 곧 죽어도 목사의 체통은 지키겠단 말이지. 그렇게는 안될 걸. 네 놈을 갈기갈기 찢어 우리 당신들의 원한을 갚으리라. 순순히 목숨을 내놓아라.

심방이 내려치는 칼에 이 목사의 막대기가 부러진다.
이때 석장을 든 백발노인이 나타난다

백발노인　이 잡귀들아. 썩 물러서거라. 어찌 신체도 없는 잡것들이 인간을 괴롭히려하느냐. 내가 상대해주마. 어서 덤벼라.

백발노인이 석장을 휘두르며 몸을 풀고 난 후 심방과 당한에게 다가간다.
몇 합을 겨루는데 바리가 피리를 불며 들어온다.
그 소리에 괴로워하며 심방과 당한이 도망간다.

백발노인　목사 나으리는 내가 지킬 것이니, 함부로 나타날 생각은 아예 말아라. (호탕하게 웃는다)

바 리　(목사를 일으키며) 잡귀 같은 건 피리 소리를 견디지 못합니다.

병 와　고맙소. 고마워.

이 목사, 백발노인에게 다가가 고마움을 표시하는데
무대 어두워진다.

제7장
건포배은

엄숙한 음악과 함께 배경 막에 '건포배은'의 그림이 투영되었다 사라진다.

중앙 무대가 밝아지면 이동식 교수가 책상을 마주하고 차를 마시고 있다. 잠시 후 이형상 목사 들어온다.

병 와 (들어오며) 어서 오십시오, 이 교수님. 소신이 좀 늦었습니다.

이동식 아닙니다. 차의 좋은 향기를 음미하며 잠시 목사 나으리의 선정을 생각하고 있었습니다. 참으로 대단하신 일을 하신 겁니다.

병 와 칭찬을 주시니 마음이 한결 가벼워집니다.

이동식 목사또께서 하신 일이 유생들에게는 대단히 환영을 받고 있습니다.

병 와 유생만이 아니라, 심지어 당한들도 귀농하게 도와주어 감사한 마음을 전하려 오기도 합니다.

이동식 인간이 중심인 성리학의 나라에서 헛것을 내세워 미욱한 백성들을 겁박하고 착취하는 무격배들의 본거지를 소탕하셨으니 이는 아무나 못하는 일입니다. 매번 당한들의 패륜적인 망동을 관아에 고발하였으나 어느 목사또도 이를 해결하지 못했고, 이들의 겁박이 무서워 눈감아버렸습니다. 참으로 목사또께서는 역사에 길이 남을 옳은 일을 하셨습니다.

병 와 목민관으로서 그 지방의 잘못된 풍속을 개혁하는 일은 당
연한 의무 아니겠습니까?

이동식 그 엄청난 일을 거행하신 나으리의 심정이야 오죽하겠습
니까?

병 와 예. 며칠 간 악몽을 꾸긴 했습니다만, 이젠 괜찮습니다.

밖에서 소리 들린다.

이 방 (소리) 훈장 어르신이 오셨습니다.

병 와 이리로 모셔라.

이 방 (소리) 예.

병 와 음사를 철폐했다고 훈장 어르신께서는 심기가 몹시 불편
하신가 봅니다. 몸이 불편하다고 못 오신다는 것을 내가
찾아뵈온다니까 마지 못해 오셨습니다.

이동식 잘 처신하신 겁니다. 토호로서 섬사람에게 존경 받는 분
아니겠습니까?

병 와 맞습니다. 섬사람들의 생각을 그 어른을 통해 듣습니다.

고훈장 들어오며 허리를 굽히자. 이 묵사와 이 교수가 일어서서 그를
맞이한다. 바리가 찻물과 찻잔을 들고 들어와 탁자에 놓고 한쪽에 앉
아 얘기를 듣는다.

병 와 어서 오십시오.

이동식 아프시다고 들었는데 몸은 좀 괜찮으십니까?

고훈장 (덤덤한 표정으로) 며칠 누워서 지냈더니만 한결 나아졌습니다.

병 와 이리 앉으시지요. (자리를 권하고서 찻잔에 차를 따른다) 훈장 어르신의 마음 충분히 이해합니다. (찻잔을 내밀며) 차 한 잔 드시지요.

고훈장 저만 충격을 받은 것이 아닙니다. 마치 집을 잃어버린 개미와 같이 섬 주민들이 우왕좌왕 불안스러워 아무 일도 못하고 있습니다.

이동식 비가 내리면 땅은 질퍽해서 어디라고 발을 내딛기 쉽지 않지요. 허나 땅이 마르면 더 단단해지고 굳어지는 법입니다. 기댈 곳이 없어져 잠시 혼란은 있겠지만 세월이 흐르면 괜찮아 질 겁니다.

고훈장 백성들은 목사님을 원망하고 있습니다. 신념이라는 건 쉽게 변하는 게 아닙니다. 그 믿음의 근천을 철폐해 버리셨으니 그 원망의 마음은 집안에 우환이 생길 때마다 되살아날 겁니다. 아무리 좋은 계획도 백성들이 동의하지 않으면 또다른 적폐를 낳게 됩니다.

병 와 지금은 저를 원망하시겠지만 그게 다 후손들을 위한 개혁입니다. 당이라는 형체 없는 미신을 믿으며 피해 당하는 일이 자손들에게 이어지길 원합니까?

고훈장 당은 오랫동안 살아오신 선인들이 우리에게 물려준 믿음의 유산 아닙니까? 그걸 없앤다고 없어질 수 있습니까?

병 와 당장은 힘들고 혼란스럽겠지만 세월이 흐르면 제 행적을 옳다고 이해하게 될 겁니다.

이동식 저도 그렇게 되리라 확신합니다.

고훈장 (물러서며) 이왕지사 벌어진 일이니, 이제 수습하는 일도 목
사께서 하셔야 합니다. 어떻게 실망과 원성을 수습할 생각
이십니까?

바 리 제게 좋은 생각이 있수다,

병 와 바리야. 그 생각이란 게 무엇이냐?

바 리 이 섬에는 연로하신 어르신이 많습니다. 우선 어르신들을
위한 연회를 베푸시는 게 좋을 듯합니다.

병 와 (박수를 치고 환호하며) 아주 좋은 생각이구나. 세종 임금께
서 효는 백행지본이라며 매년 두 차례씩 양로연회를 열
었었지.

고훈장 양로연이라고요?

이동식 예. 좋은 생각이십니다. 목사또께서 공표하신대로 이곳은
천사방성과 남극노인성이 비추는 곳입니다. 그래서 장수
하시는 노인 분들이 많습니다.

고훈장 많긴 하지요. 팔십 이상 되시는 분들 기백 명이나 됩니다.

이동식 그게 왜 그런가 하고 유생들에게 연구해 보라고 했더니 과
연 일리가 있는 의견들이 쏟아져 나왔습니다. 우선 이곳은
바람 많은 섬입니다. 그 해풍 속에는 보이지 않는 영양분
이 섞여 있어서 코를 통해 몸속으로 들어와 사람을 건강하
게 한다는 거지요.

바 리 물은 어떻습니까? 비가 내리면 바위 속으로 들어가 오랜
기간을 머물다가 다시 땅 위로 솟아오르는데, 그 물맛이
라는 게 기가 막히고 사람의 생명을 연장시키는 역할을 하
는 거우다.

병 와 그래. 이곳 물맛은 특이하지.

이동식 그 바람과 물을 머금고 자라니 초근과 약초가 우수하고, 그것을 뜯어먹고 자라니 제주의 말들도 단단하잖습니까?

고훈장 괜히 방성노인성의 섬이 아닙니다.

병 와 그래서 방성노인성을 기리어 향축 드리는 제로 만들었잖습니까?

바 리 그것도 또한 나으리의 혜안이우다.

병 와 제가 직접 정의와 대정을 돌며 어르신네를 모시고 연회를 열겠습니다. 그리고 마지막에는 제주읍에서 양로연회를 열 계획입니다. 이는 3월 삼진날과 9월 구중절을 정하여 일년에 두 번을 열겠습니다. 이날에는 궁중에서 하는 대로 예악과 정재를 행하도록 하여 세종 임금께서 말씀하신대로 대대로 전승토록 할 것입니다.

고훈장 그리하여 주신다면 주민들의 불만과 원성도 조금은 위무받을 수 있을 것 같습니다.

병 와 효는 어르신을 받들면 받든 만큼 자신에게 돌아오는 덕행입니다.

이동식 지당하신 말씀이옵니다. 사람은 누구나 나이가 드는 것을 피하진 못하지요. 자식은 자식을 낳고 어른이 되니까 결국 자신의 장래를 위한 일이지요.

병 와 당장 다음 중구절부터 시작하도록 준비를 시키겠습니다.

바 리 저도 함께 참석해서 피리를 불 거예요.

병 와 그래 고맙다. 잘 부탁한다.

바 리 걱정 마세요. 지금은 괴롭고 힘들다고 생각하겠지만, 후세 사람들은 목사또님의 진정한 애민 정신과 효의 실천을 칭송할 거예요.

병 와 그래. 그러기를 바란다.

두 사람 일어서서 이형상 목사에게 경의를 표하는데,
흥겨운 가락이 연주되면서 서서히 어두워진다.

제8장
제주 양로

무대 밝아지면, 만파정식지곡(또는 여민락) 연주되면서 호리전트에 탐
라순력도의 '제주 양로' 그림이 투영된다.
중앙 무대에는 돛을 높이 올린 자그만 배가 놓여 있다.
차양막 속에 목사가 앉아 있고 그 옆에는 노인들이 차반을 마주하여
앉아 있다. 오케스트라 박스가 올라오면 국악연주단이 연주를 하고
있다.
연주가 끝나면, 배경 막이 망경대 그림으로 바뀐다.
이형상 목사 나온다. 그 뒤를 고훈장과 이동식 교수가 따라 나온다.

이동식 오늘 아주 성황입니다. 연세 많으신 어르신들이 기로연에
참석하겠다고 지팡이를 짚으며 참석하셨습니다.
병 와 그렇다고 하더군요?
고훈장 얼마나 왕림하셨습니까?
병 와 예. 백수(白壽) 넘으신 분이 세 분, 졸수(卒壽, 90세) 이상인

어르신이 스물세 분, 산수(傘壽, 80세)를 넘으신 분이 일백여든세 분이나 된다고 합니다.

이동식 그럼 도합 이백아홉 명이나 된단 말이지요?

병 와 그밖에도 거동 못하여 미참하신 어르신이 스물일곱 분이나 된다니 정말 장수의 섬이 틀림없습니다.

바 리 (악공의 복장으로 나오며) 나으리, 준비 다 되었습니다.

병 와 그래, 오늘 연주할 곡목은 무엇이더냐?

바 리 목사또 나리의 명을 받고 제주교방 장춘원 악공 어르신들이 여민락과 수제천이라는 정악을 준비했고, 무희들은 고려 때부터 내려온 향악정재인 무고를 준비했습니다. 나리!

병 와 그래 아주 흥겨운 잔치가 되겠구나.

고훈장 여민락이라면 세종대왕께서 만드셨다는 정악 아닙니까?

병 와 네, 세종대왕께선 우리역사에 많은 것을 남기신 성군이시기도 하셨지만, 음률에도 밝으셨답니다. 지팡이를 짚고 땅을 쳐서 음절을 구분하여 하룻저녁에 곡을 만드셨다고 전해질 정도로 음악의 조예가 깊으신 분이셨습니다. 그런 대왕께서 백성들과 함께 음률을 즐기고 싶다는 의지를 담아 만드신 곡이 여민락이란 정악곡입니다.

이동식 (웃으며) 거기다 수제천이라면 백제시대부터 내려온 향악 중 가장 오래된 정악 아닙니까?

병 와 맞습니다, 수제천은 듣는 이에게 하늘처럼 영원한 생명이 깃들기를 바라는 의미가 있는 정악곡이지요.

이동식 궁중의 잔치 때나 들을 수 있는 연례악인데, 그 귀한 음악을 이곳 제주에서 접하게 되다니, 제 눈과 귀가 호강을 하겠습니다. 목사또 나으리.

고훈장   (바리에게) 목사 나으리와 여기 모이신 어르신들의 기대를
          저버리지 말고 명심하여 연주하거라, 그리 하겠느냐?

바 리   네 나리! 정성을 다해 열심히 준비했습니다. 마음 편히 즐
          겨주십시오. (인사하고 자리로 들어가 앉는다)

고훈장   자자 어르신들이 기다리고 계신데 목사또께서 한 말씀 올
          리시지요.

이동식   이제 저희들도 자리로 돌아가 여흥을 즐기겠습니다.

병 와   예. 그리 하십시오.

고훈장, 이동식 허리를 숙여 예를 갖추고 퇴장한다.
이형상 목사, 앞으로 나서며 객석을 향해 인사한다.

병 와   안녕들 하십니까? 거동이 불편하실 텐데도 이렇게 초대
          에 응해 주신 어르신들께 감사드립니다. 일찍이 세종대왕
          님께서 어르신을 삶의 스승으로 여기시고 감사한 마음을
          담아 처음으로 기로연을 창설하셨습니다. 나쁜 풍속은 철
          폐해야겠지만, 좋은 풍속은 본받아야 할 것입니다. 그래서
          신분 고하에 상관없이 70세 이상이면 모두 초대하여 감사
          의 마음을 표현한 것입니다. 이것을 법으로 정하여 이 아
          름다운 법을 영원히 폐하지 말라고 하셨으니, 오늘 이 제
          주 섬에서 되살리고자 합니다. 오늘 하루 모든 근심을 내
          려놓으시고 풍류를 마음껏 즐겨 주십시오. (장춘원 집박을 바
          라보고) 자 풍악을 울리시오.

집박이 박을 치면 국악단의 연주로 '천년만세'가 연주된다.

연주가 시작되면 목사는 노인들이 앉은 좌석을 돌며 술을 권하고 따른다.
연주가 끝나면 무용단이 들어온다.
무용단이 배를 중심으로 정재(궁중무용) 선유락(船遊樂)을 펼친다.
선유락의 마지막 부분에 흥겨운 가락으로 바뀌며 목사와 출연진 등이 함께 어울려 춤을 춘다.

막이 내려온다.

산은 밤이면 범고래가 된다

홍서해

등장인물

봄
여름
가을
겨울
무늬
할아버지
삼촌
이모
정씨 : 동네 사람
이씨 : 동네 사람
영진 : 정씨 아들

봄, 여름, 가을, 겨울 무대 곳곳에 서 있다.

봄　　이 세상은

여름　'자연'스럽게

가을　돌고 돌도록

겨울　만들어졌다.

봄　　그러니까

여름　순환하도록

가을　만들어졌다.

겨울　이를테면

봄　　봄

여름　여름

가을　가을

겨울　겨울

봄　　또 다시 봄

여름　계절

가을　같은

겨울　그러나

봄　　오늘날 이 세상은 '부자연'스럽게 돌다가 멈추고 뒤 돌아
　　　　가며 생략되고 막

　　　　여름, 가을, 겨울, 봄을 쳐다본다.

봄　　(눈치보고) 하면서

여름　돈다고

가을　볼 수가

겨울　없을 지경이다.

봄   산에는

여름   볕이 드는 곳과

가을   그늘이 진 곳이

겨울   동시에

봄   존재한다. 산을

여름   제대로 보려면

가을   우리는

겨울   양쪽을

봄   다 봐야

여름   한다.

가을   또한

겨울   이 세상엔

봄   낮과

여름   밤이

가을   있고

겨울   산에도

봄   낮과 밤

여름   은

가을   온다.

겨울   낮에는

봄   산이지만

여름   밤이면 뭐가 될까?

봄, 여름, 가을, 겨울 잠시 멈춘다.

가을   이

겨울   속에

봄   조화가

여름   있고,

가을   조화 속에는

겨울   비스무-리하게

봄   어울려

여름   서로에게 숨을 불어넣는 것과 전혀 달라서 서로의 뺨을 찰-싹하고 치는 그래서 또 다른 세계를 맛보게 되는

가을   (재빠르게) 것들이

겨울   존재한다.

봄   움트고 지고

여름   채워지면 비워내는

가을   만나면 반갑다고

겨울   헤어지는

봄, 여름, 가을, 겨울 잠시 의문인 얼굴

봄   탄산음료의

여름   뚜껑을

가을   열었으면

겨울   닫아야 하고

봄   풍선이 팽창하고 나면

여름   결국엔 바람이

가을   푹- 빠지고 마는

겨울　　말하자면

봄　　흡 하면

여름　　호 하는

가을　　흡

겨울　　호-

봄　　흡

여름　　호-

가을　　흡

겨울　　하는

봄　　것들이

여름　　존재한다.

가을　　우리는

겨울　　이것을

봄　　'자연'스럽게

여름　　받아들이면

가을　　된다.

〈계절감이 없는 어느 날〉

세상에서 벗어난 공간, 네모 상자 같은 공간에 무늬가 있다.

시각을 잃은 무늬가 생활하는 모습이 무언극으로 표현된다.

무늬의 옆으로 봄, 여름, 가을, 겨울이 나타난다.

"안녕" 소리가 무늬의 사방에서 들린다. 무늬는 겁을 먹고 두리번거린다.

무늬　누구세요? 거기 누구 있어요?

무늬에게 가까이 다가간 봄, 여름, 가을, 겨울이 인사를 한다.
무늬는 계절을 만나 상자 같은 공간에서 나올 수 있다.
대화를 하는 동안 그들은 여러 지점으로 이동한다.

계절　안녕?
무늬　누구세요?
봄　난 봄.
여름　여-름.
가을　가을.
겨울　겨울.
봄　무늬야 우리는 계절이야.
무늬　뭐요? 지금 무슨 말을 하는 거예요?
봄　무늬야 우리 기억 안 나?
무늬　네. 저한테 왜 이러세요. (혼잣말로) 여기 어디야…

무늬 뒤돌아 나가다가 겨울과 부딪힌다.

무늬　앗 차가워.
겨울　네가 부딪힌 거다.
여름　무늬 기다려봐. 내가 따듯하게 해줄게. 호.

무늬   앗 뜨거워. 뭐예요?

가을   (무늬 손을 잡으며) 이래도 기억 안 나니?

무늬   기억이 없어요. 그리고 제가 눈이 안 보이거든요? 그러니
        까 진짜 몰라요. 제발. 이거 꿈이죠?

봄   내 목소리 기억 못해? 잘 들어봐. 솔 솔 살랑 살랑 푸릇 푸…

무늬   꿈이라고 해줘.

여름   무늬 오랜만. 내 목소리는 기억하지?

무늬   모른다니까요. 저 좀 가만히 내버려 둬요. 제발.

무늬 주저앉는다.
계절들 모여서 상의한다. 봄과 여름 적극적으로 동작을 맞춰보고 가
을은 조금 느리지만 따라 한다. 겨울은 가만히 보고 있다.

계절   초-코-칩-쿠-키.

봄   무늬야 저 사람 보여? 저 사람 우유 속에 들어간 쿠키처럼
        보이지 않아?

무늬   …

여름   저기 저 사람 봐봐. 우유 속에 빠진 초코칩쿠키!

무늬   …

가을   쿠키가 우유 속에서 녹아서 보드라워지고 있잖니.

무늬   잠깐.

겨울   기억났네.

무늬   뽀미?

봄   무늬야 맞아! 나 뽀미.

무늬   써머? 이모? 으, 마지막 너, 뭐였지?

무늬가 호명하면 손을 들어 반긴다.

겨울　까칠이.

무늬　맞다. 까칠이. 미안. 근데 여전하네.

겨울　너도 건방진 건 여전하네.

무늬　내가 뭐가 건방져? 요. 아니거든? 요.

여름　무늬 말투 웃겨. 존댓말이든 반말이든 하나만 해. 나 기억 나지? 우리 기억나지?

무늬　네… 기억 났어. 요.

가을　어느새 이렇게 자랐네.

무늬　저는 이제 당신들이 보이지 않아요.

겨울　안다.

무늬　왜 다시 나타난 거예요?

여름　보고 싶었으니까! 우리 안 보고 싶었어? 보고 싶었지? 얼른 대답해봐.

무늬　갑자기 사라져서 허전하긴 했는데, 무서웠어요. 당신들이 가리키는 곳에는 항상 이상한 게 보였으니까.

겨울　민무늬는 우리가 안 보여서 내심 다행이다 싶었다.

무늬　기억나요? 우리 앞집 살던 언니는 딸기잼에 빠진 식빵처럼 보였어요.

봄　무늬 무늬. 그건 첫사랑이야.

무늬　오후 4시마다 골목에 나와있던 할머니는 어느날 손가락으로 톡 치면 떨어질 것 같은 물망초처럼 보였고.

가을　안타깝지만 며칠 뒤에 떠날 사람이었으니까.

무늬　배꼽에서 빨간 사과나무가 자라고 있는 아줌마도 있었어요.

봄   무늬 무늬. 그 아줌마 똘망똘망한 딸을 낳았잖아.

무늬   아, 우리 동네 횟집 아줌마는 얼굴에 짐승한테 긁힌 상처
       가 있었고 손에 피가 가득했어요.

여름   그 여자 아주 나쁜 사람이었어. 사료에 쥐약을 타서 길고
       양이들을 죽였어.

무늬   당신들은 사람인가요?

겨울   우린 계절이다. 시간이고, 공간이고, 공기이고, 흐름이다.
       사람일 수도 있고, 동물일 수도 있다.

무늬   왜 저한테 온 거예요? 아니 왜 또 나타난 거예요?

봄   무늬 무늬. 너한테 온 게 아니야. 그냥 있었지. 그냥 내내
       있었어.

여름   무늬. 우리는 그냥 존재 그 자체야. 그게 다야. 근데 너는
       우리를 볼 수 있었지. 하지만 너 지금은 눈이 안 보이잖아.
       대신 그때처럼 우리를 볼 수 있게 될 거야. 아, 듣는 건가?
       걱정 마. 곧 보일걸?

무늬   제가 눈이 안 보일 거라는 걸 알고 있었어요?

가을   우리가 모르는 게 있을까?

무늬   그러면 막아줄 수 있었잖아요. 왜. 왜죠? 왜 제 눈이 이렇
       게 되도록 가만히 있었던 거예요? 적어도 말해줄 수는 있
       었잖아.

겨울   우리는 그네들의 삶에 관여하지 않는다. 그저 알려줄 뿐.

무늬   알려준다고요? 난 못 들었는데? 그리고 제가 눈이 이렇게
       될 때 당신들은 제 옆에 없었잖아요. 그냥 내내 있었다고?
       그때 내 옆엔 아무도 없었어! 그때는 입 다물고 있다가 왜
       지금 와서 이러는 건데요?

봄　　워워. 무늬 무늬. 진정해. 우린 항상 있었어.

여름　　인간이란 족속들은 꼭 이런다니까? 야. 민무늬. 니가 못 들었잖아. 니가 겁이 나서 으리한테 등 돌렸잖아. 너 우리가 없다고 생각했잖아. 아니, 아니지 우리가 없었으면 좋겠다고 생각했잖아. 아니야? 아우 열나.

가을　　너무 억울해 하지 마. 받아들여. 그럴 일이었어. 네가 우리가 없다고 생각했던 것도, 네 눈이 그렇게 된 것도. 그냥 그렇게 될 일이었어.

무늬　　그냥 받아들이라고요? 제가 눈이 먼 것도 제 탓인 거네요? 그땐 제 옆에 아무도 없었어요. 저를 도와줄 수 있는 게 아무것도 없었어요. 제가 할 수 있는 건 아무것도.

겨울　　우리는 세상에 존재하는 모든 말에 숨어 있고 모든 행동에 깃들어있다. 네 옆에 사람일 수도, 너를 스쳐가는 바람일 수도, 네가 키우는 동물일 수도 있다. 네가 밟은 잔디일 수도, 네가 꺾은 꽃일 수도, 네가 버린 쓰레기일 수도 있다.

봄　　무늬 무늬야. 그것들을 알아차리기엔 너는 그저 인간일 뿐이었던 거야. 너무 자책하지 마.

가을　　간절하게 바라면 소위 말하는 우주가, 신이 도와준다고 하지만 꼭 그렇지도 않아. 알려준 사실, 음, 뭐, 그래, 운명에서 벗어나는 건, 혹은 받아들이는 건 또 그것을 감당해야 하는 건 오직 자신뿐이거든.

무늬　　왜 다시 당신들 목소리가 들리는 거예요? 전 당신들을 믿지도 않고 없다고 생각하는 사람인데 왜요?

여름　　그냥 받아들이면 안 될까? 우리 목소리가 들린다면 그냥 들리는구나 하면 안 될까? 무늬는 말이 너무 많아.

무늬 지금 상황이 이해가 안 돼서 그래요. 뭘 자꾸 받아들이라는 거예요?

여름 그것 말고 지금 니가 할 수 있는 게 뭐가 있는데?

무늬 깜깜한 상자에 갇혀본 적 없죠? 하루아침에 빛이 사라진 거예요. 눈을 떴는데 눈을 뜬 것 같지가 않고 세상에 모든 전원이 꺼진 것처럼 아무것도 안 보이는 거예요. 아무리 걸어도 제가 어디로 가는 건지 어디에 있는지 모르는 거라고요. 신이 있다면 물어보고 싶었는데, 왜 저한테는 불행한 일들만 일어나는 거예요? 제가 무슨 잘못을 했길래 저를 못 괴롭혀서 안달인 거냐고요.

가을 네가 태어날 때 여러 가지 상자가 주어져. 벌레가 가득 든 상자, 살충제가 있는 상자, 꽃밭이 들어있는 상자, 바다가 들어있는 상자, 뭐, 셀 수 없이 많은 상자가 있어. 각각 상자는 숫자가 똑같아. 그중에 너는 안 좋은 상자를 연 거야. 그냥 그걸 먼저 열어본 것뿐이야.

무늬 저한테 좋은 상자가 있었던 적이 있나요?

봄 무늬 무늬. 정말 없었다고 생각해?

무늬 엄마, 아빠도 돌아가셨고 할아버지는 치매고 삼촌이랑 이모는 우리를 짐 덩어리로만 생각한다고요. 이제 성인도 됐겠다 혼자서 할아버지 모시고 살 수 있나 했는데

여름 눈이 멀어 버렸지.

무늬 이것 봐요. 저한테는 안 좋은 상자만 몰아서 왔나 보네요.

여름 마음대로 생각해라. 어차피 우리 말 못 믿잖아 너. 하나도 안 듣고 있잖아.

무늬 앞으로도 그런 상자만 열게 될까 봐 무서워요. 당신들은

아무것도 느낄 수 없겠죠. 계속 벌레만 든 상자를 여는 기분은 어떤지 알아요? 꽃밭이든 바다든 아무 상자도 열고 싶지 않아요.

겨울　네가 살아있는 한 그럴 수는 없다.

무늬　그럼 죽으면 모든 게 끝날까요?

봄　무늬 무늬 그건 선택지에 안 넣었으면 좋겠는데?

무늬　그럼 제가 뭘 할 수 있는데요?

봄　받아들이거나, 벗어나거나?

무늬　아무것도 하고 싶지 않아요.

가을　그럼 아무것도 하지 마. 뭘 하든 안하든 넌 그 깜깜한 상자 속에서 살아야해. 눈이 다시 돌아올 일은 없으니까.

여름　그래. 깜깜한 상자 속에서 아무것도 안하고 죽어가겠지. 어차피 죽잖아 인간은. 네가 아구것도 안 하고 싶다면 그냥 아무것도 안하고 죽은 사람인 거야.

무늬　왜 말을 꼭 그렇게 하세요?

여름　아직 안 끝났는데? 너는 그냥 니네 삼촌이나 이모가 구박하면 구박하는 대로 가라면 가고 오라면 오고 꼭두각시처럼 살게 돼있어. 그게 니 운명이야. 알아?

가을　그만해.

여름　아니 입이 너무 간지럽잖아. 애 좀 봐. 별로 살지도 못하는 게 이미 다 죽은 사람처럼 '아무것도 하고 싶지 않아요' 이 지랄이잖아. 맞아. 니가 아무리 원해도 니 눈이 보일 순 없어. 네가 아무리 노력해도 니 눈이 돌아오진 않아. 아우 더워.

겨울　무늬. 네가 선택할 수 있는 건 아주 많다. 네가 앞으로 어떻게 될지는 네가 지금 너의 상황을 어떻게 해석하느냐에 달려있다.

가을 우리가 여기에 온 이유는 네가 눈이 멀기 훨씬 전부터 너에게 와야 했기 때문이야. 네가 해야만 하는 일이 있어.

여름 할 수밖에 없는 일이지.

무늬 그게 뭔데요?

봄 무늬 무늬. 일단 눈을 감아봐.

무늬 눈을 감는다.
봄, 여름, 가을, 겨울이 무늬의 앞에 자리를 잡는다.

봄 (사이) 이제 눈을 떠봐.

무늬 눈을 뜬다. 깜깜한 세상 한가운데 계절들의 얼굴이 하나둘씩 보인다.

여름 서프라이즈!

무늬 어? 어? 어! 어억!

봄 무늬 무늬. 잘 보여?

무늬 네. 보여요. 당신들이 보여요.

여름 죽이지? 장난 아니지?

무늬 이게 어떻게 된… 이게 어떻게 이럴 수 있는 거예요?

가을 어때? 보이니까 좋아?

무늬 네. 근데 당신들밖에 안 보여요.

봄 (수줍게) 고마워 무늬 무늬.

무늬 아니 정말 당신들만 보인다고요.

여름　넌 우리밖에 못 봐. 아까 말했잖아. 니 눈은 돌아오지 않아.

무늬　만져 봐도 돼요?

무늬 손을 뻗어 봄, 여름, 가을, 겨울에게로 다가간다.

겨울　오. 싫다.

여름　돈 터치!

봄　만지지는 말아줘.

무늬　(멈추고) 근데 어떻게 보이는 거죠?

봄　보여야 무늬 무늬 네가 살아.

무늬　당신들이 보여야 제가 산다고요?

봄　응. 무늬 무늬. 네가 우리를 봐야 네가 살아.

무늬　무슨 말인지 모르겠어요.

여름　말하자면 넌 우리의 도움이 있어야 산다는 거지. 음, 협업
이랄까?

무늬　협업이요?

가을　네가 우리의 말을 전달해야해. 사람들에게.

무늬　당신들의 말을 전달한다고요?

여름　앵무새니? 머리를 좀 굴려줄래?

무늬　그니까 제가 사람들에게 당신들의 말을 전달해야 제가 산
다는 거잖아요.

여름　그래. 그거야.

무늬　그니까 왜요?

봄　네가 중간 다리 역할을 하게 되는 거야. 사람들과 우리 사
이를 이어주면 되는 거지. 우리는 그들의 말을 듣고, 대답

을 해주는 거야. 네 입을 통해서. 우리는 아주 다양한 말을
전달해. 그리고 다양한 형태로 전달하지. 무늬 무늬는 어
렸을 때 우리의 말을 아주 잘 알아들었어. 눈치가 빨랐지.
마치 우유에 빠진 초코칩 쿠키처럼. 그래서 네가 적임자
야. 대신 우리가 있는 동안 네 눈이 돼줄게.

무늬 당신들이 말하는 걸 저대로 해석해서 사람들한테 말해줘
야 한다는 거죠?

가을 그렇지. 일종의 상담이라고 생각하면 돼.

무늬 그러니까 이게 제 운명이라는 거죠?

겨울 그렇다.

무늬 받아들이면 이 상자 밖으로 나갈 수 있는 건가요?

여름 에헤이.

겨울 모른다. 하지만 받아들인다면 너는 한 걸음을 내딛는 것이
다. 그게 어디로 향할지는 모르겠지만.

무늬 받아들이지 않는다면요?

겨울 넌 그 상자 안에서 가만히 있는 것이다.

봄 무늬 무늬. 네가 선택할 수 있는 건 많아. 받아들이거나 벗
어나거나 포기하거나. 각각의 선택마다 네가 감당해야 할
것들이 와.

가을 믿을진 모르겠지만 우리는 인간들이 항상 나은 곳으로 가
길 원해.

무늬 아직 제가 뭘 해야 할지 잘 모르겠지만요. 아무것도 안 보
이는 것보다는 당신들을 보고 있는 게 낫겠어요. 받아들일
게요. 그리고 벗어날 거예요. 써머? 여름님? 당신이 말한
대로 살지 않을 거예요. 저 언젠간 이 상자 안에서 나갈 거

예요.

여름 어우야. 살벌하다. 뭐 마음대로 해봐. 그게 잘 되나.

봄 무늬 무늬. 처음에는 이상한 사람 취급 받을 거야. 사람들이 거부감을 느낄 수도 있고, 근데 넌 전달해야만 해.

무늬 네. 한 번 해볼게요.

겨울 넌 항상 사람들의 편에 있어야 한다. 그들을 위해 주어야 하고, 보듬어 주어야 한다.

무늬 네. 그렇게 할게요. 받아들이는 건 그렇다 치고 그럼 벗어나는 방법은 뭐예요?

가을 흐름에 몸을 맡겨, 대신 정신은 네가 원하는 것을 찾아가야해. 그럼 몸도 따라가게 되어있어. 그 길을 쭉 가다보면 뭔가 달라지겠지. 할 수 있겠어?

봄 궁금하지.

여름 않아?

가을 네가 어디로.

겨울 가게 될지.

〈여름〉

바닷속

봄, 여름, 가을, 겨울과 무늬가 있다. 무늬는 바닷속에서 수영을 하고 있다.

무늬가 있는 바닷속에는 바위와 해초들이 있다.

봄, 여름, 가을, 겨울의 목소리에 맞춰 무늬는 수영하듯 움직인다.

봄   무늬 무늬. 오른쪽! 오른쪽!

여름   아니 왼쪽으로 가야 돼!

가을   이런 위험한 행동은 안 하는 게 낫지 않겠어?

겨울   괜찮을지 모르겠다.

가을, 겨울은 무늬를 지켜본다.

봄   어? 거기 위험하다 살짝 오른쪽으로 대각선!

여름   대각선으로 가면 저기서 막히잖아. 좌회전 좌회전!

봄   둘이 얘기하니까 무늬 무늬가 우왕좌왕하잖아. 한 사람만
             말해.

여름   너만 보이냐? 나도 보여. 너만 입 있냐? 나도 입 있어. (무늬
             를 보고) 어어어 멈춰!

봄   무늬 무늬!

무늬 어딘가에 부딪힌다.

수면 위로 머리를 내미는 동작을 하며 숨을 쉰다. 다시 잠수. 수영을
한다.

이리저리 계속 부딪힌다. 올라오고 들어가고 반복. 무늬가 바다 밖으
로 나온다.

젖은 머리카락을 짜고 바닥을 더듬거려 수건을 들고 닦는다.

봄, 여름, 가을, 겨울 뒤에서 지켜본다.

여름이 무늬를 따라 머리를 짜고 수건으로 닦는 시늉을 한다.

봄   여름 여름. 너는 안 젖었잖아.

여름   내버려둬. 내 맘이야. 바다에 들어갔다 나오면 의례적으로 해줘야 된다고.

무늬는 밖에 놓인 물건을 무엇인지 손으로 확인하며 큰 배낭에 짐을 싼다.

가방에서 젤리, 사탕, 초콜릿을 꺼내 봄, 여름, 가을, 겨울에게 하나씩 준다.

그리고 시각장애인용 흰 지팡이를 든다. 지팡이로 바닥을 치며 집으로 가려 한다.

방파제 위에 정씨, 이씨가 있다.

정씨   아이고, 저거 저 무늬 아니야? 쟤 바다 들어갔다 나왔나 본데?

이씨   어머 어머. 쟤 어쩌려고 바다를 들어갔대? 야! 무늬야! 무늬야!

무늬 정씨와 이씨 앞에 선다.

정씨   무늬야. 네 눈은 물속에서도 훤하다니?

이씨   응. 그러게 말이야. 이 시간에 겁도 없이 바다엘 들어가? 너 그러다 큰일 나면 어쩌려고 그래. 네 삼촌이랑 이모가 가만히 있을 것 같아?

정씨   난리나지. 너 하나만 보고 사는 사람들인데 이런 위험한
       짓을 하면 되겠어?

무늬   삼촌이랑 이모한테는 말하지 말아주세요.

이씨   말하면 큰일 나지. 어디 다친 덴 없고? 혼자 들어가지 마.
       그러다 큰일 난다.

무늬   네.

정씨   애 무늬야. 안 그래도 너 만나면 물어볼 거 있었는데 잘 됐
       다. 그게 있잖아. 요즘 우리 애가 통 기운이 없어. 뭘 물어
       봐도 대답도 잘 안하고, 밥도 잘 안 먹고 말이야. 전에는
       방실방실 잘 웃던 애가…

이씨   (정씨를 막으며) 사춘기. 사춘기잖아. 난 또 뭐 별거라고. 그
       리고 이렇게 따로 물어보면 안 되는 거 알잖아. 정 궁금하
       면 나중에 예약 잡고 무늬네 집으로 가.

정씨   우리 아들 나이가 이제 스물여덟이야. 사춘기는 무슨. 안
       그래도 오늘 예약해서 이제 가는 중이었다 뭐!

이씨   어이구. 잘 됐네. 가서 물어보든가. 무늬야. 춥겠다. 얼른
       들어가.

정씨   무늬 이따 봐.

무늬   네. 가볼게요.

       무늬 뒤로 봄, 여름, 가을, 겨울 따라간다.

봄   무늬 무늬. 너 이제 바다도 들어갔다 왔네?

여름   민무늬 좋겠네?

무늬   깊은 곳은 못 들어갈 것 같아요. 뭐 또 해봐야 알겠지만.

| 봄 | 왜? 무늬 무늬 수영 나름 잘 하던데? |

봄　왜? 무늬 무늬 수영 나름 잘 하던데?

무늬　이리저리 부딪힌 거 못 봤어요? 여기는 멍도 들었어요. (작은 소리로) 아니 길을 가르쳐 줄 거면 잘 가르쳐 주던가. 이랬다 저랬다.

여름　민무늬 너 뭐라고 했냐?

무늬　아무것도 아니에요.

가을　네가 감당해야 할 몫이지.

무늬　알았어요.

겨울　아프겠다.

무늬　조금요. 그래도 좋아요. 바다. 어렸을 땐 물안경 쓰고 들어갔었는데 모래가 물속에서 막 날리면서 앞이 잘 안 보였었거든요? 그때는 눈이 보였었는데도요. 근데 아까 들어갔을 땐 물고기도 보이고 돌이랑 해초들도 보였어요. 그것들이 내 몸을 슥 스쳐 지나가는데 느낌이 너무 좋은 거 있죠? 색깔도 형형색색인데 색이 오묘하게 번져있다고 해야 되나?

여름　뭔 개똥 같은 소리야. 너. 안 보이잖아. 그래서. 우리가. 알려주는. 거잖아. 벌써 오 년째야.

무늬　누가 진짜 눈으로 봤대요? 앞은 깜깜한데 마음속으로 눈을 한 번 더 감으면 보여요. 보이는 게 아니라 그려진다고 해야 되나?

여름　그럼 그 눈으로 잘 보고 피하던가. 왜 우리한테 불만이야?

무늬　알았어요. 죄송해요. 내가 또 고마움을 모르고 불평불만만 했네. 그냥 속상해서 그래요. 혼자서 잘 해내고 싶은데 당신들 도움 없이는 아무것도 못할 것 같고, 아니, 아무것도 못하겠죠. 그래도 가만히 있을 순 없으니까. 해봐야 되니까. 여름엔 바다에서 수영을 하기로 했으니까. 그래야 그 다음이 있다고 했잖아요.

가을 여름 다음은 가을이지. 여름은 언제 끝나나?

겨울 아직이다. 아주 덥다.

무늬 아직 할 게 남았어요. 그것까지 하면 여름은 지나갈 거예요.

여름 난 여름 좋은데. 솔직히 여름이 최고지. 이제 가면 또 언제 오나.

가을 시간 금방이야. 금세 또 여름이 올 거야.

무늬 늦었어요. 빨리 가야겠어요.

무늬 빠른 걸음으로 나간다.
삼촌과 이모 들어온다.

삼촌 그러니까 내가 잘 보라 그랬지?

이모 아니 잠깐이었다니까? 딱 한 시간 정도 피부 관리 받고 온 거야. 그 사이에 사라진 거라고. 오빠는 알지도 못하면서 왜 맨날 나만 탓해?

삼촌 너는 어려서나 지금이나 달라지는 게 하나 없냐? 어? 철 좀 들어라. 철 좀.

이모 그러는 오빠는? 오빠는 뭐 철 들었나? 나이만 들었지? 그러니까 나랑 같이 조카나 이용해 먹으면서 이러고 살고 있지.

삼촌 (이모의 입을 막으며) 조용히 해. 누가 들으면 어쩌려고. 그럼 우리 영업도 끝이야.

이모 들어도 영업은 될 걸? 사람들이 우리가 이런 사람들이라는

거 안다고 해서 달라지는 게 있을 것 같아? 절대. 아무것도
달라지지 않아. 오빠는 아직도 모르겠어? 사람들 다 알아.

삼촌 뭘.

이모 우리가 무늬 이용해먹는 거. 다 안다고.

할아버지 (목소리) 아가. 배고프다.

이모 (큰소리로) 아까 밥 먹었잖아요.

삼촌 그걸 어떻게 알아? 내가 사람들 앞에서 민무늬한테 얼마
나 잘 하는데. 민무늬 입단속 잘 하고 우리만 입조심하면
알 리가 없어.

이모 사람들은 우리가 더욱더 적극적으로 입조심하길 원할걸?
난 알아. 사람들은 그래. 알고 싶지 않아 한다고. 왜냐? 알
게 되면 피곤해지거든. 어? 저 사람들 저저 어린 조카를 이
용해 먹네? 그것도 장님인 조카를? 어떡하지? 도와줘야
되나? 말아야 되나? 아 이거 내가 나서도 되는 일인가? 아
닌가? 오지랖인 거 같기도 한데. 아 그럼 이제 점은 어디서
봐? 무늬 고게 용하긴 했는데 말이야. 그냥 눈 딱 감고 모
른 척해? 근데 그 어린 것 불쌍해서 어째… 응? 아니야. 불
쌍할 게 뭐가 있어? 저 사람들이 무늬를 때리길 하니 욕하
길 하니 그런 것도 아니잖아. 그치. 그래. 저 사람들도 저렇
게 조심하는데 나도 모른 척하는 게 나아.

삼촌 사람들이 그렇게 약았다고? 완전 이기적이네?

이모 오빠가 할 소린 아닌 거 같은데?

삼촌 이게 진짜. 아니 그럼 다 알면서도 쉬쉬하고 있다는 거야?

이모 아는 사람은 알고 모르는 사람은 모르겠지. 내가 보기엔
다 모르는 척 하는 거야.

삼촌   그럼 우리 좀 편해져도 되는 거네?

할아버지 (목소리) 엄마. 나 밥 줘. 배고파. 엄마.

이모   (큰소리로) 아 좀 기다리시라고요. 할배 아까 밥 드셨잖아요.
          아 진짜 짜증나. (삼촌에게) 이 븅신아. 편해지긴 뭘 편해져.
          더 조심해야 된다니까? 이게 티가 나는 순간. 사람들은 또
          돌변해. 나서지 않을 수가 없다는 거야. 왜냐? 다른 사람들
          눈이 있으니까. 사람들은 그 눈으로 움직이는 거야. 모르
          겠니? 이 븅신아?

삼촌   이씨. 이게 기어오르네?

이모   암튼 우리는 무늬 고거 단속을 잘 해야 된다는 거지.

삼촌   근데 넌 오늘 그걸 잘 해내지 못했고.

이모   이제 찾으면 되는 거고.

삼촌   못 찾으면 넌 내 손에 뒤지는 거고.

이모   결국 무늬 개는 지 발로 들어오게 돼있다는 거고.

삼촌   그걸 니가 어떻게 아냐고. 시발. 도망갔을 수도 있잖아.

이모   개는 지 할아버지 버리고 못가. 할아버지 정신이 온전하든
          왔다갔다하든 절대 못 버려.

삼촌   넌 아직도 인간을 믿냐? 지가 힘들면 지밖에 안 보이는
          거여.

이모   아우 앞도 못 보는 애가 가면 얼마나 가겠냐고. 좀 기다려
          봐 좀.

삼촌   한 시간 안에 안 돌아오면 찾으러 나가라. 좋은 말로 할 때.

이모   알았다고.

삼촌   오늘 예약 몇 개 남았어?

이모 패드를 꺼내 예약을 확인한다.

이모　　이제 오늘 마지막 손님 남았네. 으리 동네 정씨 아줌마.

삼촌　　몇 시 예약인데?

이모　　7시 반.

삼촌　　30분밖에 안 남았잖아. 한 시간 기다릴 게 아니라 빨리 찾
아와야겠네. 너 지금 나가서 민무늬 찾아와.

이모　　아 알았어.

무늬 들어온다.

이모, 삼촌 무늬를 발견한다.

이모　　이 기집애야. 어디 갔다 으는 거야?

무늬　　바다요.

이모　　뭐? 바다? 거길 왜? 애 머리 젖은 것 좀 봐. 너 바다에 들어
갔다 왔어?

무늬　　아니에요. 발만 담그려고 했는데 넘어졌어요.

삼촌　　너 미쳤냐? 어디 갈 때 우리한테 말하고 가라고 했지. 눈
도 안 보이면서 어딜 나가. 그러다 잘못되면 어떡할 거야?
오늘 예약 남은 거 알았어 몰랐어? 넌 무슨 애가 책임감이
없어.

무늬　　7시 반 예약이잖아요. 시간 맞춰서 온 거예요.

이모　　그래. 시간 맞춰 왔으면 됐지 뭐. 됐어. 오빠 애한테 너무
뭐라 하지 마. 애 놀랜다. (삼촌한테만) 이러다 진짜 도망하
겠다. 적당히 좀 해. (무늬에게) 민무늬 옷부터 갈아입어. 머

리도 좀 말리고. 시간 없어.

삼촌　너 할아버지 잘 생각해. 그리고 우린 팀이야. 알지? 너 한 명 잘못되면 우리 다 길거리에 나 앉는 거야. 우리가 널 어떻게 키웠냐.

이모　그래. 어떻게 키웠겠니?

삼촌　어? 생색내는 게 아니고. 너 키우는 게 좀 어려웠는 줄 알아?

이모　얼마나 어려웠게?

삼촌　니네 부모는 돈 한 푼 안 남기고 갔지.

이모　보험도 없었어.

삼촌　치매 걸린 니네 할아버지까지 우리가 부양하지.

이모　첩첩산중.

삼촌　어렐레 이젠 눈도 안 보인다네.

이모　아으. 머리 아파.

삼촌　너한테 뭐 강요하는 건 아닌데 너 능력 있잖아.

이모　있지.

삼촌　그거 아무나 갖는 줄 알아?

이모　못 갖지.

삼촌　타고 난 거야.

이모　그렇지.

삼촌　우리는 그 능력 더 키워주는 거고.

이모　얼마나 좋아?

삼촌　너 나중에 혼자 살게 되더라도 알아서 잘 살 수 있게끔 도와주는 거라고.

이모　이런 이모 삼촌이 어디 있니?

무늬　알아요. 이모랑 삼촌한테는 항상 감사하고 있어요. 시간 얼마 안 남았는데 저 들어가 볼게요.

이모 그래. 빨리 옷 갈아입고, 앉아있어. 손님 오면 바로 들여보
낼 거니까.

삼촌 사람이라면, 감사한 걸 안다면 말 좀 잘 들어라. 제발.

이모 그만해. 그쯤하면 됐어.

무늬 무대 뒤편으로 들어가 다양한 색깔의 옷을 걸치고 책상 앞에
앉는다.
무늬의 뒤로 봄, 여름, 가을, 겨울이 나와서 본인들의 자리에 앉거나
선다.

봄 무늬 무늬. 많이 깨졌지?

여름 보나마나지. 둘은 젓가락 한 쌍이야. 한쪽이 없으면 뭘 짚
지를 못해. 근데 둘이 합쳐지잖아? 식탁 위에서 요란하게
움직이면서 이것저것 가리지 않그 먹는 꼴이야.

가을 나무젓가락이야. 불이 붙으면 다 타버릴 거야.

여름 나무젓가락 한 쌍이 네 머리를 특탁톡탁하고 때리는 꼴이
야. 근데 그걸로 사람이 죽어? 안 죽어.

무늬 그래도 고마운 건 고마운 거니까. 저랑 할아버지 봐주는
것만으로도 감사해야죠. 손님 받아볼까요?

정씨 들어온다. 정씨의 뒤로 정씨의 다들도 들어온다. 무늬 앞에 앉
는다. 정씨의 아들은 무늬 앞에 있지 달지만 어딘가에 존재하고 있고
무늬와 계절의 눈에만 보인다 무늬 늘 하던 대로 첫 문장을 말한다.

무늬	먼저 상담하기 전에 말씀드리면 저는 신을 정식으로 받은 적도 없고, 그냥 들리는 대로 말씀드리는 것이기 때문에 감안을 하고 상담 내용을 들어주셔야 해요.
정씨	응. 알지 알지. 네가 우리 동네에서 좀 유명해? 다들 너한테 다녀오면 마음이 편해진다고 하더라.
무늬	요즘 어떠세요?
정씨	뭐, 아까도 말했다시피 우리 아들 말고는 걱정거리가 없어. 애가 통 말이 없고, 방실방실 웃던 애가 웃지도 않고 방에 들어가면 꼼짝을 안 해. 밥도 통 못 먹고. 어떡하면 좋을지 모르겠어.
여름	퓨즈가 끊어졌네. 피융.
봄	그러네. 저 아주머니 아들 밝게 빛나다가 빛이 사그라들었어. 둥실둥실 두둥실 하늘을 떠다니다가 사냥꾼이 쏜 총에 심장을 관통 당했어. 그리고 추락하는 거지.
가을	사냥꾼은 저 아줌마야.
겨울	아이가 힘들다. 많이 괴로웠을 것이다.

무늬 봄, 여름, 가을, 겨울의 이야기를 듣는다.

무늬	아드님이 뭘 하고자 했는데 방해하시거나 말리신 적 있으세요?
정씨	내가? 그럴 리가 있어? 그냥 아들 잘 되라고 한 소리밖에 없는데? 내 아들인데 잘 되길 바라는 것 말고 내가 한 게 뭐가 있겠어?
여름	후. 지겹다. 똑같은 레파토리.

정씨   사랑만 준 것도 죄라면 난 이미 무기징역이야.

가을   사랑만 줬다네. 그럼 그 아들한테서 사랑만 나오는 줄 아나보지.

무늬   사랑을 주는 것도 여러 형태가 있는 거 아시죠? 요즘 아드님 근황은 어떤가요?

정씨   우리 아들 지금 열심히 취업준비 하고 있지. 요즘 세상이 뭐 거저 얻는 세상인가? 아. 애가 대학 졸업하고 고민이 엄청 많았어. 방황했지. 그걸 두 눈 뜨고 볼 수가 있나. 뭐 이런 상담 형식으로 이래저래 대화하고 나니까. 애가 결정을 하더라고. 대학까지는 너 좋아하는

봄   공부를 시켜줬으니, 취업은 우리의 뜻대로 하거라. 그 정도는 해줄 수 있지?

정씨   대학 가서 실컷 배우니까 좋았지? 그래서 그 연극영화관지 뭔지 나와서 지금 네가 당장 할 수 있는 게 뭐야?

겨울   없지? 언제까지 허송세월 보낼 거야. 엄마는 네 시간이 아까워. 엄마한테 지금 그 시간 줘봐라 대통령도 되겠다. 지금 네 친구들 취업하고

정씨   현재를 즐기면서 사는 것 좀 봐. 얼마나 멋있어. 엄마는 뭐 그냥 솔직히 말하면 너는 그런 쪽하고는 안 어울려. 끼가 없잖아. 티브이에 나오는 애들 보면 보통이 아니더만. 너는 공부 머리를 타고나서 공부를 꾸준히 했었어야 했는데.

봄   네가 하도 하고 싶다길래 시켜봤지만은 엄마가 봤을 땐 네 길은 아니야.

정씨   이제라도 안 늦었으니까 관두고 취업 준비하자. 내 배 아파서 너 낳았어. 나만큼 너를 잘 아는 사람도 없고, 너 위

해줄 사람도 없어.

여름   다 너 잘되라고 하는 소리야.

정씨   요즘 말하는 꼰대? 뭐 그렇다고 해도 어쩔 수 없어!

가을   다 너 사랑해서 하는 말이야.

정씨   엄마 마음 무슨 마음인지 우리 아들이 잘 알지? (사이) 뭐 이런 식이야. 사람 사는 거 다 비슷비슷 하잖아. 우리 집도 똑같지 뭐.

무늬   그러셨구나. 잠시만 기다려 주시겠어요?

무늬 봄, 여름, 가을, 겨울을 바라본다.

여름   거의 반송장이야.

무늬   네?

여름   저 집 아들 살아있는 송장이나 다름없다고. 영혼은 이미 다 죽었어. 저 아줌마가 아들의 심장에 총을 쏜 건 저것뿐만이 아니야.

무늬   그럼요?

봄   사랑.

가을   아들의 사랑도 막았어.

여름   꿈. 빵야. 사랑. 빵야.

무늬   아들은 왜 도망치지 않는 거예요?

겨울   저 아줌마는 사냥꾼이다. 아줌마의 아들은 새다. 자유를 꿈꾸는 새. 그러나 사냥꾼에게 잡혔고, 사냥꾼은 그 새가 눈에 담아도 안 아플 만큼 아름다워서 다리에 줄을 묶어놓고 내내 바라보는 것이다. 새는 너무 지친 나머지 도망칠 생각도 못하는 것이다.

무늬　무슨 말인지 알겠어요.

무늬 다시 정씨와 마주한다.

무늬　울타리는 그 안에 있는 것을 보호해줘요. 그래서 안전하게 잘 자라날 수 있죠. 근데 사람은 언젠간 그 울타리에서 벗어나 바깥으로 나가야 해요. 아주머니가 아드님을 위해 쳐 놓은 울타리는 너무 견고해요. 아드님에게 자유를 주었다고 생각하시겠지만 딱 울타리 안에서의 자유일 뿐이에요.

정씨　세상이 얼마나 무서운 곳인지 몰라? 그 애보다 몇십 년을 먼저 산 사람으로서 그 아이가 더 나은 길로 가길 원하는 것뿐이야. 그게 부모가 해야 할 도리 아니야?

여름　이 아줌마한테 얘기한다고 될 일이 아니야. 틀렸어.

무늬　그럼 아들을 만나서 얘기해줘야 하는 거 아니에요?

정씨　부적은 안 써주나? 뭐 취업 잘 되게 해주는 거 말이야.

가을　아들이 스스로 물음을 가질 때까진 말해줄 수 없어. 물음을 가지면 어떤 방식으로든 우리 얘기를 들을 순 있겠지. 하지만 네가 할 수 있는 일은 여기까지야. 저 아줌마 아들 취업은 할 거야. 그리 좋지도 나쁘지도 않은 곳에.

무늬　처음에도 말했지만 저는 오로지 상담만 합니다. 아주머니. 조급하신 건 알겠지만 마음을 느긋하게 가지세요. 아드님 취업은 될 거예요.

정씨　아이고. 하느님 아버지 부처님 천지신명님 감사합니다. 내가 그것 말고는 소원이 없다니까. 내가 오늘부터 두 다리

쭉 뻗고 잘 수 있겠네. 무늬 너 용하잖아.

무늬　마음이 편해지셨다니 다행이에요. 하지만 염려스러운 건 아드님 마음이에요. 꼭 한 번, 아니 두 번 세 번 들여다 봐 주세요. 아드님 입장에 서서요.

정씨　두말하면 입 아프지. 그런 건 걱정하지 말어. 우리 아들 인생 그냥 탄탄대로 잘 흘러가게, 꼭 그렇게 만들 거야. 그러면 우리 아들도 괜찮아 질 거니까. 돈은 삼촌이랑 이모한테 주는 거 맞지? (지갑에서 돈을 꺼낸다) 이거는 팁이야. 내가 네 말 덕분에 속이 후련해서 주는 거니까 받어. 암튼 용해. 아줌마 간다.

무늬　감사합니다. 조심히 들어가세요.

정씨 나간다. 무늬 가방에서 젤리, 사탕, 초콜릿을 꺼내 봄, 여름, 가을, 겨울에게 건넨다.

여름　아. 인간이란. 어쩜 이렇게 한결같을까. 야. 민무늬. 벗어나는 게 얼마나 힘든 건지 알겠어? 벗어나려다가 지쳐버리면 그 땐 답도 없는 거야. 받아들이는 것조차 힘들어진다고.

무늬　이미 답은 정해져 있는 것처럼 보여요. 여기 찾아오는 사람들을 보면요. 당신들의 말을 들으러 온다기보다는 듣고 싶은 말을 들으러 오는 것 같아요.

봄　누구에게든 확인 받고 싶으니까 그런 거야.

무늬　원하는 게 있다는 건 마음이 단단해지는 것 같아요.

여름　그게 다른 사람한테 향하면 해칠 수도 있다는 거야. 마음은 항상 완전 대박 조심해야 돼. 아, 마음이란 얼마나 무서운 것인가.

겨울　아, 여름이 지나가고 있다.

여름　맞다. 할 게 남았다며? 뭔데?

무늬　이제 곧 알게 될 거예요.

장맛비가 내린다. 봄, 여름, 가을, 겨울은 우산을 쓰고 있다. 무늬는 우산을 쓰지 않고 거리를 걷는다. 빗속에서 춤을 춘다. 봄, 여름, 가을, 겨울도 마지못해 같이 춘다. 하나둘씩 앉는다.

여름　아 지치다.

봄　여름 여름. 너 안 지치잖아.

여름　그냥 지치다고 해. 그만 추고 싶어.

봄　그래 그게 낫겠다. (과장되게) 아 너무 지치다. 무늬 무늬. 이게 네가 해야 할 거였어?

무늬　네. 여름하면 장마. 비를 잔뜩 맞으면서 걷고 싶었어요. 비도 맞아봐야 하니까.

가을　너 내일 감기 걸려.

무늬　상관없어요. 감기도 걸려봐야 되니까.

가을　뭘 그렇게 다 해보려고 해?

무늬　해봐야 아니까요. 눈이 안 보이는 세상에서 할 수 있는 건 다 해볼 거예요. 그래야 제가 뭘 원하는지, 뭘 하고 싶은지 알 수 있을 거 같아요.

겨울　우리가 있는 한 마음껏 해도 좋다.

무늬와 봄, 여름, 가을, 겨울은 비를 피할 수 있는 곳으로 간다.

무늬가 가방에서 수박을 꺼낸다. 봄, 여름, 가을, 겨울에게 나눠주고
함께 수박을 먹는다.

봄　무늬 무늬. 벗어나는 방법을 찾고 있는 중이야?

무늬　일단 열심히 받아들이는 중이에요. 저는 지금 무슨 상자를
열고 있는 중일까요?

가을　글쎄. 우리도 궁금하다.

무늬　저는 앞으로 어떻게 될까요? 당신들은 알잖아요.

겨울　바다로 가게 될 것이다.

무늬　바다는 저번에 다녀왔잖아요. 다음 계절엔 다른 곳에 가
볼 거예요.

겨울　산으로 가게 될 것이다.

여름　수박 맛있다. 여름엔 수박이지. 다음 계절 생각은 다음에 해.

무늬　제가 어떻게 될지 저한테 알려주고 싶지 않은 거죠?

가을　사실 지켜보고 싶은 마음이 커.

무늬　생각해 보니 안 듣는 편이 좋겠어요. 아직 두렵거든요. 흐
름에 몸을 맡긴다고 해도 그 다음이 항상 궁금하니까요.
질문만 하게 되는 것 같아요.

겨울　너무 멀리 보면 결국 아무것도 못 보게 된다. 궁금한 것만
많아진다. 상자의 개수가 똑같다는 것만 잘 기억하면 된다.

무늬　네. 그럴게요. 이제 여름도 끝나가네요. 이제 집으로 갈까요?

여름　민무늬 너 먼저 가.

무늬　같이 안 가요?

여름　우리는 뭐 맨날 한가한 줄 아냐? 이제 곧 환절기잖아. 이땐
좀 바빠.

무늬	아 네.
여름	웃어?
무늬	그럴리가요. 그럼 이따 봐요.

집안. 삼촌, 이모, 할아버지가 있고 무늬 밖에서 들어온다.

이모	야. 이 기집애야. 너 니네 할아버지 간수 잘 안 할래? 우리가 할배 찾으러 어디까지 다녀온 줄 알아?
삼촌	일 없을 땐 할배 옆에 붙어있으라고 했지? 눈 안 보여도 그 정돈 할 수 있잖아.
할아버지	잘못했습니다. 아이고. 잘못했어요.
무늬	할아버지. 괜찮아? 어디 갔었어?
할아버지	꿈에 아들네가 나와서 나한테 등을 지고 어딘가로 걸어가는 거예요. 아무리 불러도 대답이 없어. 그 애들을 따라 한참을 걷다가 눈을 떠 보니까 어? 저 건물이 내가 살던 집인가? 이 건물이 우리 집이었나? (사이) 우리 아들이 어디를 갔지?
무늬	할아버지. 아무리 그래도 혼자 그렇게 돌아다니면 안 돼. 다친 데는 없어?
할아버지	아이고. 잘못했어요. 다 내 탓입니다. 전부 다 제 탓이에요.
이모	일을 늘리던지 해야지. 엄연히 따지면 이 할배랑 우리는 가족 아닌 거 알지? 그냥 사돈지간 딱 그 정도까지야. 이 할배를 돌봐야 할 의무가 우리한텐 없다고.
삼촌	너랑 니 할배 갈 곳도 없고, 너 눈 그렇게 되고 우리가 봉사한다 생각하고 봐주는 거야. 계산 때려보면 니가 벌어오

는 돈으로는 적자라고 적자.

무늬　죄송해요.

할아버지　형, 누나. 배고파요. 밥 좀 줘요. 배가 너무 고파요.

무늬　할아버지. 밥 먹으러 가요.

이모　너 용돈은 됐다 뭐 하니. 니 할아버지 밥 좀 사 멕여드려라. 애가 그런 센스라도 있어야지. 하루에 밥을 몇 번을 달라 그러는 거야.

삼촌　너한테 말해주는 신들은 니 할배 어떻게 되는지 말도 안 해주냐? (혼잣말로) 밥만 축내면서 명도 드럽게 기네.

무늬　삼촌!

삼촌　뭐?

무늬　말이 심하시잖아요.

삼촌　그래서 뭐? 내가 그 정도도 말 못해?

무늬　저한텐 어떻게 말하든 상관없는데 할아버지 앞에서는 조심해주세요. 아무리 그래도 다 듣고 계신다고요.

삼촌　치매 노인네가 들어봤자지. 너는 그냥 입 닫고 점이나 잘 봐. 그게 우리한테 보답하는 길이야.

이모　그리고 싸돌아다니지 좀 마. 눈도 안 보이면서 어딜 그렇게 싸돌아다니는 거야? 내가 니네 할배 찾으러 다니랴, 너 찾으러 다니랴 내 할 것도 못하고 있잖아.

무늬　할아버지 일은 죄송해요. 제가 최대한 잘 돌볼게요. 그러니까 할아버지 앞에서는 조심해주세요. 부탁드려요. 요즘 예약도 많이 늘고 저 열심히 하고 있잖아요.

이모　그래. 무늬야. 알겠어. 우리가 좀 오바 했다. 아니 근데 우리가 뭐 너 괴롭히려고 이러니? 너 우리 없으면 어떻게 살

거야? 우리도 힘들어서 그래. 너 돌보랴 할배 돌보랴. 이게 보통 쉬운 일인 줄 알아? 너도 우리를 좀 이해해 줘야지.

무늬   네. 감사해요.

할아버지   아가. 아가. 우리 손녀. 무늬야. 어딜 갔다 이제 오는 거냐. 응? 어딜 갔다 왔어?

무늬   할아버지. 나 알아보겠어? 나 무늬야.

할아버지   아이고. 무늬야. 우리 손녀. 불쌍해서 어째. 우리 손녀 불쌍해서 어찌할까. 이 어린 것이 지 부모 잃고 어떻게 살라고. 다 내 탓이오. 아이고 무늬야. 미안하다.

무늬   할아버지. 나 괜찮아. 할아버지. 너무 오랜만이야. 나 괜찮아. 걱정하지 마.

삼촌   이야. 눈물 나서 못 보겠다야.

이모   오늘은 너가 할배 잘 보고 있어. 남은 예약도 없으니까. 우린 볼 일 있어서 다녀온다.

무늬   네.

할아버지   이 할아버지가 오래 살아야 될 텐데. 우리 무늬 클 때까지 오래 살아야 될 텐데. 그래야 우리 무늬 예쁘게 자라는 것도 보고 응? 결혼하는 것도 보고 말이야.

무늬   할아버지 나 지금 어때 보여? 나 벌써 많이 자랐어. 보여?

할아버지   예예. 예뻐요. 아가씨. 아주 예뻐요.

무늬   할아버지?

할아버지   아가씨는 누군데 우리 집에 있는 거요? 누구 찾으러 왔소?

무늬   네. 할아버지 만나러 왔어요. 같이 밥 먹으려고요. 식사는 하셨어요?

할아버지   마침 출출하던 참이었어요. 같이 드십시다. 아이고. 예뻐요.

무늬   할아버지. 제가 눈이 안 보여서요. (팔짱을 끼며) 식당까지 이
        렇게 가도 될까요?
할아버지   아이고 어쩌다 그렇게 됐소? 내가 안내해 드리리다.
무늬   고맙습니다. 가요 이제.

        봄, 여름, 가을, 겨울 앉아있다.

봄   환절기.
여름   요즘은
가을   계절이
겨울   변하는
봄   바람
여름   한
가을   점
겨울   제대로
봄   느끼지
여름   못하고
가을   쌩-
겨울   하고
봄   지나가버려.
여름   특히
가을   여름과
겨울   겨울이
봄   길어
여름   지면서

가을　　이동하던

겨울　　철새들

봄　　도

여름　　우왕

가을　　좌왕

겨울　　하게

봄　　되는

여름　　것

가을　　이다.

겨울　　그건

봄　　사람

여름　　또한

가을　　마찬가지

겨울　　이며

봄　　이것이

여름　　바로

가을　　세상이

겨울　　'부자연'스럽게

봄　　돌아가고

여름　　있다는 것을

가을　　증명

겨울　　한다.

봄　　하지

여름　　만

가을　　우리는

겨울	'자연'스럽게 돌아가고자 하는 마음을 잃어서는
봄	(빠르게) 안 된다.
여름	설령
가을	그럼에도
겨울	불구하고
봄	당신의 세상이
여름	끝까지
가을	'부자연'스럽게
겨울	돈다고
봄	하더라도.

〈가을〉

불꽃 축제날. 불꽃놀이가 한창이다.

무늬, 봄, 여름, 가을, 겨울이 축제를 즐기고 있다. 동네사람들도 축제
에 나와 있다.

정씨	무늬야. 와서 핫도그 좀 먹고 가.
무늬	안녕하세요. (정씨가 핫도그를 손에 쥐어주면) 감사합니다.
정씨	좋은 소식 있어서 알려주려고 우리 아들 취업했어. 얘도 여기 축제 왔을 텐데, 어, 저기 있네. 영진아! 영진아! 여 기! (손을 흔든다) 와서 핫도그 먹고 가!

정씨 아들 정씨를 향해 손을 흔든다. 정씨 아들 정씨와 멀어지며 뒤돌아 걷는다. 어떤 선을 따라 위태롭게 걷는다.

정씨　　재가 어디 가지? 암튼 내가 요즘 얼마나 마음이 편한지 몰라. 우리 아들은 뭐 아직도 똑같은 상태이긴 한데 취업한 지 얼마 안 됐으니까 기다려봐야지 뭐. 재도 돈 버는 맛 좀 보고, 친구들 사는 것처럼 살다보면 다시 돌아올 거야. 취업했으니까 좋은 짝도 만나고 그래야 될 텐데 그치?

무늬　　네. 뭐든 두 분 다 마음이 편했으면 좋겠는데. 제가 저번에 말한 대로 해 보셨어요?

정씨　　뭐 노력하고 있긴 한데. 통 입을 안 여니까. 차차 나아지겠지. 나아질 거야.

무늬　　네. 그럴 거예요. 아드님 마음 쫌 들여다 봐 주셔야 해요. 꼭이요. 핫도그 잘 먹었습니다. 감사합니다. 저 가 볼게요. 할아버지가 오시기로 해서요.

정씨　　응. 그래. 들어가 봐. 오늘 사람 많으니까 다닐 때 조심하고.

무늬　　네.

영진 무늬에게로 온다.

영진　　저기. 눈 진짜 안 보여요?

무늬　　네?

영진　　눈 진짜 안 보이는 거 맞아요?

무늬　　누구세요?

영진　　전에 우리 엄마 상담했었죠?

무늬 상담했던 분이 너무 많아서 누구신지…

영진 아까 핫도그 줬던 사람. 우리 엄마예요.

무늬 아 정씨 아주머니네 아드님이시구나. 안녕하세요.

영진 어떻게 그렇게 웃을 수 있죠?

무늬 네? 저요?

영진 원래는 눈이 보였다면서요. 눈이 안 보이게 됐는데 어떻게 그렇게 웃을 수 있어요?

무늬 이렇게 될 일이었대요. 그냥 그걸 받아들이는 중이에요.

영진 이렇게 될 일이요? 나한테 일어난 모든 일들이 이렇게 될 일이었던 거네요?

무늬 참 억울하죠? 모든 게 이렇게 될 일이었다면 왜 아둥바둥 살아야 하나 싶죠?

영진 아무 일도 일어나지 않았으면 좋겠어요.

무늬 저도 그랬어요.

영진 아무 말도 듣고 싶지 않아요.

무늬 저도 그랬어요.

영진 아무 감정도 느끼고 싶지 않고, 아무런 행동도 하고 싶지 않아요.

무늬 알아요. 무슨 마음인지. 우리한텐 여러 상자가 주어지는데 안 좋은 상자와 좋은 상자의 개수가 똑같대요. 지금 안 좋은 상자를 먼저 열어본 거예요. 좋은 상자를 열 날이 분명 있을 거예요.

영진 그럴까요?

무늬 네. 그럴 거예요.

영진 모르겠네요. 상자를 다 버리면 아무것도 안 열어도 될 텐데. 뭐하러 꿋꿋이 열어야 하나 싶어요.

무늬　　좋은 상자를 못 열어보고 버리는 건 너무 억울하잖아요.

영진　　억울하니까 못 버린다… 시시하네요. 다들 이미 정해진 궤
　　　　도 속에서 힘들고 억울하고 지쳐가는 게 웃겨요. 궤도 밖
　　　　으로 탈출하면 되지 않나?

무늬　　그렇게 될 일이었다는 건 그렇게 될 때까지 아무도 모르는
　　　　거잖아요. 그래도 좋은 상자를 열 수 있을 거라는 생각으
　　　　로 살아보는 거죠. 그쪽도 꼭 그랬으면 좋겠어요.

영진　　생각 좀 해보고요. 이미 생각이 너무 많아서 낄 틈이 있을
　　　　진 모르겠지만. 저 가볼게요. 얘기 들어줘서 고마웠어요.

무늬　　네. 안녕히 가세요. 나중에 제가 필요하면 꼭 찾아오세요.
　　　　꼭이요!

삼촌, 이모, 할아버지 들어온다.

이모　　민무늬!

무늬　　(소리가 나는 쪽으로 간다) 할아버지는요?

이모　　왔어. (할아버지를 무늬에게 넘긴다) 보는 눈 많으니까 어디 멀
　　　　리 가지 말고 이 근처에 있어.

무늬　　네.

삼촌　　불꽃놀이 끝나고 바로 집으로 갈 거니까 그렇게 알고.

무늬　　네.

무늬, 할아버지의 손을 잡고 삼촌, 이도와 멀어진다.

무늬   할아버지. 오랜만에 바깥에 나오니까 좋지?

할아버지   아가씨. 만연한 가을이에요. 작년 가을에는 우리 아들네랑
        같이 단풍놀이를 갔어요. 빠알갛고 노오란 단풍이 아주 예
        쁩디다. 작고 오밀 조밀한 게 꼭 우리 손녀 손바닥처럼 생
        겨가지고는 손 위에 포개놓으니까 해쭉거리면서 웃는 게
        어찌나 예쁘던지. 우리 집 복덩이에요.

무늬   우리 가족 다 같이 단풍놀이도 갔구나. 할아버지랑 나도
        같이 갔었잖아. 기억나?

할아버지   그 작은 손을 잡으면 바스러질까봐 얼마나 무섭던지. 내가
        지은 죄가 많아서 이 손으로 그 손을 잡을 수가 있어야지.
        근데 웃는 모습이 꼭 날 닮았대요. 사람들이 그럽디다. 나
        는 그냥 그 얼굴 보고 허허 웃고 말지.

무늬   할아버지 손은 항상 따뜻해. 단풍놀이 갔던 날 우리 점심
        먹고 나가서 밤늦게 들어왔잖아.

할아버지   예예.

무늬   낮에는 저 산이 그냥 산이었는데 밤이 되니까 범고래처럼
        보였어.

할아버지   예예. 아가씨. 그럼 저 산이 있는 곳이 바다인 겁니까?

무늬   아니. 바다로 돌아가지 못한 범고래인 거야. 할아버지. 저
        산은 밤이면 바다로 가고 싶은 범고래가 되는 거야.

할아버지   아휴. 바다로 가려면 한참 가야 되는데. 언제쯤 돌아갈까요?

무늬   그건 나도 몰라. 밤이 너무 어두워서 바다를 아직 못 찾았나?

할아버지   (노래를 부른다)

불꽃놀이가 시작된다. 모두 하던 것을 멈추고 불꽃놀이를 바라본다.

무늬만 앞을 응시한다.

무늬   할아버지. 하늘에 불꽃 보여?

할아버지   보여요. 예쁘네요.

무늬   할아버지. 우리 소원 빌까?

할아버지   소원?

무늬   응. 소원 빌어보자.

무늬, 할아버지 눈을 감고 손을 모아 소원을 빈다.

무늬   할아버지. 소원 빌었어?

할아버지   제 소원은요.

무늬   할아버지. 소원 말하면 안 돼. 그럼 안 이루어져.

할아버지   우리 손주가 무사히 잘 태어나게 해주세요.

무늬   뭐야. 이미 무사히 잘 태어났거든요?

할아버지   우리 손주가 바르게 건강하게 무탈하게 잘 크게 해주세요.

무늬   에이. 소원 말하면 안 이루어진다니까.

할아버지   매일 기도하고 있어요. 우리 손주 태어날 때까지 매일 매일.
         우리 손주 태어나서도 매일 기도할 거예요. 내가 언제 죽을
         지 모르니까 그 뒤에 것까지 다 빌어주고 가야지. 아이고. 우
         리 손주 태어난다고 하늘에서도 저렇게 잔치가 열렸네.

무늬   그래도 나 태어날 때는 축복받으면서 태어났겠다. 그 때
         이미 좋은 상자를 열었나봐. 할아버지. 고마워. 내 옆에 있
         어줘서. 할아버지가 내 꽃밭 상자야.

할아버지   (멍하니 밖으로 걸어 나간다)

무늬　(할아버지의 손을 잡고 따라가며) 할아버지. 어디 가는 거야? 할아버지.

영진 불꽃놀이를 바라보다가 뭔가 고민하는 듯하다. 봄, 여름, 가을, 겨울 영진의 주변에서 그를 지켜본다. 영진을 만지고, 잡아당기고, 귓속말을 하는 모션 등 계속해서 영진에게 어떤 자극을 주지만 영진은 신경 쓰지 않는다.

영진　내 선택의 이유가 너무 미미해서 사람들이 비웃을지도 모르겠다. 나도 가끔 나를 생각하면 웃음이 나오니까. 근데 더 이상 힘이 나질 않는다. 누구에게도, 아무런 반응을 하고 싶지가 않다. 엄마가 많은 죄책감을 갖게 될까? 그래도 어쩔 수 없다는 생각이 든다. 아니, 차라리 그랬으면 좋겠다고 생각한다. 이런 생각까지 해 버린 내가 끔찍하고 앞으로 어떤 생각을 하게 될지 무섭다. 어디서부터 잘못 된 걸까? 그래도 시간을 되돌리고 싶진 않다. 난 돌아간다고 해도 매 순간 똑같은 선택을 할 테니까. 엄마도 그러겠지. 어떤 용기도 감사도 생기지 않는다. 내 곁엔 아무도 없고, 내가 기댈 수 있는 건 아무것도 없다. 내 삶이 얼마나 더 불행해질지 모르겠다. 텅 빈 상태로 왔다가 텅 빈 상태로 가는 것도 나쁘지 않을 것 같다.

영진 앞으로 걸어가고 뒤에서 봄, 여름, 가을, 겨울이 잡아당긴다. 영진은 힘겹게 걷는다.

〈겨울〉

무늬와 봄, 여름, 가을, 겨울 등산을 하고 있다. 등산로에 나무, 돌, 눈들이 있고 무늬는 봄, 여름, 가을, 겨울의 말에 따라 이리저리 움직인다.

여름　야. 민무늬. 그 지팡이로 좀 두드리면서 가봐.

무늬　열심히 두드리고 있거든요? 근티 우리 지금 잘 가고 있는 거 맞죠?

여름　의심하냐? 정상까지 아주 잘 가고 있다.

무늬　얼마나 남았는데요?

봄　무늬 무늬. 앞으로 5분만 더 가면 돼.

무늬　한참 전에도 그렇게 말했잖아요. 그 말만 세 번째예요.

봄　진짜야. 어어? 거기 한 발 앞에 돌부리 조심!

무늬　(돌부리에 걸려 휘청거린다)

여름　말해줘도 걸리냐?

무늬　안 넘어졌으면 됐죠 뭐.

가을　왜 하필 겨울등산이야?

무늬　이왕 힘들 거 한꺼번에 돋아서 힘들려고요.

겨울　오. 힘든 상자를 몰아서 연다?

무늬　그러면 뿌듯함도 몰아서 오겠죠?

겨울　그럴지도.

무늬　근데 지금 벌써 기분이 좋아요. 걸어가면서 좋은 상자를 하나씩 열고 있나 봐요.

봄　　무늬 무늬. 이제 곧 정상이다.

여름　아. 겨울 너무 춥다.

가을　겨울은 추워야지. 여름은 더워야 되고.

겨울　그렇다. 겨울은 추워야 한다. 그래야 여름이 덥다. 여름은
　　　　더워야 한다. 그래야 겨울이 춥다.

봄　　무늬 무늬! 도착! 정상이야.

무늬, 봄, 여름, 가을, 겨울 한 곳에 앉는다. 무늬가 가방에서 젤리,
사탕, 초콜릿을 꺼내 봄, 여름, 가을, 겨울에게 준다.

무늬　제 세상에는 산을 오른다, 내려간다 밖에 없어요. 하염없
　　　　이 걷다가 지금 서 있는 곳이 정상인지 산 아래인지 알 수
　　　　가 없잖아요. 근데요. 이제야 조금씩 느끼는 건데요. 공기
　　　　가 달라요. 냄새가 다르고, 소리가 다르고, 피부로 느껴지
　　　　는 느낌이 달라요. 그 미세한 차이가 이제 좀 느껴져요.

가을　넌 이제 그 감각에 집중해야 해. 우리가 없더라도 네가 어
　　　　디 있는지 알 수 있게.

무늬　당신들도 언젠간 제 눈에서 안 보이겠죠?

여름　그럼 뭐 평생 보일 줄 알았냐?

무늬　아쉬울 것 같아요.

봄　　우리도 그래. (사이) 무늬 무늬. 너 이제 알았구나?

무늬　뭘요?

봄　　네가 뭘 하고 싶은지.

무늬　아니에요.

여름　　야. 누굴 속이니? 지금 우리가 모른 척 넘어가 줄 거라고 생각해?

무늬　　이런 건 좀 모른 척해주면 안 될까요?

여름　　야. 협업하는 사이에 비밀이 어디 있냐?

무늬　　아 알았어요. (사이) 저 떠나고 싶어요.

가을　　어디로?

무늬　　어디로든요. 제가 들어가 있는 상자를 이곳저곳에 놓아보고 싶어요.

겨울　　하지만 민무늬는 할아버지가 눈에 밟힌다.

무늬　　할아버지를 두고는 못 가요. 절대 그럴 일은 없을 거예요. 언젠가요. 그냥 막연히 언젠간 어디론가 가고 싶다는 거죠. 삼촌이랑 이모는 또 어쩌고요. 그 분들을 어떻게 설득할 수 있겠어요? 근데 있죠. 제가 떠나고 싶다는 생각을 한다는 것만으로도 꽤 기분이 좋아요. 내가 뭔가 하고 싶은 게 생긴 거잖아요.

겨울　　민무늬의 발걸음이 아주 좋은 방향으로 가고 있다.

무늬　　제가 눈이 이렇게 된 이후로 처음으로 기분이 참 좋아요.

이씨가 들어온다. 무늬를 발견한다.

이씨　　너 무늬니?

무늬　　누구세요?

이씨　　나야. 마트 아줌마.

무늬　　아. 안녕하세요.

이씨　　너 어떻게 여기 올라왔어? 응? 혼자서 말이야. 이 위험한

데를. 저번에는 바다를 들어가질 않나. 대체 왜 그래. 응?

무늬 괜찮아요. 걱정마세요. 혼자 오셨어요?

이씨 응. 쉬는 날인데 집에 있기도 적적하고 해서 설렁설렁 올라왔어. 아 맞다. 무늬야. 너 저번에 정씨랑 상담했었지? (망설이며) 그거 들었나 모르겠네.

무늬 뭘요?

이씨 정씨 아줌마네 아들 죽었어.

무늬 네?

이씨 저기 그 혹시 상담할 땐 그런 거 안 보였어? 아니지. 아니지. 아휴 내가 무슨 말을. 당연히 안 보일 때도 있는 거지. 너라고 맨날 신통하겠어? 마음에 담아 두지 마. 네 탓 아니야.

무늬 전혀 듣지 못했어요.

이씨 그 어린 게 그렇게 허망하게. 얼마 안됐어. 어휴 정말. 엄마 마음이 얼마나 찢어질지 난 상상도 안 된다. 취업했다고 좋아하던 게 엊그제인데 그거 듣고 얼마나 놀랐는지 몰라.

무늬 어쩌다가 그렇게 된 거예요?

이씨 아이고. 마음 아파서 입에 담지도 못해. 일기장 하나 남겨 놓고 그렇게 갔어. 정씨도 지금 제정신이 아니야. 그거 보는데 내 마음이 문드러지더라. 사람 일은 정말 어떻게 될지 모른다니까. 무늬 너는 마음 단단히 먹어. 안 좋은 생각 하지 말고. 알겠지?

무늬 네.

이씨 무늬야. 살아보니까 산 넘어 산이더라. 사람마다 산 크기만 다르지 다들 등산하면서 살더라고. 등산에 소질이 있냐 없냐가 중요한 게 아니라 걸음마만 떼도 할 수 있는 게

등산이더라. 오래 걸으면 힘든 건 똑같아. 근데 여기 정상
에 올라와서 저 아래를 내려다보면 눈앞에 있을 땐 크게
보이던 게 저렇게 조그맣게 보이니까 '애개? 뭐 별거 아
니었네?' 하면서 힘내는 거야. 너도 큰 산 여러 개 넘었잖
아. 그치?

무늬 네.

이씨 그니까 괜찮아. 이제 작은 산쯤은 애개? 하고 넘을 수 있을
거야. 아이고 늙어가지고 이 주둥아리만 자유분방해졌네
그냥. 아줌마는 가야겠다 너도 얼른 내려가. 아니다 같이
가도 되는데. 어떻게 할래?

무늬 저는 조금만 더 있다 갈거요.

이씨 응. 그래. 간다.

무늬 조심히 내려가세요.

이씨 그래. 할아버지 모시고 마트 놀러와. 귤 줄게.

무늬 네.

이씨 나간다.

무늬 알고 있었어요?

봄, 여름, 가을, 겨울 말이 없다.

무늬 알면서 왜 저한테 말 안 해줬어요? 막을 수 있었잖아요. 어
떻게 해서든 막을 수 있었잖아요!

여름 니가 무슨 수로?

무늬	상담을 하든 위로를 하든 붙잡아 놓든 뭐든 할 수 있었잖아요.
가을	너 그 사람이랑 대화 나눴잖아. 근데 소용없었어. 그렇게 될 일이었어.
무늬	그게 말이 돼요? 그런 무책임한 말이 어디 있어요? 당신들이 저한테 왔을 때처럼 그 사람한테 갈 수는 없었어요?
봄	모두가 우리를 볼 수 있는 건 아니야.
무늬	그런 사람들 편에서 보듬어 주는 게 제 역할 아니었어요?
여름	야. 그냥 일어날 일이었다고! 우리라고 뭐 가만히 있었는 줄 알아?
가을	그만해. 됐어.
무늬	그럼 뭐 해요. 달라진 게 아무것도 없는데. 저도 그렇고 달라질 게 하나도 없잖아요. 어쩐지 오늘 기분이 좋다 했어요. 그 상자라는 게 참 사람을 비참하게 만들어요.
가을	네가 할 수 있었던 건 그 사람과 대화를 나눈 것, 그때 해 준 말까지가 끝이었어. 넌 네가 할 역할을 다 한 거였어.
무늬	도로 제자리에요. 이젠 더 모르겠어요. 왜 알면 알수록 더 모르게 되는 거예요?
여름	그게 사는 동안 계속 된다고 하면 너 포기할래? 포기할 거야?
무늬	모르겠어요.
여름	그 애의 대답은 '네'였어. 몇 번을 물어봐도, 수백 수천 번을 물어봐도 '네'였다고. 나중에는 아예 귀를 닫아버렸어.
무늬	다 부질없어요. 아니요라고 하든 네라고 하든 뭘 선택하든 악순환이라고요. 살면서 느낄 수 있는 건 내가 바꿀 수 있

는 건 아무것도 없다는 거예요. 내가 무력하다는 걸 느끼
는 과정일 뿐이라고요.

겨울 산다는 건 때로는 잔인하다. 민무늬가 받아들인 삶이 그러
하듯 아무리 노력해도 바꿀 수 없는 것들이 찾아온다. 반
대로 내가 노력하면 바꿀 수 있는 것들도 찾아온다. 그 중
가장 쉬우면서도 어려운 것이 본인의 마음이다. 그러니 누
구도 탓하지 마라.

봄 누구에게나 각자의 몫이라는 게 있어. 네가 감당해야 할
몫, 그 애가 감당해야할 몫. 잔인하지만 그걸 피할 수는
없어.

무늬 잊고 있었는데 당신들이 너무 무서워요. 처음부터 그랬어.
당신들이 있다는 사실이 더 끔찍해요. 차라리 안 보였으면
좋겠어요. 그냥 없었으면 좋겠어요. 없다고 생각하는 편이
더 낫겠어요. 다 허상일 뿐이에요.

모든 것이 정지된다. 봄, 여름, 가을, 겨울은 동작을 멈추거나 사라
진다.

무늬 잘 됐어요. 당신들이 있어서 괜히 쓸데없는 희망만 품었
어요. 깜깜한 세상에서 좀 더 나은 삶을 살 수 있을 거라고
생각했어요. 헛된 희망이에요.

〈봄〉

집. 무늬, 할아버지, 삼촌, 이모가 있다. 파열음이 들린다. 삼촌 술에 취해 있다.

삼촌　나가. 시발 나가라고. 니 할배 데리고 나가. 쓸모없는 년.

이모　니가 대체 무슨 짓을 했길래 안 보이는 거야? 어? 잘 보이다가 왜 갑자기 안 보여서는 이게 무슨 꼴이야.

삼촌　눈 안 보여서 그런 능력 생겼으면 코를 갖다 바치든 귀를 갖다 바치든 어떻게든 유지했어야 될 거 아냐! 아니면 니 목숨을 바쳐서 뒤지기라도 하던가.

무늬　죄송해요. 지금 일자리도 찾고 있고, 면접도 몇 군데 봐 놔서 조금만 기다려 주시면

이모　야이 기집애야. 니가 뭘 할 수 있는데? 해본 것도 없으면서. 어찌저찌 일 구해서 한다 쳐. 그 쥐꼬리만 한 월급으로 이 집 사는 사람들 생활 감당이나 되겠어? 너도 그렇고 니네 할배는 돈이 좀 나가니? 지금 벌써 세 달째야. 알아?

무늬　(조용하게) 저도 지금 충분히 할 만큼 하고 있다고요.

삼촌　시발 우리 인생 종 친 거야. 니년 하나 때문에 우리 인생까지 종 친 거라고. 이 집에서 멀쩡한 사람이 누가 있어? 난 다리 절지. 니네 이모는 할 수 있는 게 있길 하나 한 명은 장님에 한 명은 치매에 시발 무슨 종합선물세트네.

할아버지　아가. 밥 좀 다오. 배고프다. 밥 좀 다오.

삼촌　　에이 시발. 밥 좀 그만 처먹어!

무늬　　그만 좀 하세요!

이모　　얘가 왜 이래. 너 미쳤어?

무늬　　아니요. 이렇게 살다가 미칠 것 같아서 그래요.

삼촌　　뭐? 이년이 진짜.

무늬　　사람들 상담해주면서 산 게 오 년이라고요. 쉬는 날 거의 없이 일만 하면서 살았어요. 아파 죽겠는데도 일했어요. 그동안 제가 번 돈 대충 계산해봐도 지금 충분히 살 수 있 잖아요. 삼촌이랑 이모한테 갚을 만큼 갚았잖아요. 그래도 제가 아무 말도 안한 건 고마워서요. 진짜 너무 고마워서. 할아버지랑 저 돌보는 거 쉽지 않았을 텐데, 이용하려고 그랬든 가족이라서 그랬든 못 본 척하지 않아줘서. 그래서 꾹 참은 거예요.

삼촌　　그럼 끝까지 참았어야지! 시발 이제 와서 뭐 어쩌라고. 니 가 번 돈 뱉어내라고?

할아버지　밥 좀 주세요! 아주머니, 밥 좀 주세요! 배가 너무 고파요. 아이고. 안 된다. 아들아. 어디를 가는 것이냐? 응? 가지 마 라. 안 된다. 가지를 마라.

무늬　　할아버지!

할아버지　늙은이가 며칠을 더 살아보겠다고 아들 며느리를 먼저 보 내고! 아이고. 아니 되오. 나를 데려가소. 내가 가겠소. 그 애들은 그냥 놔둬요!

무늬　　(할아버지를 안으며) 할아버지. 괜찮아. 이제 다 괜찮아. 괜 찮아.

할아버지　잘못했습니다. 배가 고파요. 아가씨. 밥 좀 줘요. 밥 좀 줘.

이모 그만 좀 해요! 아주 지긋지긋해 죽겠어. 야. 민무늬. 우린 이걸 몇 년을 버텼어. 알아? 그런데도 니가 다 갚았다고 생각해?

무늬 할아버지를 방에 가둬 두는 거 제가 모를 거라고 생각했어요? 밥도 제대로 안 주고 욕하고! 눈이 안 보이니까 그걸 막지도 못해서 뒤늦게 문 열어준 게 수십 번이에요. 그래도 여기 있는 게 나으니까 속으로 삼킨 거예요. 제가 능력이 있는 한 죽이지는 않을 테니까.

삼촌 시발 너 이제 능력 없으니까 죽여도 되겠네. 잘 됐다. 그냥 다 같이 죽자. 어? 다같이 죽자고!

무늬 눈이 안 보이는 게 얼마나 다행인지 몰라요. 이런 꼴을 눈으로까지 봤으면 이미 미쳐있었을 거예요. 그냥 다 불쌍해요. 삼촌도 이모도 할아버지도 저도.

삼촌 (뺨을 친다) 불쌍? 니년이 뭔데?

무늬 안쓰럽다고요! 전부!

삼촌 너 일로와. 그냥 죽자.

삼촌이 무늬를 이리저리 잡아끈다. 할아버지가 삼촌에게로 달려들어 막는다. 이모는 할아버지를 막고 모두 정지가 된다. 무늬는 동떨어져 네모 상자 안에 들어가 있다.

무늬 이제 알았어요. 모두가 공평하지 않다는 거. 세상은 원래 불공평하다는 거. 무엇이 우리를 이렇게 만들었을까요? 아, 탓해도 소용없죠. 그냥 일어날 일이었으니까.

정지됐던 동작이 풀리고 삼촌은 할아버지를 바닥으로 내팽개친다. 할아버지는 그대로 바닥에 쓰러진다.

무늬   할아버지!

할아버지와 무늬 나란히 걷는다. 할아버지가 죽기 전 병원에 있을 때 나눴던 대화다.

할아버지   무늬야.

무늬   할아버지. 나 알아 보겠어?

할아버지   아이고 우리 손녀 무늬야. 어쩜 이렇게 훌쩍 커 버렸어?

무늬   나 많이 컸지?

할아버지   할애비가 생각하던 고대로 아주 예쁘게 컸네 우리 손녀.

무늬   할아버지. 보고 싶었어. 아주 많이 보고 싶었어.

할아버지   이 할애비가 미안해. 할애비가 네 엄마 아빠도 그렇게 먼저 보내고 우리 손녀 크는 것도 못 봤네.

무늬   괜찮아. 이제 다 괜찮아.

할아버지   우리 무늬 이름 지을 때 네 아빠가 성이 민 씨인데 이름이 무늬가 뭐냐고 이름처럼 밋밋하게 살면 어떡하냐고 그랬어. 그래서 내가 야 이놈아 살면서 자기만의 무늬를 마음껏 새기면서 살라고 그렇게 짓는 거여! 라고 했지. 그게 화려하든 밋밋하든 그딴 건 중요하지 않고 자기가 무늬를 새기는 게 중요한 거라고, 그렇게 달랬어.

무늬   난 항상 이름이 불만이었어. 근데 좋은 뜻이네?

할아버지   무늬야. 마음껏 새기면서 살아. 아마 네가 억지로 새기려

고 하지 않아도 아주 근사한 무늬가 남을 거야. 네 마음대
로, 하고 싶은 대로 살아.

무늬 　　할아버지. 어디 갈 거야? 안 돼. 가지 마.

할아버지 더 늦어지면 어쩌나 했는데 이제라도 널 떠나서 다행이야.
우리 손녀 얼굴은 보고 가서 다행이야.

무늬 　　안 돼. 안 돼. 나 두고 가지마.

할아버지 무늬야. 사람은 갈 때 되면 가는 거야. 그리고 돌아올 때
되면 다시 돌아오는 거고. 그러니까 너무 슬퍼할 필요도
크게 기뻐할 필요도 없어. 그러면 삶이 잔잔해져.

무늬 　　난 아직 준비가 안 됐단 말이야. 가지마. 제발.

할아버지 무늬야. 준비가 될 때까지 기다리기에는 삶이 너무 짧아.
이제 떠나.

무늬 　　할아버지 알고 있었어?

할아버지 훨훨 날아가라 무늬야. 할아버지도 마음 편히 떠날란다.

무늬 　　안 돼. 나 안 떠나도 돼. 할아버지!

할아버지 (사이) 아가씨. 왜 그렇게 서글프게 울어요? 울지 마소. 울
지 마소. 눈물이 아깝소.

무늬 　　할아버지 없었으면 나도 없었어. 할아버지 고마워. 항상
고마웠어. 사랑해.

할아버지 (무늬의 손을 놓고 혼자 걸어간다)

무늬 　　할아버지. 잘 가야 돼. 나중에 꼭, 꼭 만나.

무늬 다시 네모 상자 안에 들어가 있다.

무늬 　　근데요. 이 끔찍하고 잔인한 사실을 받아들이고 나니까.

이보다 더 어두워질 수 없겠구나, 하고 깨달았어요. 더 어두워진다 해도 내 세상은 원래 깜깜했으니 달라질 게 없더라고요. 달라지지 않아도 괜찮겠다, 만약 달라진다면 그건 빛나겠구나, 하고 생각하니까 이상하게도, 참 희한하게도 깜깜한 방문 틈으로 빛이 보였어요.

목소리 불이야! 불이야! 119 불러요!

무늬 네모 상자 밖으로 나온다. 이모 무늬의 가방을 든 채로 무늬를 발견한다.

이모 민무늬.

무늬 이모. 괜찮으세요?

이모 민무늬.

무늬 이모. 어디 다친 건 아니죠? 괜찮은 거죠?

이모 가까이 오지 마. 무늬야. 거기서 들어. 이제 와서 말인데 난 네가 너무 무섭다. 언니랑 소름끼치게 닮아서. 네 엄마가 날 보던 눈이랑 네가 전에 날 보던 눈이 너무 닮아서. 네 엄마는 내가 아무리 잘못해도 괜찮다고 그럴 수 있다고 착한 눈으로 쳐다봤는데, 난 그게 항상 무서웠어. 근데 네 눈 그렇게 되고 속으로 얼마나 좋았는지 몰라. 그 눈을 안 보고 살 수 있겠구나 했거든?

무늬 이모.

이모 이제 보니 그거 눈이 문제가 아니네. 난 어렸을 때부터 지금까지 심보를 못되게 먹어서 그런 눈은 평생 못되겠네.

상관없어. 그냥 난 평생 이 눈으로 살래. 그래서 말인데 무늬야. 이제 우리 갈라서자. 팀 해체야. 알겠지? 너는 너대로 나는 나대로 사는 거야.

무늬 집도 불탔는데 어디로 가시려고요?

이모 알려고 하지 마. 이제부터 너랑 나랑은 남남이야. 알겠어?

무늬 어떻게 하시려고요? 네?

이모 뭘 해도 너랑 있는 것보단 낫겠지. 무늬야. 처음부터 잘못된 거야. 언니가 죽은 날부터 그냥 모든 게 다 꼬였던 거야. 이제라도 바로 잡자 제발. 진작 이렇게 했었어야 했어. 오빠 말만 믿은 내가 잘못이지. 나는 네가 너무 싫어.

무늬 일단 진정하세요.

이모 좀! 좀 한 번 말하면 좀 알아들어 제발. 무늬야. 여기 보는 눈 많으니까 큰 소리 안 내게 해주라 제발. 응? 나 이제 더 이상 못 해먹겠다고. 나 혼자 장님인 조카 데리고 못 살아. 너도 너 살길 찾으러 가. 나도 나 알아서 살게. 너랑 나랑은 남남. 이제 다시 볼 일 없는 거야. 알겠지? 나 찾을 생각하지 마.

무늬 이모? 이모!

이모 나간다.

무늬 다시 네모 상자 안에 들어가 있다.

무늬 그냥 특별할 게 없는 거였어요. 찾으려고 하면 허상이고, 요란하지 않게 살며시 오는구나. 당신들이 했던 받아들이라는 말을 이제 알겠어요. 그게 뭔지 이제 알 것 같아요.

이것도 이렇게 될 일이었겠죠.

무늬 주저앉는다. 봄, 여름, 가을, 겨울이 들어온다.

봄   우리는
여름   매 순간
가을   선택을
겨울   하며
봄   살아간다.
여름   세상에는
가을   아주 많은
겨울   경우의 수가
봄   존재하고
여름   선택
가을   마다
겨울   그에 따른
봄   수많은
여름   우주가
가을   생성되고
겨울   파괴
봄   되며
여름   우리는
가을   지금 우리가 서 있는 이 우주밖에 알지 못한다.
겨울   삶
봄   과

여름　죽음

가을　의 반-복

겨울　덧셈과

봄　뺄셈

여름　기회비용과

가을　보-너스

겨울　업과

봄　과보

여름　처럼

가을　균형을

겨울　맞추기

봄　위해

여름　삶은

가을　원 안에서

겨울　부지런히

봄　돌아

여름　간다.

가을　(박수)

겨울　(박수)

봄　지금

여름　(박수)

가을　이 순간에도

겨울　(박수)

봄　여기

여름　있는

가을   모두의

겨울   시간을 타고

봄, 여름, 가을, 겨울 팔을 원으로 휘두르며 돌린다. (손이 빛나는 물건을 들고)

봄, 여름, 가을, 겨울   윙-윙-윙-윙-

반복한다.

무늬 배낭을 메고 일어나 있다. 봄, 여름, 가을, 겨울을 본다.

무늬   어?

여름   서프라-이즈!

무늬   왜 다시…

여름   니가 불렀잖아.

무늬   제가요? 아닌데요?

여름   불렀다니까?

무늬   부른 적이 없는데요?

여름   야. 민무늬. 불렀다면 부른 거야. 무늬는 여전히 말이 참 많아.

무늬   (웃는다)

봄   항상 보고 있었어.

무늬   저는 보고 싶었어요.

가을   할아버지 일은 안 됐어.

무늬   좋은 곳으로 가셨을까요?

겨울   좋은 곳으로 갔다. 사는 동안 네 엄마 아빠가 죽은 사고로 마음고생이 심했다.

봄   항상 죄책감에 힘들어 했어. 그래서 망각이라는, 어찌 보면 좋은 상자를 연 거고. 그래도 이젠 편안할 거야.

무늬   집이 불에 타버렸어요.

여름   봤어. 활활 잘 타던데?

무늬   삼촌은 할아버지 일로 없고, 이모는 그냥 그렇게 가버렸어요.

여름   눈 뜬 장님이야. 가봤자 얼마 못 가. 니 이모도 그냥 다 잃은 거야.

겨울   네 삼촌과 이모도 합당한 벌을 받고 있는 것이다.

무늬   모르겠어요. 그리 기쁘지도 슬프지도 않아요. 근데 왜 다시 나타난 거예요?

봄   무늬 무늬 배웅하려고.

무늬   무슨?

여름   너 떠나잖아.

무늬   아. 네. 저 떠나요.

가을   무서워?

무늬   조금요. 그래도 괜찮아요.

가을   네 세상은 네가 가는 곳이 어디든 무서울 텐데?

무늬   그래도 느껴보고 싶어요. 나를 둘러싼 공기도 다를 테고, 냄새도, 소리도, 발바닥을 건드리는 바닥의 촉감도 다르겠죠? 그것만으로 충분해요.

봄   무늬 무늬. 상자를 여기저기에 갖다 놓고 싶다 그랬지?

무늬   네. 근데 생각이 달라졌어요. 상자를 놓는 게 아니고 늘릴 거예요. 크게 크게 엄청 크게. 이제 저한테 안 오요?

여름   야. 민무늬. 우리는 오는 게 아니고 그냥 존재 그 자체라고. 네가 찾으면 어디에든 있어. 그리고 너 이제 우리가 안 보여도 괜찮잖아?

무늬   네. 저 혼자 할 수 있어요. 안 되면 다른 사람들한테 도와 달라고 하죠 뭐.

여름   뭐야. 나 왜 섭섭해? 짜증나. 미안하지만 그 사람도 우리 거든.

무늬   (웃는다) 고마웠어요. 여전히 고맙고, 앞으로도 고마울 거예요.

봄   기억해. 무늬 무늬. 네 세상만 깜깜한 게 아니야. 누구나 끊임없이 부딪혀.

무늬   깜깜했다가 빛나고 빛나다가 깜깜하고, 나를 들었다 놨다 하겠죠. 당신들이 없다고 생각할 때도 있을 테고, 당신들이 있어서 다행이라고 생각할 대도 있을 거고, 내가 가진 상자에는 나쁜 상자만 있다고 생각할 때도 있겠죠. 모든 게 다 부질없다고 생각할 때도, 세상에 이렇게 좋을 수가 있나 라고 생각할 때도 있겠죠.

가을   응. 그러겠지.

무늬   그래도 괜찮아요. 저 제 삶에 좀 친절해질까 봐요. 일어날 일이 일어나는 거라면 심호흡 한 번 하고 열심히 친절해질 거예요.

봄   무늬 무늬. 이제 떠나도 되겠다. 이미 몇 걸음 걸었어.

무늬   갈게요. 여름이 되면 수영하러 올 게요. 여름에 여기서 만나요.

여름 너 하는 거 봐서.

무늬 (손가락을 돌리며) 윙-윙-윙-윙-

무늬 배낭을 메고 뒷모습으로 서 있다. 출발한다.

어딘가를 오르고, 넘어지고, 다시 일어나고, 다시 걷는다.

계속 어딘가를 향해 걸어간다.

무대 뒤로 보이는 산에 범고래가 보이고 꼬리를 한 번 흔들며 울음

소리를 낸다.

끝.

소수의 시선

강저림

등장인물

희수 : 배우
영주 : 연출

극장 안. 무대는 실제 극장 안의 무대와 동일한 개념으로 적용된다.
공연이 아닌 연습 첫날이라 플랫이나 큐빅 등 연습용 장치와 대소도
구들, 그리고 공연을 위한 소품들이 여기저기 배치되어 있다.

어두운 무대 위에 불이 켜지더니 희수가 들어온다.
그녀는 가운데에 우두커니 앉아 있다가 주위를 둘러보더니 일어서서
무대를 거닐면서 대사를 내뱉기 시작한다.

희수　도둑년이라 욕하는 건 차라리 괜찮아. 더 심한 소문도 밖
에까지 돌아다니는데… 그래서 난 이 불편함을 그냥 내 걸
로 안고 살아가야 하지 않을까 생각했어. 나 하나 불편해
지면 다른 사람들은 문제없이 그냥 행복하게 살 수 있으니
까. (대사를 멈추더니 고개를 숙인다) 안고 살아야 한다… 진심
일까? 아니면 그냥 둘러대는 소리? 불편함을 안고 살아야
한다… 아니야. 아니지. (사이) 이 대사를… (객석 쪽을 보더니
깜짝 놀란다) 아, 깜짝이야! (객석에 영주가 있음을 확인하고는) 뭐
야! 언제부터 거기 있었어?

영주　오늘 아침부터.

희수　오늘 아침부터? 그럼 내가 극장에 들어오기 전부터? 조명
켜고 여기서 대사 하는 동안 계속 지켜보고 있었다고?

영주　응.

희수　변태니?

영주　농담이야. 대사 할 때 들어왔어. 너무 집중해서 들어오는
지도 모르더라구.

희수　아, 자꾸 놀래킬래? 깜짝 놀랐잖아. 학교서부터 쭉 15년

동안 무대 밥 같이 먹던 친구가 사이코패스 연출이라는 것
도 모르고 살았을까 봐.

영주 무대 밥 같이 먹긴. 촬영한다고 왔다 갔다 하신 지가 언제
부턴데요. 그리고 연출은 원래 남의 심리 엿보는 사이코패
스 맞아.

희수 아이고, 무서워라. 암튼 반갑다.

영주 일주일 전에 통화도 했는데 뭘.

희수 아니, 너 말고 무대. 저 조명도 너무 반갑고. 야, 오랜만에
무대에 오니까 참 좋다.

영주 근데 대사 벌써 외웠어?

희수 아니.

영주 아까 보니까 대본 안 보고 꽤 하던데.

희수 그 부분만 한 거지. 나 알잖아, 대사 들어오려면 오래 걸려.

영주 근데 그 대사는 왜 그렇게 들어왔어?

희수 안 가르쳐 주지.

영주 그래.

희수 스텝들은?

영주 좀 이따 올 거야, 조연출. 너 2시간 일찍 왔어.

희수 이 녀석들이 빠져가지고. 우리 막내 땐 막 2시간 전에 나
와가지고 청소하고 막 그러지 않았냐?

영주 웃기고 있네. 맨날 5분 10분 늦게 나타나서 문 빼꼼히 열고,
머리 이렇게 하고 들어왔으면서. (흉내 내면서) 죄송합니다.

희수 지금 나 흉내 낸 거냐? 그게 나라고?

영주 기억 안 나?

희수 기억 안 나. (사이) 이 작품 얼마 동안 썼어?

영주 6개월. 넌 그동안 뭐 하고 있었어? 촬영 끝나고.

희수 집에 가만히 있었지.

영주 진짜? 두 달 동안?

희수 그럼. 네가 그 난폭한 시선으로 세상을 막 비틀어주길 기대하면서.

영주 거짓말. 그런 거 싫어하면서.

희수 음… 정제된 시선으로 세상의 아픈 곳을 콕 집어주길 기대하면서 가만히 앉아있었지, 이렇게. 야, 배우의 성분이 뭔지 아냐? 10 프로의 감성과 10 프로의 이성과 10 프로의 표현과 70 프로의 기다림이야. 넌 그런 거 모르지?

영주 야! 작가가 뭔지 알아? 저 밑에 저 깊은 내면 속에서 나도 모르는 뭔가가 올라오길 기다리면서 수많은 글자들을 쓰고 지우고, 쓰고 지우고 하면서, 자기 안에 천사, 악마와 싸우는 거야. 넌 쓸 수 있어! 아니 넌 쓸 수 없어! (감탄하며) 야, 이걸 내가 썼단 말이야! (부끄러워하며) 아니, 이걸 내가 썼단 말이야! 아, 쪽팔려!

희수 뭐, 나쁘지 않네. 그래서 이런 걸작을 만들어냈잖아.

영주 정말 그렇게 생각하는 거야?

희수 그럼.

영주 에이, 거짓말! (다시 흉내 너며) 아, 이 대사를 나보고 하라고? 이거 어디서부터 고쳐야 되니? 그래서 2시간 일찍 온 거 아냐?

희수 너 요새 연기 욕심 있니? 그리고 뭐야? 벌써부터 대본 얘기할 거야? 우리 어떻게 지냈는지 얘기하고 있었던 거 아니야?

영주 너 집에 가만히 있었다며?

희수 그게 말이 되냐? 열심히 알바했지.

영주 진짜?

희수 그럼.

영주 먹고 살 만하잖아.

희수 이제 연극해야 되니까 당분간 촬영 못하잖아. 그러니까 돈 벌어놔야지.

영주 그런 소릴 하다니. 이것은 나보고 미안함을 깔고 들어가라는 지위게임?

희수 아, 들켰네. 그러니까 연출 잘하라고. 나 오랜만에 집중해서 작품다운 작품 해보고 싶다고.

영주 또 그런다. 거기다 더 부담까지 되라고. 이런 식으로 날 약자 만들어놓고 시작할 거야? 항상 그래왔던 것처럼?

사이.

희수 근데 왜 이 역할에 나를 캐스팅했어?

영주 음…

희수 친구라서?

영주 설마.

희수 그럼? 연출 말 잘 들어서?

영주 미쳤나? 네가 말을 잘 들어?

희수 그럼?

영주 한 세 가지 정도 되는데…

희수 세 가지나 된다고?

| 영주 | 첫째, 넌 배우지만 너무나 냉철하고 이성적이야. 내가 추구하는 작품은 다분히 감성적이긴 하지만 이성의 끈을 놓으면 안 되거든. 학교 때부터 난 그걸 봤지. 서양 고전들은 인물들을 다 운명의 먹잇감이나 사랑의 포로들로 묘사하고 있는데, 특히 여성은 더, 그에 반해 넌 거기 빠지지 않고 현대인의 시각을 적용, 이성이라는 무기로 맞섰어. 고전을 하는 의미는 곧 재해석 아니겠어? |

영주 첫째, 넌 배우지만 너무나 냉철하고 이성적이야. 내가 추구하는 작품은 다분히 감성적이긴 하지만 이성의 끈을 놓으면 안 되거든. 학교 때부터 난 그걸 봤지. 서양 고전들은 인물들을 다 운명의 먹잇감이나 사랑의 포로들로 묘사하고 있는데, 특히 여성은 더, 그에 반해 넌 거기 빠지지 않고 현대인의 시각을 적용, 이성이라는 무기로 맞섰어. 고전을 하는 의미는 곧 재해석 아니겠어?

희수 글쎄. 난 그냥 한 건데?

영주 그때도 그랬어. (흉내 내며) 글쎄. 난 그냥 한 건데?

희수 생각난다. 그때 교수님은, 고전은 고전답게 하라 하셨었지.

영주 아니지. '클래식을 클래식답게!' 그 클래식대로라는 게 뭔데?

희수 네 그 말도 생각난다. 교수님 앞에서는 찍 소리도 못하고 뒤에서만 '그 클래식대로라는 게 뭔데?'

영주 그러니까! 근데 교수님은 또 왜 널 뽑으신 건데?

지금부터 두 인물의 역할 놀이가 시작된다. 희수는 고전의 한 장면을 연기하는 배우가 되고, 영주는 그걸 보고 평가하는 교수, 비평가, 연출가의 역할을 한다.

희수 (고전 작품 속 인물을 연기한다. '베니스의 상인' 중 포오셔이다) 밧사니오님, 전 바로 당신께서 보신 그대로의 여자예요. 저 혼자를 위해서라면 더 이상 잘 되고 싶은 거창한 야심은 없어요. 그러나 당신을 위해서라면 지금보다 백배나 더 훌륭한 여자가 되고 싶어요.

영주　(독특한 교수의 톤으로) 희수 학생.

희수　네, 교수님.

영주　잘 봤어요. 그런데 이 작품은 셰익스피어의 작품인데, 다시 말하면 엘리자베스 시대에 쓰인 작품이니까 당시의 톤 앤 매너를 이해하고 소화해줬으면 해요. 대사에 '교양도, 교육도, 경험도 없는 여성'이라는 말이 있는데 어떤 의미로 이해했죠?

희수　네. 저는 유혹으로 이해했습니다.

영주　유혹으로? 상대에게 자신을 맞추려 하는데도?

희수　상대에게 자신을 맞춰야 한다고 해서 자신을 낮춰야 한다는 건 고정관념이라 생각합니다.

영주　맙소사. 이건 클래식이잖아요. 대본을 정확히 분석하고 연기하려면 당시의 사회상이나 여성의 위치 등에 대한 이해가 있어야죠.

희수　하지만 교수님께서는 동시대 관객에게 전달되는 힘도 분명히 있어야 한다고 하셨습니다.

영주　여기는 학교예요. 우선 클래식을 클래식답게 하는 것부터 배워야죠.

희수　그럼 교수님, 죄송하지만 전 이 역할 못하겠습니다.

영주　아니 이 친구가 보자 보자 하니까…

희수　다른 친구를 써주십시오. 고전적 여인 잘하는 친구들 많던데요.

영주　(영주 본래의 모습으로 돌아와) 이런 또라이! 그 많은 경쟁자들 제치고 학교에서 대대로 퀸카들만 했다는 그 '베니스의 상인' 중에 포오셔 역할을, 그닥 예쁘지도 않은 주제에 따내고서 다시 차버리겠다고 큰소리를 쳐!

희수　뭐 그때는 어렸으니까.

영주　하지만 졸라 멋졌어! 결국 네가 원하는 대로 했잖아.

희수　멋졌냐?

영주　그날 교수님이랑 소주 엄청 펐다며?

희수　교수님이 둘만 있을 때 그러시더라. '야! 좀 애들 앞에선 말 좀 듣는 척이라도 하면 안 되겠냐?'

영주　진짜? 그래서?

희수　그래서 '뭐, 생각해 볼게요.' 이랬지.

영주　진짜?

희수　그럼.

영주　뻥 치시네. 나도 옆에 있었어, 짜샤! 그때 술 이빠이 취해 가지고 '교수님 죄송합니다. 제가 좀 무례했죠?' 이랬던 거 다 봤어, 인마.

희수　아, 봤냐?

영주　그래! 너무 존재감 없어서 투명인간처럼 앉아 있었지만.

희수　미안.

영주　아무튼 선배들이 내내 그 고전적이고 전형적인 연기를 했던 역할의 틀을 부수고 새로운 모습을 만들어낸 네가 너무 멋있었고, 더구나 그 인물의 감정적 측면보다 생각들이 잘 느껴져서 좋았어.

희수　몸 둘 바를 모르겠네. 그럼 그 다음 둘째는?

영주　둘째? 어… 둘째? 어… 흡수력!

희수　흡수력? 그러니까 연출 말 잘 듣는 거 아냐.

영주　말은 잘 안 듣지 이 자식아! 고집은 더럽게 세 가지고. 그런데 넌 상대의 생각을 빨리 읽어. 타인의 마음을 잘 이해할 줄 안다는 거지. 물론 처음엔 안 받아들이고 고집을 부리지만. 서로의 감정을 충분히 상하게 한 다음 결국 상대가 원하는 것과 자신이 원하는 것을 잘 버무린 어떤 것을 딱 내놓는다 그 말이야.

희수 야, 이거 욕인 거야, 칭찬인 거야? 그때 그 낳은 엄마, 기른 엄마 얘기?

희수 영주 (동시에) 코카서스의 백묵원, 그루쉐! (다시 인물로 분하고 이번엔 다른 작품의 대사를 한다. '코카서스의 백묵원'의 '그루쉐'이다) 온 정성과 지혜를 짜서 그 애를 키웠어요. 늘 먹을 것을 마련해주느라 잠도 제대로 잔 적 없어요. 그 아이 때문에 겪은 어려움은 이루 말할 수도 없고, 내 한 몸 편한 적이 한 번도 없었죠.

영주 (독특한 비평가의 톤으로 몇 단어에 지나치게 방점을 찍어 얘기한다) 이 작품은 브레히트의 서사극이라는 게 핵심이죠. 소외효과의 원리가 잘 적용되면서 이성적 토론의 장이 되어야 하는데, 정희수 배우는 그루쉐라는 엄마를 지나치게 감정적으로만 소화한 거 같다는 아쉬움이 듭니다. 브레히트의 서사극이라는 게 핵심이에요. 계급적 지위를 드러내는 장치를 마련해 보는 건 어떨까요? 이 여자의 계급은 하녀 아니겠어요?

희수 참, 내! 브레히트는 뭐고, 소외효과? 그딴 게 다 뭐야?

영주 그래서 안 했어?

희수 (연기의 중간에 인물의 계급적 지위를 표현하는 액션을 취한다) 그 아이 때문에 겪은 어려움은 이루 말할 수도 없고, 돈도 많이 들었어요. 내 한 몸 편한 적 한 번도 없었지요. 누구에게나 친절하도록, 그리고 어려서부터 일을 할 수 있도록 가르쳤어요. 아직 어리지만요.

영주 (다시 영주로 돌아와) 영악한 년! 이런 흡수력의 천재! 이런 스펀지! 평생 일만 해오고 아이 위해서 희생할 준비가 되어 있는 그런 하녀 계급이지만, 그래 보이지 않으려 애쓰는 모습까지 금세 만들어냈잖아. 그 평론가 말 듣고 분개할 땐 언제고?

희수 그건 어떻게 알았어?

영주 딱 보면 모르냐? 15년 무대 밥 먹었는데. 아무튼 난 그때 네 연기에 완전 감동 먹었잖아.

희수 이 자식! 내 친구 맞네. 이제 셋째?

영주 셋째…

희수 이제 없지? 그만하면 됐어. 만족해. 그만 만들고 작품 얘기나 해보자.

영주 아니 있어. 셋째! 넌 뒤끝이 없어. 금방 잘 잊어버려.

희수 야! 그게 무슨 장점이냐?

영주 장점이지. 작업하면서 생기는 이러저러한 문제들 담아두고 있으면 얼마나 불편한데.

희수 아닌데. 너 이건 잘못 알고 있는 거야. 내가 얼마나 마음에 담아두는데. 이거야말로 그러지 말라는 뜻으로 하는 거 아냐? 너 뭐 있지?

영주 뭐?

희수 무슨 꿍꿍이가 있으니까 마음에 담아두지 말라는 거 아니야. 이번 작품에서 많이 괴롭히겠단 얘기?

영주　앗, 들켰다! 괴롭힌다기보다는 뭐, 여러 번 뒤집을 수 있다
　　　는 뭐 그런 거?

희수　뭐 그런 것쯤이야 감수하지 못하면 배우 관둬야지.

영주　오, 쿨해! 그것 봐. 너 그런 거 좋아한다니까.

희수　좋아하진 않아!

영주　생각 안 나? 그거 할 때 완전 180도 뒤집었었다며. 그때
　　　그 얘기 하면서 완전 신나 했었는데.

희수　졸업하고 바로 한 거? 굿닥터!

영주　늦바람 난 여자! 빙고!

희수　(다시 연기를 한다. 이번에는 굿닥터 중 부인의 대사이다) 사실 지난
　　　7년간 내 마음속에 그런 정열이 감춰져 있었던 것도 인정
　　　해요.

영주　(다른 연출가로 분하여) 스톱! 희수야.

희수　네, 연출님.

영주　정열이 감춰져 있던 거 같지가 않잖아. 완전히 뒤집어,
　　　180도.

희수　감춰져 있는 거지 드러나 있는 건 아니잖아요.

영주　지금은 드러내고 있잖아.

희수　그래도 7년 동안이나 감춰왔다면 그리 쉽게 드러내지는
　　　못할 거 같은데요.

영주　(갑자기 소리 지른다) 묻어나긴 해야 할 거 아냐! 자기가 찾아
　　　내지 못해서 표현이 부족한 걸 가지고 그렇게 정당화를 시
　　　켜버리면 연기의 깊이가 생기겠어! 그리고 뒷부분에 '꿈도
　　　꿔보지 못한 만큼 큰 사랑과 욕망이 생겨난' 거라고 하고
　　　있잖아! 이렇게 대사를 통해 명백히 드러나고 있는 걸, 왜

굳이 부인해 가면서까지 못하는 거냐고! 그리고 연출이 까라면 까는 게 배우 아냐! 계속 그따위로 할 거면 때려 쳐!

영주가 그 연출가의 역을 유지한 채 나가 버리고 희수는 충격을 받은 채 다시 작품 속으로 걸어 들어간다.

희수   (아까와는 다른 모습으로) 사실 지난 7년간 내 마음속에 그런 정열이 감춰져 있었던 것도 인정해요. 당신이 진실이었건 아니었건, 당신 때문에 이제껏 가능하리라고 꿈도 꿔보지 못한 만큼 큰 사랑과 욕망이 생겨난 거예요.

영주   (다시 돌아오며 박수를 친다. 영주인지 연출가인지 알 수 없는 상태로) 이야! 희수야! 거봐, 되잖아! 역시 우리 희수 대단한 배우야! 연출 디렉션을 이렇게 잘 소화하는 배우는 처음 봤어! 이야!

희수   오바하지 마라.

영주   이러셨던 거 아니야? 그 연출가님.

희수   그랬지.

영주   미안하다고는 안 하시고?

희수   하셨지. (연출가를 흉내 내며) '어제 일은 너무 마음에 담아두지 마라.'

영주   그래서 뭐라고 했어?

희수   이랬지. '뭐가요?'

영주   이야! 역시 쿨해! 역시 정희수 멘탈 갑!

희수   멘탈 갑은! 집에 가서 펑펑 울었다. (우는 자신을 흉내 내며) 어… 떻… 게… 나… 한… 테…

영주　그래도 다른 배우였으면 위축돼서 어떻게 연기해? 그 나이에. 게다가 그 쟁쟁한 선배들 앞에서.

희수　그때 훈련이 많이 됐지.

영주　그래서 네가 이렇게 된 거 아냐.

희수　이렇게?

영주　메이저. 주류.

희수　주류는 무슨! 연극인이 주류냐? 연예인도 아니고. 스타도 아닌데.

영주　네가 무슨 연극인이야. 반만 연극인이지. 그리고 사회적으로 따지면 연극인은 소수고 약자지만, 그 가운데에도 주류와 비주류가 있는 거야. 너는 그중에 명백한 주류인 거야.

희수　네. 알겠습니다.

영주　그래서 이 세 가지를 보고 너에게 이 작품 제안한 거다, 이거지.

희수　그럼 단점은 뭐야?

영주　단점도 얘기해줘?

희수　말 나온 김에. 싫으면 관두고. 그냥 작품 얘기나 할까?

영주　아니야. 얘기할게. 내가 말한 장점 세 가지. 그 세 가지가 모두 단점이야. 장점이자 단점.

희수　무슨 말장난이야!

영주　그럼 너도 얘기해봐.

희수　네 단점?

영주　장점부터 얘기해야지.

희수　장점이라…

영주　아 됐어. 없는 거 짜내지 말고 대본에 대한 얘기나 해 봐.

희수	대본? 매우 훌륭하지. 메시지도 강력하고, 인물들도 공감이 많이 가고, 또 너답지 않게 재미있고.
영주	웬일이야, 독설가가? 불만이나 지적 같은 거 없어?
희수	없어.
영주	에이! 아까 얘기할 거 같더니만.
희수	내가 언제?
영주	그 대사에 대해 얘기하려고 했잖아. 외웠다던 그 부분.
희수	글쎄.
영주	알아.
희수	뭔데?
영주	초반에 절대 대사 안 외우는 정희수 배우가 그걸 처음부터 외우고 나타났다는 건 유독 그 대사가 입에 붙었던 거지. 우린 모두 이 불편함을 안고 가야 한다. 그게 짠했던 거 아닌가?
희수	넌 날 아직도 너무 몰라. 그 반대야.
영주	그럼 대사가 안 와닿았는데 외워진 거라고?
희수	외워진 게 아니지. 억지로 달달 외워서 해 본 거지. 난 그 말이 전혀 이해가 안 되거든.
영주	왜?
희수	불편함을 안고 살아야 한다며?
영주	그렇지.
희수	그럴 순 없지. 만약 이 대사가 거짓말이거나 들러대는 거라면 인정할게. 그렇지 않다면…
영주	않다면?
희수	그걸 실제로 받아들이겠다는 의지로 하는 말이라면 이해

할 수 없어. 불편함을 왜 안고 살아가? 그 불편함에 맞서거
나 제거하려 노력해야지. 그게 모든 인간이 살아가는 이유
잖아. 게다가 그 인물은 마지막에 죽잖아. 그 불편함과 맞
서 싸우기 위해 하는 마지막 선택이 죽음 아니니?

영주 그렇다고 해도 일시적으로 받아들이려고 노력할 수는 있지.

희수 그런 사람이 어디 있어?

영주 어디 있냐니? 세상에는 수많은 사람들이 있고, 너와 다른
사람도 많아. 네가 연기했던 그 수많은 인물들은 다 너와
다른 사람들 아니었어? 어떻게 그들을 이해했어?

희수 다른 사람 많겠지. 하지만 이 인물이 안고 가겠다고 한 불
편함은 그 누구의 입장에서 봐도 납득이 안 되는, 작가가
이야기를 만들어내기 위해서 억지로 짜낸 진짜 망상 같단
말이야. 우린 어차피 허구의 인물을 만들어내야 하지만 그
래도 이 세상에 존재할 것 같은 걸 연기해야 하고, 또 그
존재의 이유를 찾아내야만 돼. 안 그래?

영주 세상에! 존재할 수 없다는 전제를 깔고 가려고 하네. 대본
을 다시 한번 잘 살펴보려는 노력은 안 하니?

희수 충분히 노력했어.

영주 그게 바로 너의 착각이야. 옛날부터 쭉 그래왔지. 결국 교
수님들의 예쁨을 받을 수 있으니까. 연출이란 자도 널 인정
할 거니까. 결국은 다른 배우들도 너를 따라갈 거니까. 그
렇게 네가 만들어온 세상에 갇혀 있다는 생각은 안 하니?

희수 영주야. 이렇게 참신하고 뜻깊은 작품에다 중요한 역할을
연기할 기회를 줘서 고마워. 그런데 이 대사로 인해서 이
인물은 공감을 너무 크게 잃어버려. 사회에서 온갖 불이익

을 당하고, 수많은 모욕과 멸시를 당하면서 그 불편함을 안고 살겠다니. 이거야말로 운명의 먹잇감이나 사랑의 포로 같은 역할과 다를 게 뭐가 있겠어?

사이.

영주　그래서 어떻게 하면 좋겠는데?

희수　… 바꿔줘.

영주　어떻게?

희수　그건 네 머릿속에 있겠지.

영주　내 머릿속엔 그거 한 가지가 다인데.

희수　그렇지 않아. 정말 좋은 대사가 있는데 아직 꺼내지 못한 것일 뿐이야. 정중히 요청할게.

영주　정중히?

희수　그래. 정중히.

영주　전혀 정중해 보이지 않는데.

희수　(자세를 고치며) 정중히.

영주　싫다면? 그만두게?

희수　아니. 끝까지 설득해야지. 공연하는 그날까지.

영주　그때까지도 안 바꾼다면?

희수　그 대사를 빼고 연기할 거야.

영주　너를 자른다면?

희수　(사이) 그럼 어쩔 수 없지.

영주　역시 메이저야. 자신을 자르지 못할 것이라는 믿음에 올인하는 저 오만함. 다수가 선택할 것이라는 믿음을 만들어내

고 소수를 무시하는 저 오만함. 심지어 진보주의적이라는
정치적 신념을 우리에게 강요하려고까지 했던 그 오만함.

희수 진보적이라니? 나야말로 보수지. 내가 무슨 강요를 했니?

영주 갑자기 꽂힌 페미니즘 때문에 도를 넘어 남자들을 공격하
고 제압하려고 했던 그 오만의 극치.

희수 넌 여자 아니야? 남자들의 사회적 위치는 여전히 잘못돼
있다고.

영주 또, 또! 어떤 놈한테 환장했다가 쓰레기인 거 확인하고 나
서 학을 떼니까 그렇지. 그리고 또 어릴 때부터 믿어왔던
신앙이라고 해서 그게 절대 진리인 양 다른 종교는 다 틀
렸다는 오만함!

희수 무슨 소리야? 내가 다른 종교를 얼마나 존중하는데.

영주 아니잖아.

희수 그건 인정!

영주 거기서부터 시작된 건지도 모르겠네. 그 오만함이.

희수 야! 내가 오만하다고? 내가 오만해? 오만함이야말로 너의
트레이드 마크지. 너 그때 기억 안 나? 네가 브레히트 공연
할 때 '브레히트는 이래야 한다' 면서 배우들이 너무 사실
주의적 연기에 매몰되어 있다고, 자기가 시키는 대로 해야
한다고, 배우들을 로봇으로 만들어놨잖아. 그래서 연기에
영혼이 하나도 없다며 여기저기서 지적이 들어오니까 우겼
잖아. 브레히트 연기는 원래 영혼이 없는 거라고. 푸하하.

영주 그건 나중에 사과했음.

희수 오, 그래?

영주 그래! 그게 오만함이냐? 열등감이지. 맨날 조연출만 하다

보니 뭐라도 존재감을 드러내려고 발버둥 친 거란 말이야.
너같이 학교 다니는 내내 주연만 하고 밖에 나와서도 캐스
팅이 끊이지 않고 이어진 배우가, 나처럼 졸업하고 5년 만
에 겨우 데뷔하고, 1년에 한 번 작품 할까 말까 한 불쌍한
인간의 마음을 어떻게 아냐고.

희수   너무 가진 말자.

사이.

영주   그럼 이렇게 하자.

희수   어떻게?

영주   내가 지금부터 네가 모르는 널 알게 해줄게. 그럼 인정할
거야?

희수   뭐? 내가 모르는 날? 하하하! 네가 나를? 네가 나보다 나
를 더 안다고?

영주   모르지. 하지만 알게 해줄 순 있어.

희수   어떻게?

영주   대답부터 해. 인정할 거야?

희수   그럼! 당연하지! 내가 모르는 날 알게 해준다는데.

영주   좋아. 그럼 이렇게 하자. 게임을 하는 거야.

희수   게임? 우리 둘이?

영주   그렇지.

희수   무슨 게임?

영주   어디서 본 건데, 가위바위보를 해서 이긴 사람이 진 사람
에게 이렇게 묻는 거야. '비밀 혹은 벌칙?' 그럼 상대방은

둘 중에 하나를 선택하는 거지. 만약에 비밀을 선택하면 자기가 누구한테도 말하지 않았던 비밀을 하나씩 얘기하는 거야. 벌칙을 선택하면 이긴 사람이 정하는 벌칙을 하면 되고.

희수　재밌네. 근데 그게 다야?

영주　응.

희수　그걸로 몰랐던 나를 알 수 있게 해준다고?

영주　일단 해 봐!

희수　오케이.

영주　가위, 바위, 보!

영주가 이긴다.

희수　아이씨, 해봐.

영주　비밀 혹은 벌칙!

희수　비밀.

영주　얘기해 봐.

희수　사실은… 나… 정수 사귀었었어.

영주　진짜?

희수　응.

영주　언제?

희수　너 헤어졌다고 하고, 안 만난 기간 있었잖아. 그때.

영주　(충격을 받은 듯) 정말? (잠시 후) 그거 알고 있었어.

희수　뭐라고?

영주　희수야, 난 남의 심리 엿보는 사이코패스라고 했잖아. 그

때 네 행동이 얼마나 이상했는지 알아? 근데 괜찮아. 다 지
난 일인데 뭘. 그리고 나 걔 싫어하다 못해 경멸하잖아. 너
한테 차이고 나서 나한테 다시 사귀자 하는데 아, 진짜 죽
여 버리고 싶은 거 있지!

희수　　근데 사귀었잖아.

영주　　잠깐. 정 때문에. 염병할! 자 다시!

다시 영주가 이긴다.

희수　　또 나네.

영주　　비밀 혹은 벌칙!

희수　　벌칙… 하면 뭐 시킬 거야?

영주　　그건 알려줄 수 없지.

희수　　그럼 비밀.

영주　　오케이.

희수　　근데 난 비밀이 진짜 없는데.

영주　　세상이 비밀 없는 사람이 어디 있냐? 아까 정수 사귀었었
대메?

희수　　그게 유일한 비밀인 거지.

영주　　그럼 벌칙 해야겠네.

희수　　어쩔 수 없지 뭐.

영주　　벌칙은 뭐냐 하면… 음… 남한테 상처 준 기억 말하기.

희수　　뭐? 그게 벌칙이라고? 비밀 아니야? 아무튼 너 나 알잖아.
남한테 피해 주는 거 극도로 싫어하는 거.

영주　　어릴 때라도.

희수   없다니까.

영주   받은 기억은?

희수   음… 그것도 딱히.

영주   에이, 잘 생각해 봐. 우린 모두 누구에게 상처를 주고, 상처
      를 받으면서 살게 돼 있어.

희수   너도 알다시피 난 중고등학교 때 다른 애들이 다 어려 보
      였어. 다들 그저 철없이 몰려다니는 거 같았고. 그래서 항
      상 혼자 다니다 보니까 누구에게 상처 주고받을 만한 사건
      이 없었지. 난 나 자신에게만 충실했고, 나만 잘하면 된다
      는 생각을 항상 했으니까.

영주가 무대 한편에 서서 객석을 바라본다. 그의 시선은 다른 인물이
되어 있는 듯하다. 희수는 반대편에 앉아서 생각에 잠겨 있다.

영주   희수야.

희수   왜?

영주   희수야.

희수   왜, 송영주?

영주   나 영주 아니야.

희수   뭐라고?

영주   나 누군지 한 번 맞춰봐.

희수   지금 역할극 하자는 거야? 그래. 한 번 힌트 줘봐.

영주   희수야 그때 왜 그랬어?

희수   무슨 소리야?

영주   중학교 때 왜 그랬냐고?

희수	중학교? 중학교 친구 얘기하는 거야?
영주	나 너희 때문에 죽었잖아.
희수	죽어? 무슨… (잠시 생각하더니 놀라게) 너… 준…
영주	이제 기억나니?
희수	준희라고? (사이) 이거 왜 하는 거야?
영주	이제 기억하는구나. 하긴 내가 존재감이 너무 없긴 했지. 그래서 내 이름 기억하는 애들 별로 없을 거야. 그래도 죽어서 이름은 좀 불려졌겠지.
희수	영주야! 이거 왜 하는 거야?
영주	그리고나서 다시 싹 잊혀졌겠지?
희수	그랬겠지! 이제 그만하자.
영주	역시 그랬구나. 대답해 봐. 그때 나한테 왜 그랬냐고.
희수	그래, 준희야! 내가 너한테 뭘 어쨌다고 그래?
영주	그래도 너 나랑 3학년 초엔 친했었잖아. 안 그래?
희수	그거야 그렇긴 했지. 어차피 친구 없는 애들끼리 마침 짝이 됐었으니까.
영주	그래 맞아. 그래도 처음엔 네가 같이 밥도 먹어주고 그랬는데.
희수	그랬지.
영주	우리 집에 놀러 온 적도 있었잖아.
희수	너희 집에?
영주	그것도 기억 안 나는구나. 우리 집에 가서 mp3로 노래 듣고 놀았었어.
희수	(생각난 듯) 아!

영주가 가상의 책상 앞 의자에 앉으면서 노래하면 희수도 그 옆으로
가서 앉는다.

영주　(노래한다) 내 속엔 내가 너무도 많아. 당신의 쉴 곳 없네.

희수　(같이 노래 부른다) 내 속엔 헛된 바램들로 당신의 편할 곳 없
네. (다시 노래를 바꿔서) 어머니는 짜장면이 싫다고 하셨어!
어머니는 짜장면이 싫다고 하셨어! 야이 야이야아.

영주　(다시 노래한다) 내 속엔 내가 어쩔 수 없는 어둠. 당신의 쉴
자리를 뺏고.

희수　야, 그 노래 이제 그만해! 지겹지 않냐? 그리고 조성모도
아니고 뭐, 시인과 촌장?

영주　난 이 노래가 좋은데.

희수　우웩! 어떻게 100곡도 더 들어가는 mp3에 이거 한 곡만
넣어 다닐 생각을 하냐.

영주　난 원래 한 놈만 패.

희수　웃으라고 한 거지? 근데 너네 엄마 몇 시에 오셔? 이렇게
늦게까지 놀아도 돼?

영주　우리 엄마? 아침에 들어와.

희수　진짜? 뭐 하시는데?

영주　비밀.

희수　아빠는?

영주　아빠는 없어. 내가 비밀 하나 더 말해줄까? 나, 아빠 네 번
바뀌었는데 지금은 없어.

희수　그게 무슨 소리?

영주　그런 게 있어. 근데 넌 왜 혼자 다녀?

희수 넌?

영주 내가 먼저 물어봤잖아. 난 2학년 달에 전학 왔으니까 당연히 친구 없지. 빨리 말해봐.

희수 나? 음… 애들이 그냥 다 애들 같아. 그리고 미술학원 다니느라 애들이랑 놀 시간도 없거든.

영주 미술? 너 그림 좋아해?

희수 아니. 원래는 연기를 하고 싶었는데 부모님 반대가 너무 심해서 그냥 미술 하는 거야.

영주 진짜? 연기를? 그 얼굴에?

희수 죽을래!

영주 취소. 그럼 미대 갈 거야?

희수 글쎄. 고등학교 가면 그림 그리는 척하면서 연기학원을 다녀볼까…

영주 이야, 좋겠다!

희수 뭐가?

영주 꿈이 있잖아. 난 꿈이 없거든.

희수 어떻게 꿈이 없을 수 있어?

영주 난 없어. 아직 모르겠어.

희수 그런 게 어디 있어? 잘 찾아봐. 그럼 언젠가 나타날 거야. (노래한다) 네 속엔 네가 너무도 많아. 당신의 꿈을 모르네. 그래서 아직 잘 모르는 거야.

영주 근데 너…

희수 어?

영주 너 좀 있으면… 다른 애들하고 다닐 거 같아.

희수 왜?

영주 붙임성이라고 해야 하나? 그게 좋잖아.

희수 다른 애들이랑 다니는 게 어때서?

영주 그럼 나하고는 안 다닐 거잖아.

희수 야! 그런 게 어디 있어?

영주 그런 게 있어.

희수 난 안 그래.

영주 그럼 약속.

희수 뭘?

영주 나랑 졸업할 때까지 같이 밥 먹기.

희수 옛다! (손가락을 걸며) 도장, 복사.

영주가 일어서서 거리를 만든다. 현재로 돌아온, 죽은 준희와 희수의 대화는 계속된다.

영주 (현재의 대화로 돌아온 모습) 그리고 얼마 안 있어서 넌 나와 멀어졌지.

희수 …

영주 애들이 나한테 무슨 짓 했는지 알지?

희수 글쎄.

영주 모른 척하기는. 나에 대해서 수군거리기 시작했잖아. 내가 밖에 있다가 교실에 들어오면 다들 조용해지고. 어떤 때는 내가 있을 때도 옆에서 수군거리고. 그 이후로 너 나한테 말 안 걸더라. 내가 말 걸려고 하면 다른 애들하고 얘기해 버리고. 언제 친해졌는지 다른 친구들이랑 금세 웃고 떠들고, 집에도 걔네랑 같이 가버리고.

희수   계속 그런 건 아니야. 너랑도 얘기했다구.

영주   … (희수의 모습을 바라본다)

희수   그랬… 었나?

영주   그게 다는 아니야. 걔네들 행동은 점점 잔인해졌어. 언젠가는 내가 밖에서 들어와 의자에 앉았는데 뭔가 이상하더라구. 바로 일어났는데 내 몸이 의자에 붙어 있는 거야. 그때 옆에 애들이 키득대면서 웃었어. 의자에 본드를 붙여놨던 거지.

희수   그럴 리가.

영주   너도 봤을걸? 넌 웃지 않았지만 그 순간 못 본 척했지.

희수   …

영주   네가 날 위해서 걔네한테 따지거나 혼내주거나 그러길 바란 건 아니야. 그냥 전과 같이만… 아니면 나한테 애들이 왜 그러는지 물어봐 주기만 했어도. 근데 넌 그다음부터 걔네 뒤에 숨어서 나를 지켜보기만 했지. 궁금하지 않았니? 왜 그랬는지.

희수   왜들… 그랬는데?

영주   고마워. 지금이라도 물어봐 줘서. 나 2학년 말에 전학 왔을 때 어떤 3학년 오빠가 다가와 고백을 하더라고. 난 사실 별 마음 없었지만 친구도 없고 해서 받아줬지. 근데 그 오빠는 우리 반 지영이랑 사귀던 사이였고, 자기 친구들 앞에서 자랑삼아 나한테 그런 거였나 봐. 3학년 때 나한테 처음 그런 짓을 한 애들 중에 지영이가 있었던 건 알지? 물론 걔가 주동자는 아니었어. 처음에 유리랑 민희가 와서 그러더라고. 지영이한테 사과해야 하는 거 아니냐고.

난 얘기했지. '뭘 사과해? 내가 왜?' 그랬더니 그 다음날부터 개들이 나를 따돌리기 시작하더라고. 책상에서 이상한 벌레 같은 게 나오고, 다른 친구 물건이 없어졌는데 내 사물함에서 나오고. 그런 일 당할 때마다 반 애들이 다 날 쳐다보는데… 어떤 애들은 키득키득 웃고, 어떤 애들은 불쌍하다는 시선으로 쳐다보고. 그때마다 난 널 쳐다봤지. 하지만 넌 다른 데를 쳐다보더라고. 그때부터 세상에 혼자가 된 듯한 느낌이 들더라고.

희수 그건 오해야. 준희야.

영주 그리고 개네들이 우리 엄마에 대해 알게 된 다음부터 수근거림은 더욱 커져갔어. 우리 엄마 어떤 사람이었는지 너도 알지? 근데 우리 엄마 그런 여자 아니었어. 술집을 한 건 사실이지만 그런 일은 하지 않았어. 근데 개네들이 그렇게 말을 하기 시작하니까 이미 얘기는 커지고 또 커지고, 모텔에서 남자랑 나오는 걸 봤다더라. 누구 아빠랑도 그런 일 있었다더라. 그 어미에 그 딸이라 준희도 똑같은 짓 하고 다니더라. 심지어는 엄마들까지 학교에 전화해서 항의하는 일도 있었다고. 그런데 넌, 넌 나한테 한 번이라도 물어봤었어? 그게 사실이냐고? 개네들 뒤에 숨어서 나를 지켜보고, 어떨 때는 날 괴롭히는 걸 함께 즐기고, 동참까지 했었잖아.

희수 (계속 들을 수 없다는 듯) 아니야! 난 그냥 가만히 있었을 뿐이야!

영주 가만히? 날 경멸하고 있었던 게 아니고?

희수 언젠간 잘 되겠지 했었지. 개네들도 나쁜 애들 아니고 착하고 순수한 애들이니까 언젠가 너를 이해해주고 화해할 거라, 생각했어. 개네들은 다수니까. 그 많은 친구들이 어떻게 단체로 나쁜 짓을 할 수가 있겠어?

영주 넌 이미 날 죄인으로 보고 있었어. 다수가 그렇게 느끼니까.

희수 아니라고. 그냥 기다리고 있었을 뿐이라고 했잖아.

영주 뭘 기다려? 내가 죽길?

희수 그만하자.

희수가 자리에서 이탈하자 주변 분위기는 환해지고, 영주는 본래 자신의 모습으로 돌아오게 된다.

영주 왜?

희수 그만하자 영주야. 네가 얼마나 알고 있는지는 모르겠지만. 내가 너한테 이런 얘기 했었어?

영주 취했었지.

희수 뭐라고 했는데?

희수 중학교 때 반 친구 하나가 자살했었다고. 그리고 초반엔 친했었는데 나중엔 안 친해서 왜 자살했는지도 잘 모르겠다고.

희수 그리고?

영주 그게 다야. (사이) 그래서 내가 알아봤지.

희수 왜?

영주 궁금하니까. 너 예전에 중학교 친구들 소개했었잖아. 유리랑 민희. 개네들한테도 물어보고, 다른 친구들 연락처도 알아내서 다 물어봤어. 학교도 찾아가 보고.

희수　네가 왜 그걸 조사해?

영주　난 작가야. 작가가 해야 할 일이라는 걸 직감적으로 느꼈어.

희수　남의 과거나 들추고 하는 게 작가야?

영주　사회 부조리를 파헤쳐야 하는 게 작가의 임무지.

희수　이건 사회 부조리가 아니야. 이런 걸 파헤친다고 무슨 사회 부조리가 드러나겠어. 그래, 친구 하나가 자살했어. 물론 마음 아프게 됐지. 하지만 그게 뭐? 그저 우리끼리 서로 위안 삼아 하는 자위 이상 될 거 같애?

영주　희수야. 우리가 해야 할 작품. 준희에 대한 거야.

희수　뭐라고?

영주　소수자에 대한 얘기. 그게 곧 윤준희 얘기라고. 물론 윤준희가 중학교 때 그런 선택을 하지 않았을 거란 가정을 했기 때문에 어른의 이야기로 바꿨지. 경직된 사회. 조직 문화에서 왕따는 조직 분위기를 해치는 가해자 취급을 받게 되어 있어. 준희 걔가 운 좋게 살았다고 해봐. 그럼 걔는 지금 멀쩡히 잘살고 있을 거 같애?

희수　나 이거 못하겠다.

영주　해! 넌 그 소수의 마음을 이해해야 돼. 사회적 약자에게 속죄해야 돼.

희수　내가 뭘 잘못했다고 속죄해! 그리고 네가 뭔데 나한테 속죄하라 마라야!

영주　너 그때부터 다수에 속하게 된 거야. 넌 중학교 때 다른 친구들이 애로 보여서 혼자 다녔다고 했지만, 어느 순간 넌 다수에 속할 줄 알게 된 거고 다수의 힘에 기댈 줄 알게 된 거지. 넌 대여섯 명도 아닌 절대다수가 걔를 따돌리니까 어

느 순간 그들의 마음에 자신을 편승시킨 거야. 그게 지금의
너로 성장한 거고. 다수를 리드할 줄도 알게 된 너. 하지만
소수의 마음을 절대 모르는 너. 알려고 하지 않는 너.

희수　웃기고 있네. 내가 주류에 편승하려고 한다고? 너야말로
나에 대해서 정말 몰라. 내가 걔에 대해 죄책감이 없는 이
유가 뭔지 알아? 난 잘못이 없기 때문이야. 내가 왜 걔랑
멀어졌는지 알아? 내가 관심을 보여도 무관심하게 대하고
선을 긋는데 어떻게 다가가냐고. 그래서 다른 친구들과 더
어울리게 된 거야. 내가 걔를 떼어놓은 게 아니라 서로 자
연스럽게 멀어진 거라고. 그리고 가끔 걔로 인해 재미있는
일이 벌어져서 함께 웃긴 웃었어. 그게 다야. 그리고 방학
지나고 개학했는데 걔가 안 나와. 또 전학 간 건가 했지.
한참 뒤에 알게 됐어. 자살했다고.

영주　그럼 왜 취했을 때 나에게 그런 얘기를 하면서 눈물지었어?

희수　그냥 취해서 그랬나 보지.

영주　배우가 짓는 연기의 눈물이었어?

희수　그래! 감정에 취하면 그럴 때도 있는 거지.

영주　넌 그런 애가 아니야. 네 죄책감이 왜 없어 보이는지 알아?
다수는 죄를 지어도 죄책감이 덜어지게 되어 있거든. 죄가
인원수만큼 나눠지니까. 하지만 넌 그 죄를 짊어져야 돼.
네 반 친구 30명이 공동으로 짊어져야 할 죄를 네가 대표
로 짊어져야 한다고.

희수　내가 왜 그래야 하냐고!

영주　넌 배우니까! 배우는 세상을 비추는 거울이다! 그 말도 몰
라? 그리고 먼저 간 준희의 영혼에 속죄하는 방법은 그것

밖에 없으니까! 준희뿐만 아니라 너희 반 친구 30명을 위해서라도, 또 자기 친구들에게 가해를 하고도 자기 죄를 모르는 많은 사람들을 위해서라도 네가 해야 돼!

사이.

희수 그 자식 말 더럽게 잘하네.

영주 이제 얘기할 거야?

희수 뭘?

영주 왜 멀어졌는지. 무슨 행동을 했었는지.

희수 참 나. 너 형사야?

영주 아니. 친구.

희수 다 했어.

영주 아직 못 한 얘기도 많은데.

희수 그걸 내가 어떻게 다 알아?

영주 넌 알아. 숨기고 싶겠지. 아니면 무의식 속에 숨겨져 있는지도.

희수 참 내. 무의식에 있는 걸 어떻게 꺼낼 건데? 너 심리학자야?

영주 아니. 사이코패스. 다시 역할극 하면 되지.

희수 그런다고 나오니? 네 어설픈 연기 때문에 방해나 안 될지 모르겠다.

영주 언제부터 멀어진 거야?

희수 (생각해본다) 아, 진짜 기억 안 나는데.

영주 너도 그 오빠 좋아했지?

희수 뭐?

영주   3학년 그 오빠. 준희랑 사귀었다던.

희수   왜 없는 얘기를 만들고 난리냐?

영주   그때 사진 딱 보니까 네가 어릴 때 좋아하게 생겼던데. 지
       오디의 손호영이랑 똑 닮은 게.

희수   너 그 인간까지 찾아봤냐?

영주   그럼. 이왕 하는 거 쓰레기통까지 다 뒤져서 찾아내야지.

희수   사이코패스 맞다!

영주   너는 그때부터 주류에 섞일 기질이 다분했던 거지. 지오디
       를 좋아했으니까. 준희는 중학생인데도 조성모 아닌 시인
       과 촌장을 좋아했으니까 소수 중에 소수의 기질이 다분했
       던 게 틀림없었고. 너희가 아주 다른 사람인 건 분명했어.

희수   손호영 지금 뭐 하냐?

영주   카센터 정비사.

희수   아무튼 난 짝퉁 손호영 사귄 적 없어.

영주   그랬겠지. 좋아만 했으니까. 근데 3학년 때 알게 된 거야.
       같이 다니던 조용한 준희가 그 오빠랑 사귀었다는 사실을.
       지영이보다 오히려 더 분노한 건 너였어.

희수   너 작가 맞구나. 소설 쓰고 있네.

영주   아니야?

희수   아니야! (사이) 질투가 좀 났었을 순 있지만.

영주   그래서 멀어진 거 아냐? 유리랑 민희가 준희에게 사과하
       라고 했을 때 너도 내심 사과하길 바랐던 거겠지. 지영이
       에 대한 사과는 너에 대한 사과도 되니까.

희수   (잠시 생각하더니 화풀이하듯) 아우!

영주   이제 인정할 때도 되지 않았냐? 우린 이제 긴 여정을 떠나

야 돼.

희수　인정! 네 말대로 걔가 유리, 민희한테 따지더라고. 자기가 왜 사과해야 되냐고. 그래서 내가 걔네들 가고 나서 준희한테 사귄 거 맞냐고 물어봤지. 조심스럽게. 그랬더니 자기한테 고백해서 이 주일인가 사귀었는데 자긴 그런 스타일 싫다며 헤어졌다고 하더라구. (사이) 그때 기분이 나쁘더라. 헤어졌다고 하면 기분이 좋아야 하는데, 기분이 나빴어. 내가 좋아하는 남자를 싫어해? 네가? 뭐 이런 생각이겠지.

영주　그래서 그 남성 편력이 생긴 거였구나. 남의 남자 막 뺏고 싶고.

희수　뭐야 갑자기 그 얘긴!

영주　미안. 그리고?

희수　그리고 그 이후 내가 말이 좀 없어졌어. 걔가 말을 거는 데도 얘기하고 싶지가 않더라구. 때마침 이틀 뒤에 자리를 바꾸게 돼서 짝도 바뀌었고.

영주　기뻤지? 기뻤네.

희수　맞아.

영주　그래서?

희수　넌 남의 아픈 얘기를 즐기는 거 같다.

영주　(호기심 어린 태도를 억제하고) 그래서?

희수　급식 시간에 같이 먹으려는지 기다리는 거 같더라구. 근데 새로 짝이 된 친구랑 얼른 가버렸지. 준희가 혼자 밥을 먹는 거 같긴 했는데 안 쳐다보려고 노력했어.

영주　그게 시작이었네. 준희의 새로운 짝은 원래 친구들이랑 여

전히 어울리고, 너는 새로운 친구랑 어울리고. 졸업 때까
지 같이 먹자고 약속해 놓고선.

희수 그만할까?

영주 미안. 계속해.

희수 학교 끝나고서도 기다리는지 안 가고 뭘 하고 있더라고.
내가 다가가서 같이 가자고 하길 바라는 것처럼.

영주 당연히 그랬겠네.

희수 첫날은 같이 갔어. 새로운 짝이랑 같은 방향도 아니고 해서.

영주 관성의 법칙. 원래 작용하던 힘이 있으니까.

희수 같이 가는데 너무 어색했어. 애들이 다 쳐다보기도 하는
거 같았고. 할 얘기도 없고. 그래서 빨리 걷게 되고, 서둘러
서 헤어지게 되더라구.

영주 그때 준희는 감지를 했겠구나. 이유도 모른 채.

희수 짝이 바뀌어서 그랬구나, 했겠지.

영주 그건 네 바램이야. 죄책감을 덜 수 있으니까. 하지만 준희
는 네가 왜 그러는지, 에 대해서 아주 많이 생각했을 거야.
그리고 짐작을 하게 됐겠지. 그 얘기, 하고 나서부터 네가
말이 없어졌으니까.

희수 또 소설이네.

영주 미안하지만 난 준희의 일기장을 봤던 사람이야.

희수 뭐? 너 걔네 집에도 갔었어?

영주 그럼. 엄마도 만나봤고. 그리고 애들이 막 괴롭히기 시작
했다고 썼어. 그런데 준희는… 너도 그들 틈에서 지켜만
본 게 아니라… 함께 괴롭히기까지 했다고 했어. 어떻게
한 거야?

희수   난 그런 적 없다고 했잖아.

영주   아니라니까.

희수   그것도 일기장에 쓰여 있었어?

영주   응.

희수   뭐라고?

영주   준희의 책가방에서 네 물건이 나왔대.

희수   그건 맞아. 하지만 그게 왜 내가 걔를 괴롭힌 거지? 걔가
       내 물건을 훔쳐 간 건데.

영주   그럴 리가 있어?

희수   내가 같이 안 다니니까 나한테 관심 끌려고 그런 거겠지.

영주   그럴 수도 있겠지. 가능해. 하지만 네가 그다음에 한 말이
       중요해.

희수   … 무슨 말?

영주   좋아. 그럼 이번엔 바꿔서 해보자.

희수   뭘?

영주   네가 준희, 내가 너.

희수   무슨 말도 안 되는 소리야.

이때 영주가 가방을 가져다 희수 앞에 던져 놓는다. 순간 놀란 희수
는 영주를 쳐다본다. 이미 영주는 희수의 모습이 되어 있다.

영주   (희수의 역할) 가방 열어봐. 빨리!

준희가 된 희수는 조용히 가방을 열어본다. 그리고 가방 안에서 어떤
물건을 꺼낸다. 이것은 영주가 연기하는 희수의 물건이다.

영주　　이거 진짜 네가 가져간 거야?

희수　　(준희의 역할) 희수야.

영주　　네가 가져간 거냐고 묻잖아!

희수　　그럴 리가.

영주　　그럼 왜 네 가방에 있어?

희수　　누가 여기 가져다 놨나 봐.

영주　　거짓말까지!

영주(희수를 연기하는)가 그 물건을 뺏어 들고 희수(준희를 연기하는)에게 들이댄다.

영주　　다신 내 물건에 손대지 마.

희수　　희수야, 잠깐만.

영주　　(가려 하다가) 뭐?

희수　　내가 그런 거 맞아.

영주　　(놀라며) 뭐?

희수　　내가 그런 거 맞다고. 미안해. 진짜 미안해. 이렇게 사과할게. 그 대신 잠깐만 얘기 좀 할까.

희수를 연기하는 영주가 마지못해 되돌아와 준희를 연기하는 희수 옆에 앉는다.

희수　　희수야, 미안해.

영주　　아까 미안하다고 했잖아.

희수　　용서해주지 않을 거야?

영주　용서할게. 됐지?

희수　희수야. 내가 왜 네 물건에 손댔는지 궁금하지 않아?

영주　(의아해하는 듯한 얼굴로) 왜 그랬는데?

희수　나 너랑 다시 친하게 지내려고 그런 거야.

영주　뭐라고?

희수　네 물건 돌려주면서 사과하면 우리 옛날처럼 다시 친하게 지낼 수 있을까 하고.

영주　그런 기대 안 하는 게 좋을 거 같은데.

희수　희수야. 우리 친했었잖아. 우리 집에도 와서 음악도 같이 듣고 그랬잖아.

영주　그건 학년 초니까 그런 거고! 그리고 너 진짜 웃긴다. 왜 하지도 않은 행동을 했다고 이러는 거야?

희수　뭘?

영주　안 훔쳤잖아!

희수　내가 그런 거야.

영주　그만 해. 네가 안 한 거 다 알아.

희수　그럼 누가 했는데?

영주　누가 했겠지. 이런 일이 한두 번이야? 그리고 억울하지도 않니? 난 그게 더 답답해. 그렇게 애들이 장난치고 바보 만드는데도 한번 변명도 안 하고.

희수　처음엔 했었지. 내 사물함에 지영이 체육복 있었을 때 애들한테 얘기했어. 내가 한 거 아니라고. 근데 아무도 안 믿어주는데 어떡해.

영주　그건 그 전에 지영이랑 문제가 있었으니까 그렇다 치고. 그다음엔?

희수   그다음엔 계속 내 책상이랑 가방에 남의 물건이 있으니까. 일일이 변명하는 것도 힘들고 또 애들도 즐거워하고 하니까 나 때문에 심각하게 만들고 싶지도 않고.

영주   그래서 아무 말도 안 했다고?

희수   나 하나 입 닫으면 그냥 그렇게 넘어가니까.

영주   그래서 도둑년이 돼도 좋다고?

희수   도둑년은 차라리 괜찮아. 더 심한 소문도 밖에까지 돌아다니는데…

영주   (회피하려 하며) 뭐 그런 건 알고 싶지 않고.

희수   그래서 난 이 불편함을 그냥 내 걸로 안고 살아가야 하지 않을까 생각했어. 나 하나 불편해지면 다른 사람들은 문제없이 그냥 행복하게 살 수 있으니까.

준희를 연기하던 희수, 자신이 내뱉은 말이 어떤 것인지를 자각하고 충격에 빠져 희수 자신으로 돌아오게 된다.

희수   이게 준희 말이었니? 준희 말이었네. 그 일기장에 쓰여 있었니?

영주   그래.

희수   그리고 내가 직접 들었던 말이었게…

영주   그래. 네가 기억 못하고 있었지만.

희수   왜 난 기억을 못 하지?

영주   넌 그때 이미 다수에 포함되어 버렸으니까. 넌 주류였으니까. 희수야. 다시 역할로 돌아가자. 이제 조금 더 남았어. 네가 한 말도 들어 봐야 돼.

두 사람은 다시 역할극으로 돌아간다.

영주　불편함을 안고 살아간다고? 정말 답답하네.

희수　희수야, 내가 그런 거니까 용서해주고 우리 화해하자 응?

영주　(잠시 생각하고) 알았어. 용서해줄게… 그럼 있잖아. 학년 초에 나랑 친하게 지냈던 거, 그리고 너희 집에 몇 번 갔던 거 다 비밀로 해줘. 알았어?

희수　희수야.

영주　말 안 할 거지?

희수　(망설인다) 말 안 할게.

영주　나 들어간다.

준희를 연기하는 희수는 자신을 연기한 영주의 말을 듣고는 다시 큰 충격에 사로잡혀 역할에서 빠져나온다.

희수　친하게 지냈던 거 말하지 말라고? 내가 이런 얘기를 했다고?

영주　일기장에 쓰여 있어.

희수　거짓말. 내가 그런 말 했을 리 없어.

영주　일기장에 쓰여 있어.

희수　그 일기장 갖고 와 봐! 내가 그런 말 했을 리가 없다구!

영주　그래서 준희는 그 불편함도 안고 살기로 결심했대. 그리고 희수는 좋은 애니까. 자기가 지켜주기로 했다고.

희수　그럴 리가 없어. 그럴 리가 없어! 걔가 뭔데 날 지켜줘! 걔 따위가 뭔데!

영주　그게 소수이고 약자인 거야. 몇몇 애들만 알고 있는, 너희
　　　들은 모르는 생각이라고. 그래서 이제는 네가 그 생각을
　　　담아 줘야 돼.

희수　그걸 내가 어떻게 해! 난 그 마음 털끝만큼도 이해 못하고
　　　살아왔는데.

영주　그래서 다시 그 역할로 살아봐야지. (외친다) 준희의 마음으
　　　로 그 학교도 다시 가보고. 걔가 앉아있던 의자에도 앉아
　　　보고. 걔의 책상에서 바라보던 칠판도 바라보고, 급식 시
　　　간에 혼자만 줄에서 떨어져서 서 있던 계단 너머도 멍하니
　　　바라보고, 혼자서 집까지 걷던 그 길도 걸으면서 점점 멀
　　　어지는 학교도 바라보고. 그 시선을 느껴봐야 돼. 너만 빼
　　　고 웃는 남들의 웃음도 느껴보고, 더럽다 놀려대며 너를
　　　바라보는 남들의 시선도 느껴봐야 돼. 그런데도 그걸 다
　　　안고 살아야겠다는 결심도, 그 와중에 너를 지켜주겠다는
　　　결심도 넌 느껴봐야 돼. 그게 우리가 지금 해야 할 일이야.
　　　앞으로 연습 내내 우린 이걸 해야 해.

　　　영주의 외침이 울림이 되어 준희의 다음을 흔들어놓았는지 희수의
　　　표정은 마치 눈앞에 서 있는 준희를 바라보는 듯하다.

희수　준희야… 미안해… 준희야… 앞으로 네가 되어 볼게.

　　　막.

Hello, OZ (헬르, 오즈)

강제권

프롤로그

· 등장인물

　타토 / 카엘 / 희준

무의식의 공간.

어둠과 빛을 대표하는 대천사 카엘과 저승사자 타토가 대화를 하고
있다.

카엘　타토 또 장난쳤다며?

타토　장난이라요 전 제 일에 충실한 것뿐이라는.

카엘　정해진 수명을 당겨서 가져오는 건 훔치는 거지.

타토　당당히 거래를 걸고 거기에 응하면 가지고 오는 것일 뿐인
데요?

카엘　사자가 수명을 좌지우지 하지 못할 텐데?

타토　그러니까 스스로 판단하라고 선택지를 던지는 거예요. 하
겠느냐 말겠느냐. 제안은 가능하니까. 인간들은 그중 하나
를 선택을 하고 난 집행만 할 뿐.

카엘　너의 위험한 장난. 아니다. 에휴~ 그 분은 언제 철퇴를 내
리실까…?

타토　난 매사 진지하게 일할 뿐인걸요.

카엘　너란 녀석 정말 못 말리겠다.

타토   어 저기 또 있네~ 갑니다~ 또 봐요~ (퇴장)

용명되면 놀이터에서 놀고 있는 일곱 살 희준. 멀리서 엄마의 목소리가 들린다.

목소리   희준아! 어디 있니? 희준
희준   여기 놀이터에서 놀고 있어~
목소리   느티나무 건너편은 공사중이니까 가면 안 된다!
희준   응, 알았어 엄마!

희준, 엄마 말을 무시하고 공사하는 곳으로 다가가서 위태위태하게 놀다가 발을 헛딛어 매달리게 된다. 울음을 터트리는 희준.

희준   살려주세요. 저 좀 구해주세요.
타토   (희준 앞에 등장하며) 너 거기서 뭐해?
희준   살려줘~ 나 좀 살려줘~
타토   내가 구해줄까?
희준   어서! 빨리!
타토   아직 덜 절박한 거 같은데?
희준   빨리! 빨리! 살려줘!
타토   나랑 거래할래?
희준   거래?
타토   구해주면 나한테 대가를 지불해야 해.
희준   그게 뭔데?
타토   나한테 네 수명 절반만 줘

희준	그게 무슨 말이야!
타토	어차피 여기서 죽을 목숨. 살려주면 남은 수명 절반을 달라는 거지.
희준	장난치지 마.
타토	지불할지 말지 얼른 결정해. 안그럼 저 아래로 떨어져 팔다리가 부러지고 머리가 터져서 다시는 일어나지 못할 테니.
희준	알았어. 알았다구!
타토	약속하는 거다?
희준	알았어. 빨리 구해줘!

타토가 손을 뻗어 희준을 구해준다.

타토	엄마 말 듣고 위험한 곳에서 놀지 말았어야지. 자 이젠 줘.
희준	뭘?
타토	약속한 거.
희준	내가 뭘 약속했는데?
타토	네 수명 절반을 주기로 했잖아!
희준	(주머니에서 사탕을 꺼내주며) 자 대신 사탕
타토	약속했잖아!
희준	그걸 주는 바보가 어디 있어? 안녕~
타토	약속을 어겼으니 더 큰 더가를 치러야 할 거야. 아주 큰 대가~ 안녕~
목소리	희준아 어디 있니 희준아~
희준	여기야 금방 갈게.
목소리	희준아 희준아 어~~~~~

차가 미끄러지는 소리와 충돌소리, 그리고 비명.

사이.

희준 엄마? 엄마~~~

타토 대가를 지불하려면 아직 멀었어. 또 찾아올 테니까 기다리라구. <u>ㅎㅎㅎㅎ</u>

암전.

제1화
심장을 갖고 싶어(양철 에피소드)

· 등장인물

　양철 / 양희 / 아빠 / 타토

30년 뒤.

평범한 가정집의 거실.

휠체어를 타고 있는 양희가 무대 중앙에 있다. 성인이 된 희준 등장.

양희 어때? 아가 잠들었어?

아빠 그래 아가 잠들었어.

양희　　엄마도?

아빠　　어 엄마도.

양희　　아빠 근데 아가 언제 나와?

아빠　　곧 나와.

양희　　언제 언제?

아빠　　한 열 밤만 자면?

양희　　빨리 열 밤이 왔으면 좋겠다.

아빠　　우리 양희 동생 빨리 보고 싶어?

양희　　응.

아빠　　그래 우리 양철이도 누나 보고 싶어서 빨리 나올 거야. (기침을 심하게 한다)

양희　　아빠 아직도 감기야?

아빠　　응.

양희　　감기 안 나았어? 아직도 피나?

아빠　　응 괜찮아. 이젠 피 안나.

양희　　거짓말 어제도 입에서 피 났으면서.

아빠　　아빠가 밥 먹다 혀 깨물어서 그래.

양희　　김희준씨 바보!

아빠　　그래 김희준씨 바보라서 그래~ 하하하.

양희　　다음부턴 조심해~!

아빠　　응. 딸 오늘은 아빠랑 잘까?

양희　　싫어. 내 뺨 부빌려고 그러지? 싫어 까칠까칠해.

아빠　　뭐가 까칠까칠하다고 그래~ 괜찮구만.

양희　　아빠 수염 너무 아파. 부비지 않는다고 약속해.

아빠　　어? 우리 딸 아빠 사랑하지 않는구나?

양희   김희준씨는 사랑하지만 수염은 사랑하지 않아.

아빠   하하하하 알았어. 부비부비 안 할게.

양희   나 잘 거야.

아빠 희준, 양희의 휠체어를 밀고 양희의 침대로 이동한 후 양희를
침대에 눕힌다.

아빠   딸.

양희   응?

아빠   자?

양희   자.

아빠   거짓말. 자는데 어떻게 말해?

양희   잠꼬대.

아빠   요녀석 2학년 되더니 아빠를 가지고 놀리기만 해.

양희   진짜야 난 지금 꿈속에서 김희준씨랑 대화하는 거라구.

아빠   알았어. 그럼 계속 꿈속에서 대화해.

양희   응.

사이.

아빠   김양희씨

양희   응?

아빠   우리 김양희씨 혼자 휠체어 타고 다닐 수 있을라나?

양희   아니 아빠가 밀어줘야지.

아빠   에이. 그럼 혼자 목욕은?

양희　아빠가 시켜줘야지.

아빠　우리 아가씨 좀 더 크면 챙피해질 텐데?

양희　괜찮아. 아빠인데 뭘.

아빠　그래 그때 가서 보자. 음… 그럼 뭘 혼자 할 수 있을라나?

양희　혼자 할 수 있는 게 없는 걸?

아빠　설거지도?

양희　음… 그건 해보도록 노력 해볼게.

아빠　다행이다. 할 수 있는 게 있어서.

양희　근데 일부러 하고 싶진 않다.

아빠　아빠가 멀리 일하러 가면 딸이 혼자 해야 하는데?

양희　김희준씨 어디가?

아빠　응. 김희준씨 머잖아 먼 나라로 발령 받을 것 같아서.

양희　어디? 어느 나라?

아빠　응? 아주 먼 나라

양희　미국? 영국? 호주? 어디?

아빠　거기보다 더 먼 나라. 연락도 잘 안 되는 곳이야.

양희　어딘데? 정글? 아프리카?

아빠　응 아프리카 정글 속.

양희　왜 아빠가 아프리카 정글 속으로 가?

아빠　글쎄 회사에서 거기 가서 일하라고 그러네?

양희　안 가면 안 돼?

아빠　가야 해. 그래야 우리 식구 먹고 살 수 있지.

양희　그럼 나도 데려가.

아빠　안돼. 넌… 여기서 학교 다녀야지.

양희　갔다 언제 오는데?

아빠	한… 삼 년 있다?
양희	왜 그렇게 오래 있다 와?
아빠	할 일이 많아서 그래. 연락도 힘들고. 대신 아빠가 선물 많이 사올게. (기침을 심하게 한다)
양희	괜찮아?
아빠	응 괜찮아. 걱정하지 마.
양희	알았어. 김희준씨 감기 걸렸으니 따뜻한 아프리카 가면 금방 나을 거야. 대신 선물 많이 사와야 해! 전화도 자주 하고. 편지도 하고.
아빠	응 그래. 고마워 양희야.
양희	김희준씨 울어?
아빠	응 김희준씨 울어. 너무 기뻐서.
양희	고맙지? 김희준씨한테는 김양희씨밖에 없지?
아빠	응 아빠한테는 양희씨밖에 없어
양희	에이 거짓말! 아빠 계속 양철이 노래만 불렀으면서~!
아빠	아니 아빠는 양희뿐이야. (팔을 벌리며) 우리 딸 아빠가 안아볼까?
양희	징그러워~! 오지 마!
아빠	뭐가 징그러워~ 아빤데
양희	저리 가!
아빠	간질간질간질간질.
양희	그만해 그만!

잠깐의 암전. 양희는 눈을 감고 있고 아빠는 그런 양희를 물끄러미 쳐다보고 있다.

양희　아빠 근데 아가 태어나면 선물 줘야 하는데

아빠　뭐야? 아직 안 잔 거야?

양희　자다가 갑자기 생각났어. 선물!

아빠　글쎄 뭘 해줄까?

양희　음… 로봇! 남자아이들은 로봇 좋아하니까.

아빠　그럼 내일부터 만들어 볼까?

양희　아빠가 로봇을?

아빠　응.

양희　정말 만들 수 있어?

아빠　그럼~ 내가 못 만드는 게 어디 있어?

양희　알았어! 그럼 내일부터 만드는 거야! 신난다~!

아빠 퇴장하고 양희도 퇴장했다 청소도구를 가지고 등장하며 노래를 시작한다.

〈아빠를 도와야 해〉

하루하루 반복되는 시간들

끊임없이 쏟아지는 집안일들

매일매일 쌓여가는 먼지들

이젠 나서야 해.

하려해도 벅찬 수많은 일들

할 수 없어 아쉬운 순간들

지금까진 아빠가 다 했지만

이젠 내가 해야 해

아빠를 돕자

아빠를 돕자

무엇이든 시작해서

아빠를 도와야 해

분주하게 로봇을 만드는 아빠와 아빠를 도우는 양희.

양희　김희준씨 이 깡통 뭐야~

아빠　깡통이라니 로봇인데.

양희　왜 얼굴이 사람이야?

아빠　원래 로봇은 사람을 모델로 만들었어.

양희　그럼 좀 멋있는 어른 얼굴로 만들어야지. 왜 아이 얼굴이야.

아빠　우리 철이가 크면 이렇게 생겼을 것 같아서.

양희　아빠 정말 못 만든다. 못 생겼어.

아빠　사실 이거 김양희씨 얼굴 보면서 만든 건데?

양희　에이 엉터리! 빨리 다시 만들어

아빠　싫어. 자 김양희 깡통~!

양희　아빠 바보!

엄마의 신음소리가 들린다.

양희　아빠 엄마가 아픈 것 같은데?

아빠　(신음소리가 나는 쪽을 향하여) 여보 왜 그래? 잠깐만~! 양희야
　　　엄마 데리고 병원 다녀올 테니 집에 있어.

양희　싫어 아빠 나도 같이 가.

아빠	자고 있어. 아빠 금방 갔다올 테니.
양희	싫어 아빠. 무서워 나도 같이 가.
아빠	아빠 화낸다 엄마 빨리 병원 가야해.
양희	아… 알았어. 아빠. 빨리 돌아와야 해.
아빠	양 한 마리 양 두 마리 세면 잠이 빨리 올 거야. 잘 자.
양희	응.
아빠	양희야 여기 깡통이 널 지켜줄 거니까 걱정 마 알았지?
양희	응 아빠.
아빠	김양희씨 김희준씨 믿지?
양희	응 김희준씨 믿어.
아빠	그래 다녀올게.
양희	빨리 와.

아빠 퇴장한다.

양희 홀로 남아있는 집.

양희	(깡통을 바라보며) 깡통! 날 지켜줘야 해! (다시 누워 잠들려고 중얼거린다) 양 한 마리 양 두 마리 양 세 마리.
타토	(목소리로만) 거꾸로 세봐.
양희	(화들짝 놀라며) 뭐야?
타토	양 백 마리 양 아흔아홉 다리 이렇게.
양희	(두리번거리며) 누구야?
타토	타토.
양희	타토?
타토	한번 거꾸로 세봐.

양희　뭐?

타토　숫자를 거꾸로 세라구.

양희　왜?

타토　그럼 나를 볼 수 있으니까.

양희　왜 그래 무서워.

타토　그럼 할 수 없구.

양희　넌 누구야?

타토　니 아빠 친구야.

양희　아빠 친구?

타토　그래 어린 시절 아빠 친구.

양희　거짓말.

타토　너 그거 알아? 니 동생이 태어나면 넌 버림받을지도 몰라.

양희　내가 왜 버림받아? 엄마아빠는 날 사랑하는데?

타토　그건 동생이 태어나기 전일 때고. 동생이 태어나면 넌 관심과 사랑을 뺏긴다구. 니가 쓰던 물건들 다 동생한테 줘야 하고 뭐든지 동생을 먼저 챙겨주게 될 거야.

양희　왜 내 물건을 동생한테 줘야해?

타토　너한테는 필요 없는 물건들이니까

양희　싫어! 나 필요해! 내 거야! 동생한테 안 줄 거야!

타토　그래 맞아 니 껄 절대로 동생 주면 안 되지. 어른들의 거짓말에 절대 속지 마.

양희　어른들의 거짓말?

타토　니 아빠는 날 속이고 내 껄 돌려주지 않았어. 그건 나쁜 거야.

양희　아빠가? 뭐를 안 돌려줬는데?

타토　　수명.

양희　　수명? 수명이 뭐야?

타토　　내가 가지고 가야할 것들. 네 아빠가 안 줬어.

양희　　돌려달라고 그래.

타토　　이제 돌려받을려고. 그나저나 꼬마야. 동생한테 니 것들을
　　　　뺏기기 싫지?

양희　　응.

타토　　그럼. 동생이 안 태어나게 하면 돼.

양희　　어떻게?

타토　　동생이 니네 집에 안 오고 다른 집에 가게 하면 되지.

양희　　그럴 수 있어?

타토　　간절히 원하면 온 우주가 들어준다구. 동생은 다른 집에
　　　　가게 될 거야.

양희　　알았어. 원해.

타토　　그럼 내가 도와줄게. 날 따라해 봐.

구리구리마구리 러불러불러불나
수리수리독수리 나일큰면크부안

따라하는 양희.

타토　　그럼 이따 자기 전에 이 노래를 꼭 부르고 자렴. 그럼 안
　　　　녕~!

양희　　어 안녕~

구리구리마구리 러불러불러불나
수리수리독수리 나일큰면르부안

양희 뭐야 아무 일도 안 일어나잖아. 속았어. 잠이나 자야겠다.

암전 속 자동차 사고 소리와 앰뷸런스, 이어지는 불길한 전화벨소리.

용명되면 초가 켜져있고 아빠와 엄마 영정 사진이 놓여있다. 국화를
들고 사진 앞에 놓는 양희. 천천히 노래를 하기 시작한다.

〈In My Dream〉
In my dream,
난 꿈을 꾸어요.
꿈속에서
또 꿈을 꾸어요.
저 넓은 들판 달려서
이 세상 끝까지
떠나요.
to my dream

In my dream,
난 걷지 못해도
꿈속에선
난 날 수 있어요.
하늘 높이 날아서

무지개 너머로

떠나요.

to my dream

In my dream~

꿈에서 깨면 난 슬프겠지만

다시 새로운 꿈을 꾸겠죠.

괜찮아요 난 언제나 꿈을 꾸니까

영원히 깨지 않는 꿈을

양희, 퇴장한다.

타토 나타나 깡통에게 주문을 건다.

타토   니가 이 애를 데리고 와라. (주술을 부리고 사라짐)

카엘   (나타나서 다시 깡통에게 주문을 건다) 안 돼. 이 아이를 도우렴. 끝까지.

카엘 사라진다.

암전.

다시 용명되면 깡통이 사람으로 변해있다.

양희 등장하여 양철을 보고 조심스럽게 다가가 말을 걸어보려 한다.

양희   너 누구야?

양철   너 누구야?

양희   왜 따라해?

양철	왜 따라해?
양희	정말!
양철	정말!
양희	너 왜 여기 있어?
양철	너 왜 여기 있어?
양희	깡통은 어디다 치웠어?
양철	깡통은 어디다 치웠어?
양희	아이 진짜!
양철	아이 진짜!
양희	따라 하지 마.
양철	따라 하지 마.
양희	뭐야 진짜!
양철	뭐야 진짜!
양희	아 기분 나빠. 당장 나가!
양철	아 기분 나빠. 당장 나가!
양희	미치겠다.
양철	미치겠다.
양희	아빠~~~ (운다)

양철 일어나 양희에게 다가온다.

양철	뚝.
양희	너 뭐야!
양철	아빠.
양희	아빠? 아빠 뭐?

양철　　아빠 친구.

양희　　또 아빠 친구야? 아빠는 왜 이리 이상한 친구가 많아.

양철　　널 도와.

양희　　날 도와?

양철　　응.

양희　　필요 없어. 돌아가.

양철　　도와.

양희　　필요 없다니까 돌아가.

양철　　도와.

양희　　아무것도 하지 마.

양희 퇴장. 멍하니 있는 양철.

암전되었다가 환해지면 열심히 청소를 하는 양철.

양희 등장.

양희　　너 뭐하는 거야?

양철　　청소.

양희　　왜 마음대로 청소해?

양철　　먼지.

양희　　니가 해서 먼지가 더 많아졌어.

양철　　더럽다.

양희　　하지 마.

양철　　응.

양희 퇴장한다.

양철 움직이지만 더 뿌옇게 된다.

암전.

조명이 켜지면 요란한 소리가 들린다.

양희 나와 주방쪽을 바라본다.

양희　너 지금 뭐해?

양철 나오는데 온몸에 음식과 가루투성이다.

양철　요리.

양희　미쳤어?

양철　너. 건강. 음식.

양희　나?

양철　먹어.

양희　나 먹으라고?

양철　응.

양희　안 먹어. 쓸데없는 짓 하지 마.

양철　아빠 싫어해.

양희　아빠?

양철　안 먹어 싫어해.

양희　싫어 안 먹어.

양철　건강 나빠.

양희　싫어! 안 먹는다니까!

가려고 하자 양철 양희 휠체어를 잡는다.

양희	이거 놔.
양철	먹어.
양희	싫어.

양철 억지로 양희를 끌고 간다.

양희	너! 너! 신고할 거야!
양철	먹어.
양희	싫어 (억지로 먹이는 소리 아구아구) 너!
양철	어때?
양희	이게 음식이야? 이런 걸 먹으라고 준 거야? 자 니가 맛 봐봐.
양철	못 먹어.
양희	너도 먹어봐 무슨 맛인지.
양철	맛 몰라.
양희	맛을 모른다고?
양철	못 먹어. 다.
양희	다 못 먹는다고?
양철	응.
양희	그럼 뭘 먹어?
양철	몰라.
양희	모른다고?
양철	응.
양희	장난할래?
양철	아니.
양희	됐어. 정말 재수 없어. (나와서 방으로 들어가 버린다) 빨리 나가!

양철 나와서 서 있다가 한 군데 가만히 앉아 있는다.

암전.

다시 조명 들어오면 양희 방 안에서 문을 열심히 두드리고 있다.

양희 너 빨리 문 안 열어? 빨리 열어.

양철 열어? 열어!

양희 못 나가게 문을 막아? 어서 열어!

양철 나와.

양희 막았는데 어떻게 나가! 빨리 열어! 나 지금 화장실 급하단
말야 빨리 빨리!

양철 나 아냐.

양희 빨리! 나올 것 같단 말야! 문 열어! 어서!

급하게 움직이는 양철. 문을 부수고 문을 떼어낸다. 울음 터트리는
양희. 이미 상황종료. 양철 양희를 데리고 욕실로 감.

양희 수건 가지고 와!

작은 수건을 가지고 오는 양철.

양희 바보야! 그거 말고 큰 수건! (사이) 얼른 가!

수건 갖다주면 타월로 온몸을 감싼 양희가 휠체어를 타고 나온다.

양희 너 때문에 이게 뭐야!

양철　나?

양희　빨리 가. 추워

양철　응.

자리에 가서 앉는 양철. 양희 들어가 버린다.

암전.

비 오는 소리. 양희의 기침소리. 소리가 점점 더 커진다. 양철 양희

방으로 간다.

계속되는 기침.

양철　기침.

양희　나가.

양철　얼굴 뜨거워.

양희　상관말고 나가.

양철　먹어. 약.

양희　우리 집에 그런 거 없거든?

양철　내가 구해와.

양희　필요 없으니까 나가.

양철　병원 가.

양희　됐어. 밖에 비 와.

양철 나와서 망설이다가 밖으로 나간다. 빗소리 더욱 커짐. 잠시 후

약봉지를 들고 들어오는 양철.

양철　먹어.

양희	뭘.
양철	약.
양희	약 사고 온 거야?
양철	응.
양희	비 오는데?
양철	…
양희	계속 비 맞고 다닌 거야?
양철	먹어.
양희	알았어. (약을 먹는다)

양철 나가려고 한다.

양희	고마워.
양철	고마… 워?
양희	그래 고마워.
양철	고마워?
양희	고맙다고. 약 사다줘서.
양철	잘자.

방에서 나오는 양철. 자리로 가서 앉으면 정지된다.

암전.

조명이 밝아지면 양희가 나온다.

| 양희 | 뭐해? (사이) 괜찮냐고 물어보지 않아? (사이) 야! 너 자? |

양희 양철 가까이 다가간다.

양희 너 자는 거야? 왜 대답이 없어? (사이) 야! 야!

툭 건드려본다. 양철 반응이 없다. 흔들거 본다.

양희 뭐야. 대답 좀 해봐. 응? 장난치지 말고 무서워.
타토 짠~ 안녕 친구.
양희 어? 너는? 아빠 친구라고 거짓말했던?
타토 난 아빠 친구 아닌데? 니 친구지.
양희 내 친구?
타토 옛날에는 아빠 친구였는데 지금은 니 친구야.
양희 그런 게 어디 있어?
타토 어디 있긴 여기 있지. 그나저나 거기 있는 녀석이 안 움직이지?
양희 응 안 일어나. 깊이 잠들었나봐.
타토 어제 비를 너무 많이 맞아서 그래.
양희 어떡해… 나 때문이야.
타토 죽었어.
양희 죽었다고? 거짓말.
타토 믿고 싶지 않으면 믿지 마.
양희 거짓말 하지 마. 건강했던 얘가 왜 갑자기 죽어?
타토 살아나게 해줄까?
양희 어떻게?
타토 단 조건이 있어.

양희 무슨 조건?

타토 수명을 나한테 줘.

양희 수명을? 수명이 뭔데?

타토 니 아빠가 가져가서 안 돌려준 것. 아 물론 힘들게 다 돌려
받았지만.

양희 그걸 주면 쟤가 살아날 수 있는 거야?

타토 응.

양희 알았어. 살아나게 해줘.

타토 오케이. 자 날 따라해.

구리구리마구리 러불러불러불나
수리수리독수리 나일큰면르부안

타토를 따라하는 양희.

타토 곧 데리러 올게. 그동안 잘 지내~ 하하하하.

타토가 사라지고 정적. 시간이 흐름이 이어진다.

양희 일어나봐. 어서. (반복)

서서히 눈을 뜨는 양철.

양희 어 일어났네? 괜찮아? 미안해, 나 때문에. (사이) 괜찮아? (사
이) 왜 대답을 안 해?

정신없이 이리저리 움직이는 양철.

양희 왜 그래?

이상한 행동을 보이는 양철.

양희 너… 이상해. 왜 그래…

행동은 계속 이어지고 잠시 암전되었다 조명 들어온다.

양철 나는 누구야?
양희 어 말했다.
양철 나는 누구야?
양희 너? 내가 어떻게 알아?
양철 나는 누구야?
양희 넌… 그래 아직 네 이름도 모르고 있었네.
양철 이름이 뭐야?
양희 이름? 누군가가 너를 불러주는 것.
양철 나를 불러주는 것?
양희 내 이름은 양희야. 넌… 뭘까?
양철 난 뭘까?
양철 그럼… 네 이름은 양철로 하자.
양철 양철?
양희 그래 내 동생 이름이었던 양철. 난 양희. 넌 양철.
양철 양희 양철 양철 양철.

양희, 심하게 기침을 한다.

양철 왜 그래 양희?

양희 모르겠어. 계속 기침이 나오고 아파.

양철 아파? 그게 뭐야?

양희 몸의 이곳저곳에 문제가 있어서 고통이 오는 거야.

양철 고통이 뭐야?

양희 눈물이 나는 거, 심장이 터져버릴 것 같은 느낌이 드는 거.

양철 눈물? 심장? 그게 뭐야?

양희 그것도 몰라?

양철 그러면 어떡해야 해?

양희 뭐가?

양철 아파.

양희 어떡하긴… 아프면 약을 먹어야 해.

양철 약?

양희 아픔을 낫게 하는 거. 고통을 없애주는 거.

양철 양철도 줘. 앙철도 먹을래.

양희 넌 안 아프잖아. 약은 아픈 사람만 먹는 거야.

양철 나도 줘. 나도 아파. 나도 먹을래.

양희 그래 나중에 줄게.

양철 나랑 놀아줘.

양희 놀아주라고? 내가 힘이 없는데?

양철 놀아줘.

양희 그래 알았어. 어떻게 놀까?

양철 (구석에 있는 공을 가지고 와서 내밀며) 놀아줘.

양희　　그래. 알았어. (공을 받고 아무 데나 던진다) 가지고 와.

양희는 공을 던지고 양철은 공을 가져오는 놀이를 여러 번 반복한다.
양철은 신기해하고 양희는 점점 더 힘들어한다.

양희　　양철아 이젠 그만 하자.

양철　　아냐 더 놀아줘.

양희　　나 이제 쉬고 싶어…

타토, 등장한다.

타토　　깡통 때문에 수명을 버리다니 참 대단하다. 자 이제 가자.

양철　　어디 가?

타토　　이제 재 끝났으니 데리고 가야지.

양철　　어디로 데리고 가?

타토　　저 너머 세계.

양철　　저 너머 세계 어디?

타토　　그만하자.

양철　　뭘?

타토　　나 바쁘다. 가야해.

양철　　양희 아프다. 가면 안된다.

타토　　뭐라고? 이 녀석이?

양철　　양희 아퍼!

타토　　이 깡통 녀석이?

양철　　(버럭) 난 양철이야. 깡통이 아냐!

타토 어쭈 너 지금 화낸 거야? 감정도 없는 녀석이?

양철 감정이 뭐야?

타토 감정도 모르면서 주제넘게 화를 내?

양철 감정?

타토 넌 아픔이라는 단어는 들을 수 있지만 아픔을 느낄 수 없
어. 슬픔. 기쁨, 두려움, 즐거움, 외로움 이런 거 절대 알 수
가 없지. 심장이 없으니까.

양철 심장? 그게 뭔데?

타토 넌 절대 알 수 없는 거야.

양철 말해줘!

타토 감정이란 걸 절대로 알 수 없지. 심장을 가지기 전까지는.

양철 말해줘! 말해줘! (양희를 보며) 양희 뭐야? (최대의 힘을 낸다)
말해줘! 말해줘! 감정이 뭐야? 심장이 뭐야? 아픔을 느끼
는 게 뭐야? 말해줘!!!!!

양철의 분노로 순간 눈부신 무대가 되더니 이내 다시 정상으로 돌아
온다. 양희, 축 처져있다.

타토 아하~ 카엘이 너한테 장난친 거로구만. 깡통 방금 네가 한
행동이 분노라는 거야.

양철 분노?

타토 뭔가 터질 것 같은. 그게 인간들에게는 심장이거든. 안에
서 부글부글 타오르는 무언가… 알겠어?

양철 심장? 심장?

타토 그래 넌 절대로 가질 수 없는 심장. 쓸모없는 고철 같으니

라구.

양철 기다려! 기다려!

축 처져있는 양희.

양철 양희 자? 일어나~ 놀아줘~ (구석에 가서 공을 가지고 와 양희에게 내민다) 공놀이 하자 (공을 던지고 주워온다) 안 일어나면 나 분노할 거야? (다시 공을 던지고 주워온다)

여전히 양희는 그대로 축 늘어져 있다.

양철 양희 춥지? 따뜻하게 해줄게.

양철, 이불을 가지고 와서 양희에게 덮어준다.

양철 나… 심장을 갖고 싶어… (동작 정지)

카엘 (목소리) 일어나 떠나. 너의 심장을 찾으러.

아무런 동요도 없는 양철.
암전.

[1화. 심장을 갖고 싶어]
양철 에피소드 끝.

제2화
Coward Lion (사자 에피소드)

· 등장인물

  겁쟁이 사자 / 순했지만 난폭해진 사자 / 암사자 / 타토

겁쟁이 사자, 혼자 쭈그려 앉아있다. 보기에도 볼품이 없는 사자다. 혼자서 열심히 무언가를 찾고 있다. 사냥감이다. 열심히 뛰어다니지만 결국 잡지 못하고 지쳐서 쓰러진다. 주변을 둘러보니 풀밭이다. 시선이 간다. 돋아나 있는 풀을 뜯어먹는 겁쟁이 사자. 이때, 암사자와 순한 사자 등장한다. 셋이 서로 즐겁게 논다. 암사자 겁쟁이 사자에게 애교를 부린다. 처음에는 시크한 반응의 겁쟁이 사자, 결국 암사자의 애교에 넘어간다. 순한 사자는 둘의 행각에도 아랑곳 하지 않고 딴짓이다. 나름 즐거운 시간을 보내는 사자들. 겁쟁이 사자를 데리고 암사자 퇴장한다.

타토 등장해 순한 사자를 이간질을 시킨다. 겁쟁이 사자와 암사자가 너를 왕따 시키는 거야. 순한 사자는 듣긴 하지만 그대로 넘겨버린다.

다시 등장하는 겁쟁이 사자와 암사자. 다시 세 마리가 어우러져 논다. 타토 순한 사자를 다시 불러 이간질 시킨다. 순한 사자 타토에게 으

르렁거린다.

빈정 상해 퇴장하는 타토.

놀다가 겁쟁이 사자가 다쳐 암사자가 옆에 붙어 치료를 해준다.

그 모습을 본 순한 사자 조금씩 기분이 상하기 시작한다.

타토. 겁쟁이 사자와 암사자를 더욱 밀착하게 만들어서 퇴장시킨다.

이 모습을 본 순한 사자, 난폭한 사자로 바뀐다.

무섭게 변한 난폭한 사자, 겁쟁이 사자가 등장하자 무섭게 달려든다. 겁쟁이 사자에게 자리를 요구하며 계속 비키라고 한다. 겁쟁이 사자 순순히 물러난다. 난폭한 사자. 겁쟁이 사자에게 복종의 몸짓을 요구한다. 겁쟁이 사자 처음에는 거부하다 난폭한 사자가 강하게 나오니 결국 몸짓을 한다. 암사자 발랄하게 등장하다 이 모습을 보고 걱정 어린 표정으로 바뀐다. 여전히 복종의 몸짓을 하는 겁쟁이 사자를 보다못해 뛰어드는 암사자. 난폭한 사자게에 맞서려 한다. 암사자, 난폭한 사자에게 달려들지만 난폭한 사자는 암사자를 가지고 논다. 결국 제압당하고. 암사자, 겁쟁이 사자에게 도움을 요청하는 눈빛을 보내지만 겁쟁이 사자는 외면하고 만다. 난폭한 사자에게 끌려가는 암사자. 딴청부리는 겁쟁이 사자.

한참 후 난폭한 사자 뒤에 따라나오는 암사자. 증오감이 팽배해진 모습이다. 난폭한 사자는 그 자리에서 드러누워 잠들어버린다. 겁쟁이 사자, 암사자 곁에 조심스럽게 다가오지만 암사자는 날카롭게 반응한다. 조금 더 가까이 다가가자 암사자는 난폭한 사자를 깨운다. 난폭한 사자가 일어나지 않자 신경질적으로 깨운다. 그제서야 거칠게 일어나는 난폭한 사자, 겁쟁이 사자에게 다가간다. 겁쟁이 사자, 다시 고개를 돌린다. 난폭한 사자 더욱 난폭하게 겁쟁이 사자를 위협한다. 위험 한계에 다다르자 암사자가 난폭한 사자를 말린다. 난폭한 사자, 암사자를 밀어내고 암사자 다시 말리기를 반복. 화가 난 난폭한 사자, 암사자를 물어 죽인다. 축 늘어지는 암사자. 겁쟁이 사자, 잠깐 움찔하지만 난폭한 사자의 포효에 고개를 돌려 버린다.
난폭한 사자가 다가오자 겁쟁이 사자, 결국 그 자리를 떠나 도망친다. 주로 벌레나 작은 동물, 새들에게만 이빨을 드러내는 겁쟁이 사자. 조금이라도 몸집이 큰 동물에게는 꼬리를 내리거나 숨어버린다. 사냥에 매번 실패하여 꽃이나 풀, 과일 따위를 먹는다. 그게 겁쟁이 사자의 삶인 것이다.

카엘 (목소리) 일어나 떠나. 너의 용맹함을 찾으러.

카엘 목소리에 반응한 겁쟁이 사자, 터덜터덜 어딘가를 향해 걸어간다. 암전.

[2화. Coward Lion]
에피소드 끝.

제3화
엄마, 나 심심해 (허수아비 에피소드)

· 등장인물

사내(허수아비) / 노파 / 덕구 / 타토

어느 시골집의 정경. 바닥에 앉아 무언가에 열중하는 노파. 그러다 어딘가를 주시하고 멍하니 있다.

덕구　(등장하고 코를 킁킁거리더니) 아따 어매요. 이게 무슨 냄새입니꺼? 또 밥 올려놓고 깜빡 태웠심꺼? 아이고야 몇 번째임니꺼? (부엌에 들어갔다 나오며) 완전 숯이네 숯. 이거 누룽지도 없겠네.

노파　(넋 나간 듯) 왜 또 왔어?

덕구　왜 또 왔긴요. 어매 잘 지내나 요로코롬 보러 왔지예.

노파　썩을 놈. 고양이 쥐 생각한다고 니가 잘도 내 생각해서 그러겠다. 어디 돈 없나 대가리 디밀었지?

덕구　에이~ 정말 어매 잘 지내는지 보러 온 겁니더.

노파　버러지 같은 놈. 할 짓이 없어 남 등쳐 먹는 짓이나 하냐?

덕구　정당한 직업 아잉교?

노파　사채가 무슨 정당한 직업이야? 양아치 건달들 돈놀이인데!

덕구　어매요. 저한테 왜 자꾸 그러심꺼?

노파　　자꾸 왜 그러냐고? 몰라서 물어?

덕구　　이제 좀 그만할 때도 안되었심꺼?

노파　　뭘 그만해? 내가 뭘 했다고?

덕구　　잡아먹지 못해 안달났다 아입니꺼.

노파　　네 놈이 안 꼬셨으면 내 아들이 그리 되지 않았어!

덕구　　그래서 이래 반성하고 뉘우치는 거 아닝교.

노파　　쌈치기도 할 줄 모르는 아를 도박판으로 끌어들여 노름빚
　　　　　지게 만들고 또 사채빚으로 덤더기 씌우고.

덕구　　죽을 죄를 지었심더.

노파　　그럼 가서 죽던가.

덕구　　어매 말이 지나친 거 아닝교? 아무리 그래도 죽으라니…

노파　　그럼 죽은 내 아들은?

덕구　　아 그건! (사이) 휘발유 뿌려가가 성냥 그슬 줄 누가 알았
　　　　　심꺼?

노파　　(버럭한다) 나가! 자꾸 와서 속 뒤집지 말고. 나가!

덕구　　에이 씨… 어매, 여기 느타리 좀 가져 왔심더. 해가 드이소.

노파　　느타리고 울타리고 나가! 냉큼!

덕구　　또 오겠심더.

노파　　다시는 나타나지 마!

덕구　　아 어매요. 혹시 영호가 들고 온 공책 못 봤심꺼? 검은 색
　　　　　인데 그게 중요한 거라 못 찾아가면 큰일납니더.

노파　　나가!

덕구 퇴장. 노파, 마음을 추스르다 덕구가 가지고 온 보따리를 거칠
게 던진다. 부엌으로 들어가서 소금을 들고 나와 뿌린다. 주저앉는

노파.

퇴장하고 다시 등장하여 박스를 안고 나온다. 아들의 유품들이 들어
있다.
옷가지를 보다가 부둥켜 안고 운다.

〈노래-반달 같은 우리 엄마〉
반달 같은 우리 엄마야 온달 같은 나를 버리고
저승길이 얼마나 멀어서 한번 가면 못 오시나요
저승길이 멀어서 못 오면 인공위성 타고 오셔요

한참을 울다 한켠에 세워진 허수아비에 옷을 입히고 다시 부둥켜 안
는다.

노파   영호야… 영호야… 이노므새끼 뭐가 힘들다고 어매 버리
고 갔노.

노파 퇴장.
바로 타토 등장하여 손을 휘저으면 허수아비가 빛나다 어두워진다.
암전.

다음 날 아침.
같은 자리 허수아비와 똑같은 옷을 입은 사내가 손가락을 빨고 있다.
노파 놀라 이 모습을 유심히 본다.

노파 영호냐? (사이) 영호야!

사내 화들짝 놀라 도망가 숨는다. 노파가 사내를 데리고 나온다.

노파 영호야. 아이구 우리 영호 어디 갔다 이제 왔누.

경계를 풀지 않는 사내.

노파 내 새끼. 그래 내 새끼 배고프지? 잠깐 있어. 애미가 후딱 먹을 거 가지고 나올 테니.

노파 퇴장하고 바구니를 들고 온다.
사내 광주리에 있는 음식을 받아 허겁지겁 먹는다.

노파 천천히 먹어. 여기 물도 마시고. 그럼 그렇지! 내 새끼가 왜 죽어? 나를 놔두고! 천천히 먹어. 체할라~ (사내를 바라보며) 영호야 어디 갔다 이제 왔누?

사내 참새가 나를 약올렸어. 내가 움직이지 못하니까 날 놀리면서 곡식들을 먹어버렸어.

노파 그래 그래. 얘기는 나중에 하고 많이 먹어 응?

사내 난 옥수수가 먹고 싶었어. 감자도 고구마도 먹고 싶었어.

노파 그래. 많이 줄 테니까 천천히 먹어 응?

사내 과수원에 있는 내 친구들은 과일 냄새는 많이 맡는데 먹지 못해 괴로워.

노파 그래 과일도 많이 깎아줄게.

이때 덕구 들어온다.

덕구　　어매 저 왔심더.

노파　　너 이놈 왜 또 왔어? 내가 다시는 오지 말랬지?

덕구　　정 없는 소리 하지 마소. 그래도 여서 어매 돌봐줄 사람은 저뿐 아잉교?

노파　　필요 없어. 이젠 영호가 왔으니 너 같은 놈은 안 와도 돼.

덕구　　(놀라며) 영호가 왔다고요?

노파　　그래! 네가 망친 내 아들 영호!

덕구　　어매 이젠 노망 들었능교?

노파　　미친 놈. 이젠 눈까지 안 보이냐? 여기 영호 앉아있는 거 안 보이냐?

덕구　　어매요! 지금 허수아비 껴안고 뭐 하심꺼?

노파　　(사내를 향해) 영호야 저놈 혼내주거라! 애미가 너 없을 때 저놈 때문에 얼마나 맘고생 한 줄 아느냐!

사내, 아랑곳 않고 먹을 것만 먹는다.

노파　　그래그래 그냥 저런 놈은 신경 쓰지 말자. 어여 먹어. 꼭꼭 씹어서 응?

덕구　　어매 미쳤습니꺼? (전화가 온다) 네 행님. 행님 조금만 시간 주십시오. 꼭 찾아가겠습니더. 아직은 좀 이르지 않습니꺼? 자식이 죽었… 알겠심더. 곧 가겠심더. (전화 끊고) 어매요. 다음엔 제가 아니라 다른 사람들이 올지도 모르겠심더. 그때는 가만있지 말고 그냥 도망치이소.

노파　　내가 왜 도망쳐! 여기 든든한 내 새끼 영호도 있고! 내 집
　　　　인데 내가 왜 도망쳐?

덕구　　그놈들은 인정사정도 없다 아닝교! 제발 말 들으시소.

노파　　영호가 지켜줄 거여. 암 우리 아들이 지켜줄 거여.

덕구　　병원 가이소. 아무래도 안 되겠심더. 저 갑니더. (덕구 퇴장)
　　　　어무이 진짜 검은 공책 못 봤심꺼?

노파　　가! 어서 가!

덕구　　아! 미치겠다. 그걸 왜 가져가서. (덕구가 퇴장)

노파　　천하에 몹쓸 놈! 너 우리 아들 일어났으면 큰일났어!

사내　　다 먹었다. 배불러.

노파　　어이구 우리 아들 다 먹었구나. 더 주랴?

사내　　아니 이제 자고 싶어.

노파　　과일 주리?

사내　　과일은 나중에 배 꺼지믄.

노파　　그랴 어미 무릎베개 해주마. 일로 누워라.

사내　　(누워서) 아 편하다. 맨날맨날 팔 벌려 서 있으니 너무 피곤해.

노파　　맨날맨날 팔 벌렸어? 아이구 우리 아들 애미가 팔 주물러
　　　　줄게.

사내　　아이 시원하다. 좋다.

노파　　애미가 자장가 불러주리?

사내　　응 그래.

노파 노래 부르기 시작한다.

어느새 사내가 허수아비로 변해있다. 허수아비를 다독이면서 노래하
는 노파.

천천히 암전.

용명되면 아이처럼 깡총거리며 뛰어다니는 사내. 그리고 그 뒤로 천천히 따라오는 노파. 미소가 가득한 모습이다. 나비를 발견한다. 꽃냄새를 맡는다. 노파를 업다가 넘어진다. 반대로 노파가 사내를 업는다. 징검다리를 건넌다. 먹을 것을 나눠 먹는다. 행복한 모자의 한 때.

사내　비가 오면 내 몸이 젖어. 눈이 오면 너무 추워. 오들오들 떨어.

노파　가여운 내 새끼.

사내　꼬마들이 깡통에 불 붙여서 빙빙 돌려. 이쪽 저쪽에 떨어지는데 내 바로 옆에도 떨어져. 불이 활활 타. 난 움직일 수가 없어. 도망가고 싶은데 발이 없어서 도망갈 수가 없어.

노파　그래 내 새끼 너무 힘들었지? 앞으로 이 애미가 지켜줄게.

사내　나를 지켜줘?

노파　그래 이 애미가 지켜줄 거야.

사내　왜?

노파　왜긴 넌 내 새끼니까.

사내　새끼?

노파　그래 새끼. 내 아들!

사내　나도 지켜줄 거야. 나도 참새들한테서 꿩한테서 할머니 지켜줄 거야.

노파　할머니가 뭐야 애미한테. 아무리 애미가 늙었기로서니 서운하다야.

사내　그럼 뭐야?

노파	뭐긴 뭐야. 엄마지.
사내	엄마?
노파	그래 내 새끼.
사내	엄마? 엄마. 엄마!
노파	그래그래 이제야 애미를 부르는구나.
사내	엄마! 엄마!
노파	다시는 떨어지지 말자. 응?
사내	나 배고파 배고파
노파	그래 그래 천천히 가라.

사내, 퇴장한다. 노파 따라간다.

다시 사내 등장하여 마루에 앉는다. 노파가 부엌에 들어가 먹을 것을 내온다.

사내 허겁지겁 먹기 시작한다.

노파	천천히 먹어 체할라.
사내	응! 엄마! (사이) 엄마 나 있지 있지.
노파	그래 그래 무슨 소원인지 말해봐. 애미가 다 들어줄 테니.
사내	나 똑똑해지고 싶어.
노파	우리 아들 똑똑해지고 싶노? 기다려봐라.

들어가서 책보를 가지고 온다. 그리고 허수아비에게 묶어준다.

| 노파 | 우리 아들~ 이제 학교 다니면 되긋네. 나중에 저 무지개 너머에 있는 핵교에 보내줄게. |

사내　우와 신난다! 나 똑똑해지는 거 같아.

사내, 퇴장하고 노파 따라간다.
이 모습을 지켜보는 덕구. 그러고는 누군가에게 전화한다.

덕구　이젠 완전 실성했심더. 허수아비를 업고 지고 다니네예.
네, 예전부터 치맷기가 있었심더. 영호말임니꺼. 어렸을 때
머리를 다쳤심더. 그래서 좀 모자랐지예. 해임요. 더 건질
게 없으니 여서 빠지는게… 예? 손… 손목을 짜른다고예?
아이라예. 다시 한번 찾아보겠심더. 잘못했심더. 알겠심더.
가가 찾아 보겠심더. (전화를 끊는다) 미치겠네! 에이 모르겠
다! (집으로 들어간다)

허수아비를 업고 집으로 들어오는 노파.

노파　아이고 힘들다. (허수아비를 바라보며) 내 새끼 곤히 잠들었네.
얼마나 피곤했을꼬. 가만있어 보자. (집으로 들어간다)

덕구, 노파와 마주친다. 마당으로 뛰쳐나오는 덕구 따라나오는 노파.

노파　너 이 도둑노무새끼! 내 이럴 줄 알았다! 네가 드디어 본
색을 드러내는구나.

덕구　어매요! 오해임더! 지는 공책만 찾으러 온 거라예!

노파　아주 인간말종이 되었구나. 공책은 와? 니가 공부할라꼬?

덕구　어매요! 어디 있심니꺼! 빨리 말해주이소! 아니면 다 죽습

니더!

노파　시끄럽다 이 나쁜놈아! 경찰에 신고할 거야!

덕구　어매요! 큰일납니데이!

노파　이 은혜도 모르는 놈!

갑자기 쓰러지는 노파. 덕구 놀란다.

덕구　어매요!

타토, 등장.

덕구　누구십니까? 행님이 보내셨습니까?

타토, 손을 들자 기름통과 라이타가 던져진다. 타토, 기름통을 가리킨다.

덕구　부… 불을 지르라고요? 안됩니더! 어떻게?

타토, 품에 있던 칼을 꺼낸다.

덕구　아… 알겠심더. (기름을 여기저기 뿌린다)

타토, 손가락으로 노파 쪽을 가리킨다.

덕구　어… 어매도예? 안됩니더! 어떻게 사람에게 기름을 뿌립니꺼?

타토, 손가락으로 덕구를 가리킨다. 마치 안 뿌리면 니가 죽게 될 거
라는 듯.

덕구　　알겠심더. 뿌리면 될 거 아임니꺼.

덕구, 노파에게 기름을 뿌린다. 눈을 감고 라이터를 던진다. 순식간
에 불이 붙는다. 타토 천천히 퇴장한다.

덕구, 불타는 광경을 당황하면서 바라보다 노파를 안전한 쪽으로 끌
고온다.

덕구　　어매 죄송합니더. 이렇게 안 하면 제가 죽습니더. 이해해
주이소.

덕구, 황급히 퇴장한다. 허수0·비가 어ㅡ새 사내로 변하더니 집에서
뛰쳐나온다.

사내　　무서워! 무서워! 불이야! 불!

힘들게 일어나는 노파. 눈앞에 펼쳐지는 화재에 이성을 잃는다.

노파　　안돼! 안돼! 불이야! 불! 내 새끼가 있는데! (점점 더 불쪽으
로 간다)

사내	무서워! 무서워! 무서워!

이미 불속으로 사라진 노파. 사내는 어찌할 바를 몰라하다 그냥 누워
버린다.

노파	(불속에서) 영호야! 영호야!
사내	(불안해하며) 난 불이 무서워. 정말 무서워!
노파	영호야!
사내	비도 괜찮아. 눈도 괜찮아. 바람도 괜찮아. 하지만 불은 무
	서워. 불은 내 몸을 다 태워버리니까. 무서워. 무서워.

비가 내리기 시작한다. 점점 더 사그라드는 불. 결국 불이 꺼진다.

사내	비가 내리네. 불이 꺼지네. 왜? 왜 불이 꺼졌지? 비가 내리
	면 왜 불이 꺼지는 거야?

혼자서 숨바꼭질을 하는 사내.
잠깐의 암전 후,

사내	심심해. (사이) 아 놀고 싶은데. (사이) 똑똑해져야지.

책보를 꺼내 무언가를 그리는 사내. 심심한지 종이비행기를 만들어
날린다.
숨바꼭질을 시작하는 사내. 이내 대자로 누워버린다.

사내	너무 심심해.
카엘	(목소리) 일어나 떠나.
사내	어딜?
카엘	(목소리) 똑똑해질 거야.

터덜터덜 떠나는 사내. 그리고 암전.

[제3화. 엄마, 나 심심해]
에피소드 끝.

에필로그

양희, 도로시가 되어 노래하며 등장한다. 허수아비, 양철, 사자가 천천히 등장한다.

〈Over the Rainbow〉
힘든가요. 더 이상 일어설 수 없나요.
지쳐 쓰러진 그대 너무나 슬퍼 보여요.
외로운가요. 그대 곁에 아무도 없나요.
함께 했던 우리 시간들을 기억해줘요.

일어나요 어서. 아직 포기하지 말아요.

눈을 들어 하늘을 봐요.

손 내밀어요. 우리 손을 다시 잡아요.

일어나서 함께 가요. Over the Rainbow

무지개 너머 그곳으로

눈물 없는 그곳으로 함께 떠나요.

외로움 없는 그곳으로 함께 떠나요.

Over the Rainbow

허수아비, 양철, 사자 천천히 얼굴을 들고 발을 한 걸음 내딛는다.

도로시　(목소리) 자 같이 가자. 무지개 너머로.

조명 서서히 암전.

타토　(목소리) 아직 대가 지불이 덜 되었는걸?

헬로, 오즈.

끝.